Für Hannah, Noa und Tim in Liebe

In Erinnerung an Olaf

Prolog

Donna Ancilotto war in der Küche und bereitete das Abendessen vor. Sie hatte keine Eile, denn für gewöhnlich kam ihr Mann erst gegen sieben Uhr nachhause, und jetzt war es sechs Uhr. Sie war also überrascht, als er plötzlich in der Küchentür stand, sie hatte ihn nicht kommen gehört.

»Hallo, Schatz. Was machst du schon da?«

Matteo stand schweigend da und sah sie an. Ein seltsamer Ausdruck lag in seinen Augen.

»Was ist? Was schaust du mich so an?«

»Ich muss mit dir reden.«

Sie erschrak. War etwas geschehen? Wollte er sie verlassen? War er nicht mehr glücklich?

»Nein, keine Sorge. Ich will dich nicht verlassen, da gibt es niemanden sonst.« Das hatte er schon immer gekonnt. Irgendwie gab es zwischen ihnen eine telepathische Verbindung. Oft erkannte er ihre Bedürfnisse, bevor sie diese überhaupt ausgesprochen hatte.

»Was ist dann los?« Sie war immer noch beunruhigt.

»Ich war heute bei Daniele.«

Daniele war sein Hausarzt. Ihr Herz begann heftig zu klopfen. Matteo hatte in letzter Zeit oft über Kopfschmerzen geklagt.

»Was hat er gesagt?«

»Er hat ein CT von meinem Kopf gemacht …«

»Und??« Wieder entstand eine lange Pause. »Schatz, bitte, was ist los mit dir?«

Matteo wollte seiner Frau niemals wehtun, und doch wusste er, welche Bedeutung der nächste Satz für sie alle in der Familie haben würde.

»Schatz, ich habe einen Gehirntumor.«

Der Boden unter ihren Füßen schwankte. Was sollte sie darauf sagen?

Schreckliche Gedanken kamen in ihr auf. Sofort versuchte sie, sich selbst zu beruhigen.

»Man kann ihn doch sicher operieren und danach mit einer Chemotherapie behandeln. Du wirst bestimmt wieder gesund.« In ihrer Stimme schwang eine ängstliche Frage mit und die Hoffnung, dass er ihre Behauptung bestätigen würde.

»Nein.«

»Wie: NEIN?« Das konnte nicht sein! Nein, ganz bestimmt nicht. Sie konnte und wollte es nicht glauben. Das war absurd, inakzeptabel!

»Der Tumor sitzt zu tief. Er ist inoperabel. Und für eine Chemotherapie ist er schon zu groß. Man kann nichts mehr machen.« Matteo gab sich Mühe, die Fassung zu wahren, für sie, für seine Frau, die Liebe seines Lebens.

Bevor er nach dem Termin nachhause gegangen war, hatte er noch am Markusplatz haltgemacht, weil er nicht wusste, wie er diese niederschmetternde Diagnose Donna und seiner Tochter Maria beibringen sollte.

Der Markusplatz war für ihn immer ein beruhigender Ort gewesen. Dort hatte er oft Kraft getankt, und die hatte er heute nun wirklich nötig.

Er wollte nicht sterben, er hatte noch so viel vor.

Er stellte sich mitten auf den Platz und blickte auf den Markusdom. Immer wieder wurde ihm von Touristenscharen der Blick verstellt. Ja, Venedig hatte viele Bewunderer. Im Augenblick beneidete er diese Menschen. Sie würden – im Gegensatz zu ihm –

noch viele Kunstwerke bestaunen, viele schöne Plätze besuchen können.

Aber was würde für ihn kommen? Wie würde sein Sterben sein? Und danach? Was würde aus seiner Familie werden? Er war nie ängstlich gewesen, doch jetzt fraßen sich kalte Angst und Sorge in sein Herz.

Eine Schar Tauben flog auf. Sie hatten eine neue Futterquelle entdeckt. Ein kleines Mädchen stand inmitten einer Wolke aus flügelschlagenden, gierigen Futterjägern. Einen Arm ängstlich von sich gestreckt, war ihr die plötzliche Belagerung nicht ganz geheuer.

Nur eine Taube war nicht aufgeschreckt, sie war vor Matteo sitzen geblieben und schien ihn direkt anzuschauen. Was war denn mit dieser Taube los? Irgendwie kam sie ihm sonderbar vor, anders als die anderen. Drückte der Tumor schon so auf sein Gehirn, dass er nicht mehr klar denken konnte? Wurde er schon langsam verrückt? Aber diese Taube blickte ihn tatsächlich an, als wollte sie ihm etwas sagen.

Eine weitere, wesentlich kleinere Taube kam angeflogen und gesellte sich zur ersten. Die beiden schienen sich zu kennen. Es sah fast aus, als würden sie sich mit einem Kuss begrüßen. Waren das Mutter und Tochter?

Auch wenn es verrückt klang. Mit einem Mal wusste er, was sie ihm sagen wollten. Er war nicht allein. Er hatte eine Frau und eine Tochter, die ihn liebten. Für sie musste er stark sein in der Zeit, die ihm noch blieb. Sie durften ihn nicht schwach und krank in Erinnerung behalten, und er musste dafür sorgen, dass sie abgesichert waren.

Mit neu gefasstem Mut machte er sich auf den Weg nachhause. Die Tauben waren längst davongeflogen.

»Wie lange?« Ihre Augen glänzten feucht.

»Daniele sagte, etwa ein halbes bis ein ganzes Jahr.«

»Oh, mein Gott!« Ein bitterliches Schluchzen schüttelte sie.

Matteo nahm sie tröstend in den Arm.

Danach begann das Martyrium.

Der Tumor drückte immer stärker auf Matteos Hirn. Zuerst vergaß er Kleinigkeiten, dann sogar seinen Namen. Darauf folgte eine Zeit mit unkontrollierten Muskelzuckungen in Armen und Beinen. Er baute immer mehr ab und wurde zu einem Pflegefall.

Donna kümmerte sich liebevoll um ihn. Maria unterstützte die Mutter so gut sie konnte, und auch Matteos Mutter Eleonora stand ihnen zur Seite.

Sie hatten Matteo im Erdgeschoss des Hauses ein Krankenzimmer mit Blick auf den Canal Grande eingerichtet. Als er nichts mehr lesen konnte, wurde er wenigstens durch das Treiben vor seinem Fenster ein wenig abgelenkt.

Donna hatte gerade nach ihm gesehen. Matteo schien zu schlafen. Nun kochte sie für sich und Eleonora Kaffee.

»Donna.« Schwach drang Matteos Stimme in die Küche, als er nach ihr rief.

»Schaust du bitte auf den Kaffee?«, bat Donna ihre Schwiegermutter und verschwand in Matteos Zimmer. Blass und schmal lag er im Bett, doch seine Augen blickten klar wie schon lange nicht mehr. »Kann ich dir etwas diktieren?« Für einen kurzen Moment schöpfte Donna Hoffnung. So bewusst hatte er seit Wochen nicht gesprochen. »Aber sicher gerne, mein Liebling! Alles, was du möchtest!«

Donna stellte keine Fragen. Sie notierte gewissenhaft alles, was Matteo diktierte. »In der Nachttischschublade ist mein Notizbuch, da findest du die Adresse einer Familie in Deutschland. Versprich mir, bitte, schick diesen Brief nach meinem Tod dorthin.«

Völlig verausgabt sank er noch tiefer in seine Kissen.

Donna war erschüttert. Matteos Zeit ging zu Ende. Er hatte reinen Tisch gemacht. Der Brief war schmerzhaft, aber er betraf sie nicht. Sie stellte keine Fragen. Sie wollte die letzten Stunden ihres Mannes nicht mit längst Vergangenem vergeuden.

Nach einiger Zeit rief Donna nach ihrer Schwiegermutter. Gemeinsam wachten sie an Matteos Bett. Als Maria von der Schule nachhause kam, schwanden Matteos Kräfte rapide. Er schaffte es noch, sich von allen zu verabschieden, dann starb er in Donnas Armen.

Ein paar Tage danach schickte Donna Ancilotto den Brief nach Deutschland. Er sollte das Leben einiger Menschen grundlegend ändern.

Kapitel 1

»Musstet ihr ihn unbedingt auch einladen? Wollt ihr mich ärgern?« Leah DeMarco war wütend. Sie stapfte im Wohnzimmer ihrer Eltern erregt auf und ab.

»Jetzt beruhige dich doch, Kind.«

»Ich will mich aber nicht beruhigen«, fiel Leah ihrer Mutter Mariella barsch ins Wort.

»Das wirst du aber müssen, wenn du deiner Mutter nicht die Geburtstagsfeier verderben willst.«

Die ruhigen aber bestimmten Worte ihres Vaters taten ihre Wirkung. Leah war auch wirklich zu wütend gewesen, als sie ihrem Mann, hoffentlich bald Exmann, am Buffet begegnet war.

»Schließlich gehört er immer noch zur Familie.« Wieder die leise Stimme Luigis.

»Ja, ich weiß. Einmal Familie, immer Familie.« Resigniert setzte sich Leah neben Mariella aufs Sofa.

»Es tut mir leid, Mama. Ich war nur so überrascht. Ihr hättet mich vorwarnen sollen.«

»Wärst du dann gekommen?« Mariella sah sie prüfend an.

»Natürlich … Okay, vielleicht auch nicht. Es ist noch nicht so lange her, dass ich mich von ihm getrennt habe, und eigentlich hatte ich nicht damit gerechnet, ihn so schnell wiederzusehen. Egal. Lasst uns weiterfeiern. Ich werde mich beherrschen.«

Ein skeptischer Blick Mariellas zeigte Leah, dass diese nur zu gut wusste, wie schwer es ihrer Tochter fiel, ihr Temperament zu zügeln.

»Wirklich! Versprochen!«, versicherte Leah mit Nachdruck.

Leah war zwar in Deutschland aufgewachsen, aber sie hatte italienische Vorfahren. Und manchmal ging ihr südländisches Temperament mit ihr durch. Dann war sie schwer zu bremsen.

»Dein Wort in Gottes Ohr«, brummte Luigi.

Das Geburtstagsfest im Garten war in vollem Gang, als die drei wieder zurückkehrten. Niemand hatte ihre kurze Abwesenheit und die Auseinandersetzung bemerkt, außer Louis.

Er hatte gesehen, wie Leah kurz zuvor wutentbrannt ins Wohnzimmer gestürmt war, ihre Eltern im Schlepptau. Und er brauchte kein Hellseher sein, um zu wissen, dass er der Grund dieses Ausbruchs war. Als Mariella DeMarco ihn vor einer Woche angerufen und zu ihrer Geburtstagsfeier an diesem Samstagabend eingeladen hatte, hatte er so etwas kommen sehen. Aber schließlich war er noch Leahs Mann und er mochte ihre Familie wirklich gern. Sie war seine Ersatzfamilie, denn zu seiner eigenen hatte er seit vielen, vielen Jahren keinen Kontakt mehr.

»Hältst du nach passenden Röcken Ausschau?«

Louis zuckte zusammen und fuhr herum. Leah blickte ihn amüsiert an.

»Musst du dich immer so anschleichen wie eine Katze? Und um deine Frage zu beantworten: Nein, ich habe nur nachgedacht.«

»Du und denken? Tut das nicht weh?« Ein freches Grinsen huschte über ihr Gesicht.

»Wenn ich an dich denke, schon«, konterte er.

Und schon waren die beiden wieder mitten drinnen. So lief es immer zwischen ihnen. Humorvoll, ein bisschen gehässig, aber nie unter der Gürtellinie. Wie zwei Geschwister, die sich gerne einen verbalen Schlagabtausch lieferten.

Dieses Geplänkel hatte er irgendwie vermisst, auch wenn er es nie zugeben würde.

»Was hast du denn für schmerzvolle Gedanken?«

»Hab mich nur gefragt, warum du dich so aufregst, mich hier zu sehen, dass du sogar Streit mit deinen Eltern anfängst? Eigentlich müsste doch ich derjenige sein, der sich aufregt. Schließlich hast du mich verlassen und das aus einem nicht besonders angenehmen Grund.«

»Muss das jetzt sein?«

Sie dachte an den Tag, als sie Louis unterbreitet hatte, dass sie nicht mehr mit ihm zusammenleben konnte. Vor allem aber wollte sie nicht, dass ihre Eltern den wahren Grund erfuhren.

Louis war ein Schwerenöter, schon immer gewesen. Schon auf der Polizeischule war er ständig hinter den Frauen her. Er umgarnte sie mit Charme, prahlte jedoch nie mit seinen Eroberungen. Er behandelte allesamt stets mit Respekt und Achtung. Das imponierte Leah, aber zugegeben hätte sie das nie. Natürlich versuchte Louis, auch bei ihr zu landen. Und sie machte sich einen Spaß daraus, ihn zappeln zu lassen.

Vielleicht war es genau das, was Louis so zu ihr hinzog, denn auf einmal waren ihm alle anderen Frauen egal. Sein Jagdinstinkt war geweckt. Er wollte Leah. Wahrscheinlich lag es daran, dass sie die erste Frau war, bei der sein Charme anscheinend nicht wirkte.

Das kannte er bisher nicht.

Für Leah hingegen war es anfangs bloß ein Spiel. Sie war kokett, sie reizte ihn, bis … ja, bis sie eines Tages dann doch schwach wurde. Aber das lag weniger an seinen Verführungskünsten, als vielmehr daran, dass Leah einen schrecklichen Tag hatte. Es war der Todestag ihres Großvaters, und sie war ziemlich fertig. Und Louis war da, einfühlsam, stark und beschützend.

Drei Monate später heirateten sie. Anfangs schien alles gut zu gehen, doch dann fing Louis wieder an, anderen Frauen nachzustellen. Leah war erobert, andere Ziele reizten.

Seltsamerweise schien es Leah nichts auszumachen. Im Gegenteil, sie nahm es mit Humor.

»Alles was nicht bei drei auf den Bäumen ist, wird von dir vernascht, Hauptsache, es atmet«, tadelte sie ihn manchmal.

Ja, wirklich sonderbar. Sie waren kein Liebespaar mehr, aber sie verstanden sich blendend. Sie konnten über so vieles miteinander reden, sie alberten herum, machten Späße. Sie waren wie dicke Kumpel, wie gute Freunde, wie Geschwister, die sich mögen. Sex war kaum mehr ein Thema zwischen ihnen.

Das alles reichte Leah. Mehr wollte sie gar nicht, bis sie eines Tages entdeckte, warum das so war. Warum ihr eine freundschaftliche Beziehung zu ihrem Ehemann wichtiger war als regelmäßiger, leidenschaftlicher Sex.

Leah lernte im Fitnessclub eine Frau kennen, eine temperamentvolle, lustige Dekorateurin aus Frankfurt. Leah mochte sie auf Anhieb, und war sehr überrascht, als sie merkte, wie sehr sie sich zu ihr hingezogen fühlte. Sie begehrte sie sogar. Diese Frau half ihr herauszufinden, was ihr wirklich gefiel. Sie öffnete ihr die Augen, zeigte ihr, wohin sie gehörte. Leah war offensichtlich lesbisch.

Weil sie immer ehrlich zueinander gewesen waren, und auch Louis seine Eroberungen nie vor Leah verheimlicht hatte, schenkte sie ihm reinen Wein ein. Er reagierte genauso, wie sie es erwartet hatte: Ungläubig und mit Entsetzen.

»Das ist doch wohl nicht dein Ernst? Ich glaub, mich tritt ein Pferd. Wie lange weißt du schon, dass du vom anderen Ufer bist?«

»Die Vermutung hab ich schon etwas länger. Sicher weiß ich es erst seit Kurzem.«

»Das ist nicht dein Ernst?«

»Du wiederholst dich, Louis.«

»Ich kann's nicht glauben. Ich war fünf Jahre mit einer Lesbe verheiratet. So was muss man doch merken.«

»Du brauchst gar nicht an deinem Urteilsvermögen zu zweifeln. Ich hab's ja bis vor einiger Zeit selbst nicht gewusst.«

»Und was war da?«

»Da habe ich das erste Mal mit einer Frau geschlafen, und ich sag es ungern, aber ich hatte bei dem einen Mal mehr Orgasmen als in unserer gesamten Ehe. Und ich weiß seither, dass ich es nie wieder anders haben möchte.«

»Na prima! Und wegen ein paar Orgasmen denkst du gleich, du wärst lesbisch? Ich hatte immer das Gefühl, dich befriedigt zu haben. Jedenfalls, die paar Mal, die wir miteinander geschlafen haben.«

»Erstens: In gewisser Weise hast du mich auch befriedigt. Ich wusste ja nur nicht, dass es auch anders geht.«

»Toll, hack nur weiter auf meiner Männlichkeit herum!«

»Und zweitens war es nicht nur der Orgasmus. Es waren auch noch andere Gefühle dabei, die mir gezeigt haben, dass ich auf Frauen stehe. Und dadurch ist mir einiges klar geworden, das ich bis dahin nicht deuten konnte.«

»Und was, bitte schön? Dass ich's in unserer Ehe nicht gebracht habe?«

»Nein, mir ist klar geworden, warum ich lieber Frauen nachschaue als Männern. Warum ich nie richtig Lust auf Sex mit dir hatte und so weiter. Das alles hat nichts mit deiner Männlichkeit zu tun. Deine vielen kleinen Gespielinnen dürften dir doch bewiesen haben, wie männlich du bist. Was machst du dir also unnötige Sorgen um dein Stehvermögen?«

»Ich mache mir gewiss keine Sorgen um mein Stehvermögen. Davon habe ich ja wohl genug. Ich kann es nur nicht fassen, dass ich fünf Jahre lang mit einer Lesbe zusammengelebt habe, ohne es zu merken.«

»Wie gesagt, ich habe es selbst nicht wirklich bemerkt. Aber eigentlich solltest du kein Problem damit haben. Immerhin hab ich jahrelang all deinen Liebschaften zugeschaut und dir deine Ruhe gelassen. Du hattest also immer freie Bahn bei deinen Schnecken, und nun musst du mir eben dasselbe zugestehen. Vielleicht kannst du mir gleich mal ein paar Telefonnummern geben. Könnte ja sein, dass eine ganz Nette für mich dabei ist bei deinen Verflossenen.«

»Sehr witzig. Sag mir lieber, wie es jetzt weitergehen soll mit uns.«

»Da gibt es zwei Möglichkeiten. Wir könnten weiterhin zusammenleben wie bisher, nur dass ich jetzt auch auf die Suche gehe und dir vielleicht Konkurrenz machen könnte. Oder wir trennen uns, und jeder geht seiner Wege.«

»Mit dir gemeinsam auf Brautschau? Bin ich denn des Wahnsinns???« Louis griff sich verzweifelt an den Kopf.

Wenn sie ihm unterbreitet hätte, dass sie einen Mann gefunden hätte, den sie begehrte, das hätte er vielleicht eher verschmerzen können. Schließlich hatte sie ihm ja wirklich auch all die Jahre seine Freiheiten gelassen. Aber dass sie auf Frauen stand, das schockierte ihn zu sehr, das passte nicht in sein Weltbild. Und vor allem, dass er davon nichts gemerkt, ja nicht einmal etwas vermutet hatte. Er hatte immer nur gedacht, dass sie eben eine offene Ehe führten und sich beide damit sehr wohlfühlten.

Er hatte sich getäuscht. Leah hatte nur nicht gewusst, wohin sie gehörte. Nun wusste sie es und deshalb war es besser, erst einmal auf Abstand zu gehen. Wer wusste schon, was die Zukunft brachte, aber im Augenblick konnte Louis sich nicht vorstellen, weiter mit ihr zusammenzuleben.

»Ich denke, es ist besser, wenn wir uns trennen und jeder sein eigenes Ding macht.«

»Gut, ich denke auch, dass das am besten ist.«

Sie wusste, wie sehr es ihn traf, dass er nichts bemerkt hatte. Und sie selbst war auch noch sehr verunsichert und wusste nicht, wie sie mit der neuen Rolle umgehen sollte. Es würde also wirklich das Beste sein, wenn sich jeder zunächst in Ruhe mit sich selbst beschäftigen konnte.

»Ich gehe mich jetzt erst mal besaufen auf den Schock. Du brauchst nicht auf mich zu warten.« Louis griff nach seiner Lederjacke.

»Das hatte ich auch nicht vor.«

Leah machte sich im Schlafzimmer daran, Louis' Sachen in das Gästezimmer zu verfrachten.

Irgendwie fühlte sie sich frei. Das hieß nicht, dass sie Louis nicht noch immer liebte, aber sie liebte ihn auf ihre Weise. So wie sie es all die Jahre getan hatte.

Einige Tage danach zog Louis aus dem Haus aus, in dem Leah schon vor ihrer Hochzeit gewohnt hatte, und suchte sich eine Wohnung.

Das war jetzt sechs Monate her. Seitdem hatten sie sich nicht mehr gesehen. Auch über eine mögliche Scheidung hatten sie bislang noch nicht gesprochen.

»Erde an Leah. Jemand zuhause?« Louis klopfte Leah mit dem Finger an die Stirn.

»Aua! Hey, lass das.«

»So, jetzt haben wir beide unseren Erinnerungen nachgehangen, und nun können wir vielleicht normal miteinander reden.«

»Wir und normal miteinander reden? Das ist doch fast ein Widerspruch in sich. Aber versuchen wir es. Ein Versuch kann ja nicht schaden. Worüber willst du denn sprechen?« Leah konnte noch nicht ganz glauben, dass sich Louis' angekratztes Ego wieder erholt haben sollte. Aber anscheinend täuschte sie sich da in ihm.

»Was hast du in den letzten Monaten so gemacht?«, fragte Louis.

Zum Glück hatten die beiden schon lange vor ihrer Trennung in verschiedenen Polizeirevieren gearbeitet – Louis in Frankfurt und Leah in Heidelberg. So kamen sie sich beruflich nicht in die Quere und liefen nur äußerst selten Gefahr, einander zu begegnen.

Jetzt brachten sie sich gegenseitig auf den neuesten Stand. Was bei Louis in etwa dem alten entsprach. Immer noch auf Frauenschau. Und Leah berichtete offen über ihre neuen Erfahrungen.

Leahs Mutter beobachtete die Unterhaltung der beiden mit Genugtuung aus sicherer Entfernung. Sie hoffte sehr, dass die beiden wieder zueinander finden würden.

Lächelnd wandte sie sich dem Gespräch mit ihrem Schwager Antonio zu.

Am Ende der Feier war es, als wären Leah und Louis nie getrennt gewesen.

Sie verstanden sich wie eh und je, und Louis schien tatsächlich akzeptiert zu haben, dass Leah nun eben Frauen liebte.

Irgendwie genoss es Leah, ihren alten Louis wiederzuhaben. Sie hatten doch eine sehr schöne Zeit miteinander gehabt, und vor allem auch viel Spaß.

Louis Gedanken waren ähnlich. Leah war die einzige Frau, bei der er ganz er selbst sein konnte. Bei ihr konnte er sich von der

Jagd erholen. Seine Affären gaben ihm nur körperliche Befriedigung. Leah dagegen war für seine Seele zuständig.

Diese Auszeit, diese sechs Monate hatten sie gebraucht, um sich einander wieder annähern zu können.

Als sie sich weit nach Mitternacht trennten, versprachen sie einander, sich bald zu treffen. Keiner der beiden konnte ahnen, dass das früher passieren würde, als sie es eigentlich geplant hatten.

Kapitel 2

Leah saß an der Bar, ihr Lieblingsgetränk, einen trockenen Martini, vor sich. Neben ihr lehnte eine große blonde Frau an der Theke, die ihr behutsam über den Rücken strich und dabei Liebkosungen ins Ohr flüsterte.

Langsam nahm sie einen Schluck von ihrem Drink, um sich wieder etwas abzukühlen, als jemand sie an der Schulter antippte.

Sie drehte sich um und war überrascht. Louis stand hinter ihr.

»Du musst sofort kommen. Ich brauche deine Hilfe. Bitte.«

Er flehte sie fast an. Das war sie von ihm gar nicht gewohnt, das kannte sie nicht an ihm. Was hatte das zu bedeuten?

Sie kippte den letzten Rest ihres Martinis hinunter, drückte der Blonden einen kurzen Kuss auf den Mund, flüsterte ihr noch »Ruf mich an!« ins Ohr und verschwand mit Louis aus der Bar.

Das Wetter hatte umgeschlagen, als sie im Lokal war. Es regnete. Sie warf sich schützend ihre Jacke über den Kopf. Louis lief vor ihr her.

»Wohin gehen wir? Was ist passiert?«

Louis gab keine Antwort. Er rannte schweigend weiter. Ihr blieb nichts anderes übrig, als ihm durch den Regen zu folgen.

Ein paar Häuserblocks weiter blieb Louis stehen und drückte auf eine Türglocke. Immer und immer wieder betätigte er den Klingelknopf, doch niemand öffnete.

Das Läuten hörte und hörte nicht auf. Leah wollte Louis gerade fragen, was das zu bedeuten habe, doch in diesem Moment wachte sie auf.

Sie brauchte eine Weile, bis sie feststellte, dass sie in ihrem Bett lag und das Läuten von ihrem Telefon kam. Ein paar weitere Sekunden brauchte sie, um sich zu sammeln, dann hob sie den Hörer ab.

»Ja?«, sagte sie verschlafen.

»Leah?«, klang eine aufgeregte Stimme aus dem Hörer. Sie war noch so schlaftrunken und durcheinander von ihrem komischen Traum, dass sie sie nicht gleich erkannte.

»Ja. Wer spricht da?«

»Ich bin's. Papa.«

»Papa? Was ist passiert? Es ist …«, sie musste erst auf ihre Armbanduhr blicken, die auf dem Nachttisch lag.

»Es ist vier Uhr früh. Und Sonntag! Was ist los?«

»Du musst bitte sofort kommen. Ich kann es dir nicht am Telefon sagen. Wir brauchen dich, deine Mama und ich.«

Luigi klang seltsam und aufgeregt. Das war gar nicht seine Art. Es musste etwas passiert sein, das machte Leah Angst.

»Leah, kannst du kommen?«

»Ja, natürlich, ich bin in etwa einer Viertelstunde da.«

Sie legte auf.

Was hatte das zu bedeuten? Das letzte Mal, als ihr Vater sie in der Nacht anrief, war ihr Großvater gestorben. Und das hatte er ihr schon am Telefon gesagt und nicht so geheimnisvoll getan.

Gut, dass ihre Eltern nicht so weit weg wohnten. Sie war beunruhigt und zog sich rasch an.

Kapitel 3

Maria war längst eingeschlafen. Donna konnte das seit Tagen nicht. Wie schon die Nächte davor, stand sie mitten in der Nacht auf, setzte sich in Matteos Lieblingssessel, blickte auf die vielen Lichter am Canal Grande und dachte an ihn. Der Gedanke an den Brief ließ sie einfach nicht los.

Als ihr Mann ihr die Zeilen diktiert hatte, wollte sie ihn nicht mit Fragen nach der Vergangenheit belästigen. Sie hatte in diesem Augenblick vielmehr genossen, dass er einen wachen Moment hatte. Dass Matteo wieder für kurze Zeit der Alte war. Schließlich ahnte sie, dass es nicht mehr viele solcher Momente geben sollte.

Sie hatte nicht damit gerechnet, dass es dann so schnell ging und er Stunden später verstarb.

Und jetzt stand sie da, grübelte über ihr Leben und musste immer wieder an diesen Brief denken.

Was war damals geschehen? Warum hatte ihr Mann das getan? Das sah ihm nicht ähnlich.

Sie hoffte, dass sie es irgendwann erfahren durfte. Ja, sie rechnete fast damit. Denn die Familie, an die sie den Brief geschickt hatte, wollte das sicher nicht auf sich beruhen lassen.

Sie würden nach ihrer Tochter suchen. Und Donna wusste, dass diese Suche bei ihr beginnen würde. Sie wusste aber gleichzeitig auch, dass sie nichts zur Suche beitragen könnte.

Und doch hoffte sie nichts mehr, als eines Tages die ganze Wahrheit zu erfahren.

Mit dieser Hoffnung erhob sie sich aus ihrem Sessel und ging zu Bett.

Kapitel 4

Die Angst in der Stimme ihres Vaters beschleunigte Leahs Fahrt in ihrem alten Peugeot 205 Cabrio.

Louis hatte oft versucht, Leah für ein neues Auto zu begeistern, aber sie wollte sich nicht von ihrem kleinen, dunkelgrünen Flitzer trennen. Sie liebte diesen Wagen. Es war die erste große Anschaffung, die sie von ihrem eigenen Geld gemacht hatte.

In Rekordzeit schaffte sie die paar Kilometer bis zu ihren Eltern. Unversperrt ließ sie das Auto stehen und lief zum Haus. Luigi empfing sie an der Tür.

»Was ist passiert?«

»Komm erst einmal rein.« Luigi zog sie ins Haus. »Wir müssen ja nicht alle Nachbarn wecken.«

Leah eilte ins Wohnzimmer. Mariella lag auf dem Sofa. Sie sah nicht sehr gesund aus.

»Mama, was ist los? Geht's dir nicht gut?« Leah war sehr besorgt.

»Ihr geht es gut. Keine Angst. Sie ist nicht krank«, antwortete Luigi.

»Was dann?« Leah war ungeduldig.

»Setz dich erst einmal hin. Ich gebe dir einen Kaffee, und dann erzähle ich dir, was los ist. Das ist eine lange Geschichte.«

Widerstrebend setzte Leah sich hin. Eigentlich wollte sie keinen Kaffee, was für sie als Kaffeejunkie wirklich ungewöhnlich war. Sie wollte auch keine langen Geschichten. Sie wollte nur so schnell wie möglich wissen, was los war. Mariella schaute immer noch teilnahmslos zur Zimmerdecke und machte keine Anstalten, sich in irgendeiner Weise am Gespräch zu beteiligen.

Und gerade das machte Leah am meisten Angst.

Luigi kam mit einer dampfenden Tasse Kaffee und setzte sich neben sie auf seinen Lieblingssessel.

»Wo soll ich anfangen?«, fragte er mehr sich selbst als Leah.

»Am besten am Anfang und das schnell, weil ich langsam ziemlich ungeduldig werde.«

»Gut. Der Anfang liegt nun etwa dreißig Jahre zurück. Damals lebten deine Mutter und ich noch in Italien. Du warst knappe sechs Monate alt, als deine Mutter feststellte, dass sie …« Er stockte kurz.

»Dass sie was?«

»Dass sie erneut schwanger war.«

Leah verdrehte die Augen. Das war alles? Ihre Mutter war ein halbes Jahr nach ihrer Geburt, wieder schwanger? Soll vorkommen, dachte sie.

»Deswegen holt ihr mich mitten in der Nacht aus dem Bett? Da muss doch noch mehr gewesen sein, oder? Und? Was war weiter? Was ist passiert?« Wieso machte ihr Vater so ein Geheimnis daraus? Leah stand auf und ging nervös im Wohnzimmer umher. Ihre Mutter hatte zu weinen begonnen, als ihr Vater von der Schwangerschaft sprach.

»Was war damals? Red` weiter!«, drängte Leah Luigi, der immer noch ruhig in seinem Sessel saß.

Wie kann er nur so ruhig sein?, fragte sich Leah. Sie war angespannt und nervös. Einerseits war es seltsam, dass ihre Eltern sie so früh aus dem Bett geholt hatten, nur um ihr zu sagen, dass die Mutter gleich nach ihrer Geburt nochmals schwanger gewesen war. Als ob es nicht gereicht hätte, ihr das irgendwann einmal zu sagen. Sie hatte es ihr ganzes Leben nicht gewusst, da hätte das doch ruhig noch ein paar Stunden warten können. Andererseits musste aber was Schlimmes passiert sein, sonst säße sie jetzt nicht hier.

»Wir lebten damals bei deinen Großeltern in Venedig. Du warst, wie gesagt, gerade ein halbes Jahr alt, als deine Mutter wieder schwanger wurde. Auch wenn ein zweites Baby zu dem Zeitpunkt nicht geplant war, und wir es uns eigentlich finanziell und auch vom Platz her kaum leisten konnten, freuten wir uns auf dein Geschwisterchen. Die Schwangerschaft verlief problemlos. Am dritten Dezember kam deine Mutter mit heftigen Wehen ins Krankenhaus, denn dein Geschwisterchen wollte einige Wochen vor dem errechneten Termin auf die Welt. Wir hatten auch schon Namen ausgesucht. Falls es ein Mädchen würde, sollte es Carla heißen, falls es ein Junge würde, Enrico.«

Leah stieß einen undefinierbaren Laut aus, und Mariella schluchzte.

»Und was weiter?«, fragte Leah ungeduldig. »Nun erzähl schon. Was ist passiert?«

»Warte, du musst alles hören. Ich bin noch nicht fertig mit unserer Geschichte.«

Leah setzte sich wieder hin. Nun war sie so gespannt, dass sie nicht mal mehr durchs Zimmer wandern konnte.

»Erst war noch alles in bester Ordnung. Die Geburt schien normal zu verlaufen. Ich wartete draußen, während deine Mutter im Kreißsaal lag. Damals war es noch nicht üblich, dass Männer bei der Geburt dabei waren. Deine Mutter brachte ein kleines Mädchen zur Welt, doch sofort nach der Geburt brachte der Arzt das Baby weg. Deine Mutter hat es gar nicht zu Gesicht bekommen.«

»WAS?« Leah war entsetzt.

»Ja. Kurze Zeit später war der Arzt wieder da und sagte, dass unser Baby leider verstorben sei. Es hätte sich bei der Geburt mit der Nabelschnur erdrosselt.« Luigi machte eine Pause. Die Erinnerung tat weh und die Worte fielen ihm schwer.

»Und was hat die Hebamme gesagt? Hat das Baby nicht geschrien nach der Geburt?«

»Die Hebamme war seltsamerweise nicht dabei – und der Schrei … Ich weiß nicht.«

Er nahm einen großen Schluck seines kalten Kaffees und blickte gedankenversunken aus dem Fenster.

Warum hatten sie ihr das alles nie erzählt? Was wäre so schlimm daran gewesen, wenn sie es gewusst hätte?

»Warum habt ihr nie etwas gesagt? Wieso sollte ich nichts davon wissen?«

»Wir wollten es selbst vergessen. Deiner Mutter ging es danach sehr schlecht. Sie brauchte lange, bis sie sich wieder gefangen hatte, und mir ging es auch nicht gerade gut. Du warst anfangs noch zu klein, und später haben wir dir nichts gesagt, weil wir nicht wollten, dass du immer wieder nach deiner Schwester fragst. Deine Mutter und ich beschlossen, mit dir in Deutschland ein neues Leben anzufangen, und so zogen wir hierher nach Heidelberg. Ich übernahm die Pizzeria von einem alten Bekannten aus Venedig, der unbedingt wieder nach Italien zurück wollte. Und seitdem leben wir hier.«

»Und warum erzählst du mir gerade heute Nacht davon?«

»Weil am Freitag dieser Brief angekommen ist. Wegen der Vorbereitungen für die Feier sind wir nicht mehr dazu gekommen, die Post durchzusehen und ließen sie einfach liegen. Die Glückwunschkarten legten wir darauf. Als alle Gäste gegangen waren, haben sich deine Mutter und ich noch ein Glas Prosecco gegönnt und nacheinander Kuvert um Kuvert geöffnet. Und da fanden wir dann diesen Brief.« Luigi ergriff einen weißen Umschlag und zog ein Blatt Briefpapier heraus. Beides reichte er Leah.

Leah runzelte die Stirn und begann die Zeilen mit der schön geschwungenen Handschrift zu lesen:

Sehr geehrte Frau DeMarco,
sehr geehrter Herr DeMarco!

Wenn Sie diesen Brief erhalten, bin ich bereits tot.
Doch bin ich ein gläubiger Katholik und möchte nicht vor meinen Schöpfer treten mit einer solchen Schuld in meinem Gepäck.
Deswegen habe ich meiner Frau diesen Brief diktiert und sie gebeten, ihn Ihnen zuzusenden.
Ich weiß nicht, ob Sie sich sofort an meinen Namen erinnert haben oder ob Sie noch überlegen, woher Sie mich kennen.
Ich bin Dottore Matteo Ancilotto, und ich habe am 3. Dezember 1980 in Venedig Ihre Tochter auf die Welt geholt.
Kurz darauf erzählte ich Ihnen von ihrem tragischen Tod.
Und hier kommen wir nun zu der Schuld, die ich auf mich geladen habe.
Ihre Tochter lebt. Zumindest lebte sie damals. Ich kann Ihnen aber nicht sagen, ob sie heute noch lebt und wo.
Aber ich kann Ihnen sagen, dass ihre Tochter nicht nach der Geburt verstorben ist, wie ich Ihnen das erzählt habe.
Leider kann ich mich von meiner Schuld nicht ganz befreien.
Denn, würde ich alles preisgeben, so würde ich meine Familie in Gefahr bringen, und das kann ich nicht verantworten.
Es tut mir also mehr als leid, dass ich Ihnen nicht mehr sagen kann, als dass ihre Tochter damals bei der Geburt nicht gestorben ist.
Ich erwarte nicht, dass Sie mir das je verzeihen werden.

Ich fühle mich nur ein bisschen leichter auf dem Weg, den ich nun antreten muss. Ich bin mir beinahe sicher, dass Sie Ihre Tochter suchen werden. Ich hoffe für Sie, dass Sie sie auch finden werden.

Mit aufrichtiger Reue,
Matteo Ancilotto

Kapitel 5

»Giovanni, wo bleibst du?« Sofia Zanolla stand am Fuß der Treppe und rief nach ihrem Mann.

»Ich bin schon unterwegs«, kam von oben die Antwort.

»Unsere Tochter heiratet heute, und du schleichst wie eine Rennschnecke mit Bremsstein. Du brauchst länger, um dich schönzumachen, als manche Frau.«

Giovanni Zanolla kam die Treppe herunter, und Sofia stockte der Atem. In seinem eleganten, schwarzen Anzug, braungebrannt und gut gelaunt sah er noch immer atemberaubend aus.

»Wow, also wirklich. Ich bin dir total verfallen. Wenn ich nicht schon seit mehr als dreißig Jahren mit dir verheiratet wäre, heute würde ich dir einen Antrag machen.«

Giovanni fühlte sich geschmeichelt und lachte breit.

»Und ich würde ihn annehmen, denn auch du bist atemberaubend schön. Und das nicht nur heute«, bestätigte er ihr mit einem Kuss.

»Danke. Wir sollten nur aufpassen, dass wir nicht dem Brautpaar die Schau stehlen.«

»Unserer Tochter die Schau stehlen? Wie soll das gehen? Sie wird die schönste Braut aller Zeiten sein.«

»Da hast du sicher recht, Giovanni. Aber beeilen wir uns, denn wir haben noch einiges zu erledigen und kommen sonst noch zu spät zu dem großen Ereignis.«

»Gut, Sofia, gehen wir.«

Giovanni legte seinen Arm um die Schultern seiner Frau, und so verließen die beiden ihre zweistöckige Wohnung, die in einer ruhigen Gegend am Rand von Venedig lag.

Nicht weit entfernt wartete bereits ein Wassertaxi. Giovanni hatte es schon am Abend zuvor für diese frühe Uhrzeit bestellt.

Während der Fahrt dachte Sofia an den Tag zurück, an dem ihre Tochter zu Besuch gekommen war und von ihrer geplanten Hochzeit erzählt hatte.

Wie immer am Sonntag war Giulia zum Brunch gekommen.

»Giovanni, machst du deinem Kind bitte die Tür auf?«, rief Sofia von oben hinunter, nachdem Giulia schon zum dritten Mal geläutet hatte.

»Ja, ich geh ja schon.« Schnell stellte Giovanni die warme Ciabatta, die er gerade aus dem Ofen genommen hatte, auf die Arbeitsplatte und ging hinaus, um seiner Tochter die Tür zu öffnen.

»Hallo, mein Mädchen!« Er gab ihr einen liebevollen Kuss auf die Wange.

»Hallo, Papa.« Sie erwiderte den Kuss auf der anderen Wange.

»Komm rein, das Essen steht schon auf dem Tisch, und deine Mutter müsste auch gleich fertig sein.«

Gemeinsam gingen Vater und Tochter in die Küche, in der es wunderbar nach frischem Brot und geräuchertem Schinken roch.

Giulia liebte diesen Brunch am Sonntag mit ihren Eltern. Als Giulia wegen ihres Studiums vor einigen Jahren von zuhause auszog, schlug Sofia vor, dass sie fortan sonntags zum Frühstück kommen sollte, damit sich die Familie regelmäßig sehen konnte. Und so wurden diese Treffen bald zur Selbstverständlichkeit, und die Küche der Mittelpunkt des familiären Beisammenseins.

Schon immer war für die Familie die Küche der wichtigste und gemütlichste Raum der Wohnung gewesen. Die Möbel waren in einem angenehmen Weiß gehalten, die Griffe der Türen und Schubladen aus dunklem Metall. Dazu passend zierten schwarzweiße Fliesen in einem Schachbrettmuster den Boden.

Endlich saßen sie alle beisammen, und Giulia konnte ihre Ungeduld kaum noch zähmen. Sie musste ihre frohe Nachricht unbedingt erzählen.

»Stellt euch vor«, sagte sie strahlend. »Claudio hat mir einen Antrag gemacht. Wir werden heiraten!«

Doch die Reaktion ihrer Eltern war nicht so, wie sie es erwartet hatte.

»Oh …« Mehr brachte Sofia nicht heraus. Sie verschluckte sich fast an einem Stück Ciabatta.

Giovanni war hin- und hergerissen. Natürlich freute er sich, und ein kleines Lächeln umspielte seine Lippen. Aber er machte sich auch Sorgen, und seine Miene wurde zunehmend ernster. Wenn ihr Kind nun bereit war zu heiraten, so war sie auch bereit für eine Wahrheit, die Sofia und er so lange zurückgehalten hatten.

»Was ist los? Freut ihr euch nicht für mich?« Giulia war verwirrt. Mit so einer Reaktion hatte sie nicht gerechnet.

»Oh, doch. Natürlich freuen wir uns, mein Schatz. Sehr sogar.« Sofia hoffte, dass das halbwegs ehrlich klang, zu sehr war ihre Freude in den Hintergrund gerutscht. Etwas anderes hatte sich in den Vordergrund gedrängt, und das bereitete Sophia Angst. Jetzt war der Augenblick gekommen, vor dem sie sich so lange schon gefürchtet hatten, aber sie mussten Giulia die Wahrheit sagen.

Das Wassertaxi fuhr um eine Kurve, und schon befanden sie sich auf dem Canal Grande.

Sofia wurde aus ihren Gedanken gerissen. Und das war gut so. Sie wollte sich nun nur noch auf die bevorstehende Hochzeit konzentrieren und nicht mehr an Vergangenes denken. Das machte sie nur wehmütig und traurig. Und eine Brautmutter sollte doch am

Hochzeitstag ihrer Tochter ausschließlich vor Freude über das Glück ihres Kindes weinen. Sie verbannte alle dunklen Gedanken in die hinterste Ecke ihres Gehirns.

Kapitel 6

Langsam legte Leah den Brief samt Umschlag auf den Couchtisch.

Sie sah zu Luigi, der wieder gedankenversunken aus dem Fenster blickte. Dann blieb ihr Blick auf ihrer Mutter haften.

Mariella schaute ihre Tochter traurig an. Leah sah neben dieser Traurigkeit aber auch Hoffnung und Erwartung in ihren Augen. Und sie wusste, dass diese Hoffnung und diese Erwartung an sie gerichtet waren.

»Wenn sie noch lebt, werde ich sie finden!« Was sich Leah in den Kopf gesetzt hatte, das führte sie auch aus, das wusste ihre Mutter.

Mariella schien erleichtert.

»Wir werden dir so gut es geht helfen.« Luigi strich Mariella liebevoll tröstend über den Arm.

»Damit könnt ihr gleich anfangen. Ihr müsst mir alles erzählen, an das ihr euch noch erinnern könnt. Wie war das damals im Krankenhaus? Wie hießen die Schwestern? Wer war zusammen mit Mama im Zimmer? Und, und, und.«

Den ganzen Morgen verbrachten die DeMarcos in ihrem Wohnzimmer und erzählten. Leah hatte ihr kleines Notizbuch, das sie immer bei sich trug, hervorgeholt.

»Wie gesagt, lebten wir damals bei deinen Großeltern in Venedig, und es war der dritte Dezember, als deine Mutter starke Wehen bekam. Wir fuhren ins Krankenhaus. Dort wurden wir gleich in den Kreißsaal geschickt, in dem uns eine Hebamme erwartete«, berichtete Luigi von einem der schlimmsten Tage seines Lebens.

»Weißt du noch den Namen der Hebamme?« Leah war jetzt ganz die Polizistin.

»Ich glaube, ihr Vorname war Marta. Den Nachnamen weiß ich nicht mehr. Sie war etwa Mitte vierzig, das heißt, sie müsste heute so um die Mitte siebzig sein.«

»Auf jeden Fall war diese Hebamme sehr nett. Sie beruhigte deine Mutter und schloss sie an den Wehenschreiber an. Der Herzschlag des Babys war ganz normal, und die Wehen kamen in immer kürzeren Abständen. Kurz darauf kam der Arzt, eben jener Dottore Ancilotto, und ich musste draußen warten. Dann schickte der Doktor auch die Hebamme aus dem Kreißsaal. Warum, weiß ich nicht. Damals habe ich das nicht weiter beachtet, doch heute weiß ich, dass das nicht üblich ist. Der Arzt holte dann das Baby ohne die Hebamme auf die Welt.« Luigi machte eine kurze Pause. Die Erinnerungen machten ihm zu schaffen. Er nippte an seinem Kaffee.

Leah ließ Luigi die Pause, strich ihm ermutigend über den Unterarm.

Er lächelte sie dankbar an und fuhr fort:

»Deine Mutter bekam das Baby nicht einmal zu Gesicht, und ich stand ja noch draußen vor der Tür. Der Arzt wickelte das Neugeborene in ein Tuch und trug es sofort aus dem Kreißsaal. Er wolle sie der Hebamme bringen, entschuldigte er sich. Dann war er auch schon fort. Deine Mutter blieb allein zurück. Ich hielt es vor der Tür nicht mehr aus und schlich mich in den Kreißsaal. Deine Mutter war erschöpft und hatte Schmerzen. Sie hatte inzwischen allein die Nachgeburt geboren.«

»Hat das Baby geschrien? Habt ihr irgendwas gehört?«

»Ich weiß es nicht mehr, ich war so erschöpft.« Mariella seufzte.

»Etwa eine halbe Stunde später kam der Arzt wieder und unterbreitete uns die schlimme Nachricht«, fuhr Luigi fort. »Das Baby sei ein Mädchen gewesen und er habe es gleich aus dem Zimmer gebracht, weil es tot gewesen sei. Es hätte sich mit der Nabelschnur erdrosselt. Er habe leider nichts mehr tun können. Als wir das Baby sehen wollten, um uns zu verabschieden, riet er uns heftig ab. Das sei nicht gut für uns, das wäre zu schmerzhaft. Wir nahmen alles hin. Wir waren wie vor den Kopf geschlagen. Außerdem zweifelte man damals die Worte eines Gottes in Weiß nicht an.«

Wieder legte er eine Pause ein. Über Mariellas Wangen kullerten dicke Tränen. Leah nahm sie tröstend in den Arm.

»Deine Mutter blieb dann noch drei Tage im Krankenhaus, damit sie sich von dem Schock erholen konnte. Dann wurde sie entlassen. Carla wurde vom Krankenhaus direkt zum Beerdigungsinstitut gebracht, und dort suchten wir einen Sarg für sie aus. Eine Woche später beerdigten wir deine Schwester, zumindest glaubten wir das damals.«

»Welches Beerdigungsinstitut? Und habt ihr das ausgewählt?«, fragte Leah.

»Das Institut hieß Tresina. Und nein, wir konnten es uns nicht aussuchen. Das Krankenhaus hatte es uns empfohlen oder besser gesagt, aufgedrängt, weil sie deine Schwester ohne zu fragen dorthin gebracht hatten.«

Leah wunderte sich, warum ihre Eltern all das nicht stutzig gemacht hatte, aber sie sagte nichts. Sie wollte ihnen jetzt keine Vorwürfe machen oder in Wunden bohren. Sie wollte ihnen helfen.

»Mama, weißt du noch, wer zu der Zeit mit dir im Krankenhaus lag?«

Mariella ließ sich Zeit mit der Antwort. Leah glaubte schon, sie hätte die Frage nicht gehört. Doch ihre Mutter dachte angestrengt nach.

»Ich erinnere mich nur an eine Frau, die mit mir im Zimmer lag. Auch sie hatte ihr Baby verloren, allerdings war sie noch nicht so weit in der Schwangerschaft. Ich glaube, sie hieß Sofia … Luigi, weißt du ihren Nachnamen noch?«

»Ihr Mann hieß Giovanni, das weiß ich noch, aber den Nachnamen … Nein, leider nicht.«

»Gut. Das kann ich herausfinden. Ich habe ja das genaue Datum. Ich glaube auch, dass das fürs Erste reicht. Machen wir Schluss. Ich muss dringend schlafen und dann planen, wie es weitergehen soll.«

Sie umarmten einander, und Leah stieg in ihren grünen Flitzer.

Zuhause fiel sie erschöpft und voll von wirren Gedanken ins Bett.

Gut, dass sie ihren Sonntagsdienst schon vor zwei Wochen mit einem Kollegen getauscht hatte.

Kapitel 7

»Es ist eine fantastische Hochzeitsfeier.« Lucia fuhr wie ein Dirigent mit der Kuchengabel durch die Luft und seufzte. »Ach, Sofia, deine Tochter ist eine wunderschöne Braut und dein Schwiegersohn ein wahrer Gentleman. Du kannst dich wirklich glücklich schätzen. Ich wünschte, ich hätte auch so viel Glück mit meiner Brut. Doch du kennst sie ja. Tanja meint, das wahre Leben spielt sich auf der Straße ab, und man braucht keinen Job zum Überleben, und Vittorio schläft jede Nacht in einem anderen Bett. Was will man da machen?«

Sofia schmunzelte, sie kannte die Nörgeleien ihrer Freundin nur zu gut. Tanja lebte nicht wirklich auf der Straße, hielt sich jedoch gerne mit ihren Freunden auf dem Markusplatz auf und genoss einfach noch ein wenig ihre Jugend, bevor sie sich auf eine Ausbildung festlegte. Vittorio dagegen war wirklich ein Frauenheld, aber er hatte wenigstens schon einen festen Ausbildungsplatz und verdiente sein eigenes Geld.

Lucia konnte man es nie recht machen, und am wenigsten konnten das ihre eigenen Kinder.

Schon als die beiden noch ganz klein waren, hatte Lucia immer etwas an ihnen auszusetzen gehabt. Entweder weinten sie zu laut, oder sie weinten zu wenig, dann aßen sie wieder zu viel und dann wieder zu wenig. Egal wie, es war nie richtig in Lucias Augen, und alle anderen Kinder waren immer besser als ihre eigenen. Sofia konnte das nie verstehen. Sie war absolut zufrieden und glücklich mit ihrer Giulia, egal, was diese machte. Das wiederum konnte Lucia nicht verstehen, aber sie wusste ja auch nichts über Giulias Herkunft. Und nun dachte Sofia doch an das, was sie auf der Fahrt zur Hochzeit noch verdrängt hatte.

Es war der gefürchtete Zeitpunkt also gekommen. Giulia wollte heiraten und so mussten sie ihr endlich reinen Wein einschenken. Sie hofften, dass sie es verstehen und nicht zu viel nachfragen würde. Denn die ganze Wahrheit konnten und wollten sie ihr noch immer nicht erzählen. Zu ihrer aller Sicherheit.

»Wir müssen dir etwas sagen«, fing Giovanni vorsichtig an.

»Was ist geschehen? Was müsst ihr mir denn sagen? Habt ihr etwas gegen unsere Hochzeit?«, fragte Giulia besorgt.

»Nein, mein Kind, mach dir keine Sorgen. Wir haben nichts gegen eure Hochzeit. Ganz im Gegenteil. Wir denken nur, dass es an der Zeit ist, dir etwas mitzuteilen«, entgegnete Giovanni ruhig.

Sofia war nervös. Ihre Wangen waren gerötet, und auf der Stirn hatten sich kleine Schweißperlen gebildet. Wie würde ihr Kind reagieren? Oh ja, ihr Kind, versicherte sie sich selbst noch einmal.

»Mama, ist alles in Ordnung?« Giulia hatte ihre Nervosität bemerkt.

»Ja, mein Schatz. Nimm dir noch einen Kaffee. Ich hab auch Kekse gebacken. Möchtest du welche?« Ihre Hände zitterten, als sie Giulia den Teller mit dem Gebäck hinhielt.

»Nun redet endlich!« Giulia wurde ungeduldig. Sie kannte ihre Mutter so nicht.

Sofia blickte hilfesuchend zu Giovanni.

»Gut …«, er holte tief Luft. Er wollte nicht, dass Giulia seine Anspannung merkte und lächelte sie zaghaft an.

»Wir müssen dir etwas Wichtiges mitteilen. Wir denken nämlich, dass du es vor deiner Hochzeit erfahren solltest.«

»Was müsst ihr mir sagen?« Nun wurde auch Giulia immer beunruhigter.

»Du bist nicht unsere leibliche Tochter«, platzte es aus Giovanni heraus. Nun war es draußen. Giovanni war erleichtert, und Sofia wartete mit Spannung auf eine Reaktion Giulias.

Sie schaute ihre Eltern nur mit großen, ungläubigen Augen an.

»Wie bitte???«

»Du bist nicht unser leibliches Kind. Deine Mutter hat dich nicht geboren.«

»Was soll das heißen?«

Giovanni zögerte und blickte seine Frau unsicher an. Sie nickte ihm zu.

»Wir haben dich adoptiert.«

»Wir dachten, du solltest das vor deiner Hochzeit wissen.« Endlich konnte auch Sofia wieder etwas sagen. Die Welt war nicht untergegangen, als ihr Mann es ausgesprochen hatte, und es hatte sie auch kein Blitz vom Himmel getroffen.

Alle schwiegen, nur das Ticken der alten Wanduhr war zu hören.

»Giulia …«, Giovanni wollte den Arm seiner Tochter ergreifen, aber sie zog ihn weg.

»Ich kann jetzt nicht. Ich muss nachdenken.« Sie stand auf und verließ das Haus.

Sofia und Giovanni sahen sich an.

»Sie kommt sicher gleich wieder. Lassen wir ihr Zeit. Es war richtig, dass wir es gesagt haben.«

»Das hoffe ich«, entgegnete Sofia skeptisch.

Zwei Stunden später war Giulia wieder da. Ihre Augen waren gerötet, sie hatte geweint.

»Komm rein, Liebes.« Giovanni hielt seiner Tochter die Türe auf. Er war erleichtert, dass sie zurückgekommen war.

Kurze Zeit darauf saßen sie wieder, wie schon zwei Stunden zuvor, in der Küche. Sofia blickte ihre Tochter erwartungsvoll an.

»Wieso erfahre ich das erst jetzt?«, fragte Giulia nach längerem Schweigen. Es war verrückt. Auf einmal waren ihre Eltern ihre Adoptiveltern.

»Wir wollten es dir schon oft sagen, doch immer wieder schreckten wir davor zurück. Wir hatten Angst, du würdest uns dann hassen«, antwortete Sofia, die ihre Ruhe wiedergewonnen hatte. Giulia war zurückgekehrt. Das war das Wichtigste. Sie redete mit ihnen. Es würde sich doch alles irgendwie regeln lassen, dachte sie zuversichtlich.

»Was willst du jetzt machen?« fragte Giovanni seine Tochter

»Was sollte ich eurer Meinung nach denn machen?«

»Ich weiß nicht, vielleicht willst du deine richtigen Eltern suchen?«, bemerkte Giovanni und hoffte inständig, dass sie das nicht wollte.

»Darüber denke ich schon nach. Und darüber werde ich auch weiter nachdenken. Doch im Augenblick möchte ich nicht nach ihnen suchen. Ich muss mich erst mal mit dem Gedanken anfreunden, dass ihr nicht meine leiblichen Eltern seid.«

Zum Glück konnte man den Stein der Erleichterung nicht hören, der Giovanni und auch Sofia bei dieser Antwort vom Herzen fiel.

»Wir lieben dich, und wir haben dich immer geliebt. Für uns warst und bist du immer unsere Tochter.« Sofia hatte Tränen in den Augen.

»Das weiß ich. Und ihr werdet immer meine Eltern sein. Die Menschen, die mich zu dem erzogen haben, was ich heute bin. Über alles andere muss ich mir erst klar werden.«

»Das verstehen wir. Lass dir Zeit. Wir wollten nur, dass du es vor diesem großen Schritt, deiner Heirat, erfährst.«

»Danke, Papa. Ich werde jetzt heimgehen. Ich muss dringend nachdenken und natürlich auch mit Claudio sprechen.« Sie erhob sich und ging zur Tür.

»Ich melde mich bei euch.«

Doch bevor sie die Wohnung verließ, umarmte sie kurz ihre Eltern.

Eine Woche später beim wöchentlichen Sonntagsbrunch erklärte Giulia ihnen dann, dass sie im Augenblick kein Interesse habe, nach ihren leiblichen Eltern zu suchen. Sie müsse sich auf ihre Hochzeit konzentrieren und habe keine Lust, möglicherweise Menschen dabei zu haben, die sie nicht kenne und die bloß ihre Erzeuger seien.

»Denn meine Eltern seid ihr, Sofia und Giovanni Zanolla. Ihr habt mich großgezogen, habt mich wohlerzogen und von Anfang an geliebt. Das ist weit mehr wert, als eine biologische Elternschaft!« Guilia hatte Tränen in den Augen, als sie das sagte.

Giovanni und Sofia atmeten auf. Gut, dass ihre Tochter so dachte. Sie sollte nie die ganze Wahrheit erfahren und somit auch niemals ihre leiblichen Eltern finden können.

»Sofia?? Hörst du mir überhaupt zu??« Lucia zupfte sie am Ärmel und riss sie aus ihren Gedanken.

»Was? Äh, ja, sicher«, entgegnete Sofia. Ein kurzer Blick zu ihrer Tochter, die gerade mit ihrem Ehemann einen Walzer tanzte, zeigte ihr, dass sie sich glücklich schätzen konnte, ein solches Kind bekommen und großgezogen zu haben.

Mit einem leisen Lächeln wandte sie sich wieder ihrer Freundin zu, die noch immer über ihre missratenen Kinder lamentierte.

Kapitel 8

Ein vorwitziger Sonnenstrahl kitzelte Leah an der Nase. Doch erst als dieser schon fast um die Hausecke und aus ihrem Schlafzimmerfenster verschwunden war, wachte Leah auf. Es war fast Mittag.

Sie setzte sich auf, und die Gedanken fingen an, in ihrem Kopf zu kreisen.

Was sollte sie zuerst tun? Wie sollte sie vorgehen? Sie brauchte eine sinnvolle Strategie. Es brannte in ihr. Sie musste sich irgendwie im Zaum halten, sonst würde sie vor lauter Tatendrang zu Fuß nach Venedig pilgern, um ihre kleine Schwester zu suchen.

Als Erstes musste sie sich vom Dienst abmelden. Sie wollte nicht mit ihrem Chef sprechen und schrieb ihm eine SMS: *Brauche dringend ein paar Tage frei, wenn nicht anders möglich, dann auch unbezahlt. Melde mich wieder. L.DeMarco*

Sie wusste allerdings nicht, dass diese SMS niemals ankam und dieser Umstand ihren weiteren Lebensweg entscheidend beeinflussen sollte.

Als Nächstes stellte sie sich unter die Dusche.

Sicher zehn Minuten stand sie unter dem heißen Wasserstrahl. Das war ihr Wellness-Programm. Andere ließen sich massieren, dafür hatte sie nicht die nötige Ruhe und Geduld, oder gingen in die Sauna, das war ihr zu heiß. Außerdem lautete ihr Spruch: Wenn ich schwitzen will, brauch' ich nur Rechnungen zu öffnen. Nein, ihr reichte eine angenehm prickelnde Dusche, und sie war ein neuer Mensch.

Nach dem wohligen Schauer hüllte sie sich ohne sich abzutrocknen in ihren Bademantel und rief am Flughafen an, um ein Ticket für die nächste Maschine nach Venedig zu reservieren.

Der Flieger würde um 19.30 Uhr in Frankfurt starten. Sie hatte also noch genug Zeit, ein paar Sachen zusammenzupacken. Sie konnte gar nicht glauben, dass sie nach beinahe fünf Jahren wieder in ihrer Geburtsstadt sein würde.

Nachdem ihre Eltern mit ihr Venedig verlassen hatten, war zwar ihr Vater immer wieder für kurze Zeit dort gewesen, aber ihre Mutter und Leah nur ganz selten.

Luigi hatte ihr in der letzten Nacht erzählt, dass Mariella eigentlich nie wieder nach Venedig zurückkehren wollte. Zu viele Erinnerungen hingen an ihrer Heimatstadt. Erinnerungen, die zu schmerzhaft waren. Mariella vermisste zwar ihre Mutter, Leahs Großmutter, doch begnügte sie sich mit regelmäßigen Telefonaten. Mariellas Eltern, Matilda und Sebastiano Tozzi hatten dafür Verständnis und kamen daher mehrmals im Jahr, vor allem zu wichtigen Anlässen, zur Familie nach Deutschland. Nach Sebastianos Tod war Matilda alleine gereist.

Leah hoffte, dass ihre Mutter ihre Nonna telefonisch erreicht hatte, um sie zu informieren, dass sie nach Venedig unterwegs war.

Sie hatte Nonna, wie Leah ihre Großmutter immer liebevoll nannte, schon seit Weihnachten, seit fast vier Monaten, nicht mehr gesehen und freute sich sehr auf die alte Dame und ihre schrullige Art.

Viele Fragen gingen Leah durch den Kopf, aber die verschob sie auf später. Schließlich hatte sie auf dem fast anderthalb Stunden langen Flug ausreichend Zeit zum Nachdenken. Jetzt musste sie erst einmal packen. Mit ihrem Vater konnte sie noch auf der Fahrt zum Flughafen reden. Er wollte es sich nicht nehmen lassen, sie hinzubringen.

Einige Stunden später saß Leah im Flieger nach Venedig. Sie stellte ihre Rückenlehne nach hinten und fing mit der Planung an.

Heute wollte sie nur schnellstmöglich zur Nonna und morgen früh gleich mit den Ermittlungen beginnen.

Ermittlungen? Was für ein Wort! Da ging es um ihre kleine Schwester, und sie nannte das Ermittlungen! Das war die Polizistin in ihr. Dabei hatte sie ihre Arbeit schon seit Längerem ziemlich satt. Sie wollte am liebsten keine Polizistin mehr sein. Sie wollte sich nicht mehr mit den männlichen Kollegen messen müssen. Aber daran konnte und wollte sie jetzt nicht denken.

Sie musste ihre kleine Schwester finden. Was danach kam, war im Moment uninteressant.

So konzentrierte sie ihre Gedanken wieder auf die Informationen, die sie von ihrem Vater in der letzten Nacht erhalten hatte.

Als Erstes wollte sie die Familie des verstorbenen Arztes aufsuchen und herausfinden, ob die etwas von der Sache wussten. Am Ende war das Ganze ein schlechter Scherz und der Arzt hatte nie einen Brief geschrieben. Doch das konnte Leah sich nicht vorstellen. Warum sollte jemand das tun? Was hätte derjenige davon?

Und nach der Schilderung ihres Vaters von den Umständen der Geburt war Leah überzeugt, dass da was faul war.

Warum hatte der Arzt ihre Schwester für tot erklärt? Warum konnte er ihren Eltern so kurz vor seinem Tod nicht die ganze Wahrheit erzählen? Vielleicht lebte er ja noch. Sie wusste ja nicht einmal, wann genau der Brief geschrieben worden war.

Also zuerst zum Arzt, beziehungsweise zu seiner Familie. Alle weiteren Schritte würden sich dann schon ergeben. Davon war sie überzeugt.

Die neunzig Minuten in der Luft vergingen im wahrsten Sinne des Wortes wie im Flug. Leah hatte ihre ersten Schritte geplant und war bereit loszulegen. Sie stand schon in den Startlöchern, als die Maschine noch nicht einmal ihre Parkposition eingenommen hatte.

Ihr Sitznachbar, der während des Fluges zuerst beim Essen geschmatzt und dann laut geschnarcht hatte, blickte erst sie und dann das noch leuchtende Anschnallzeichen mürrisch an. Das war ihr egal. Der ging ihr die ganze Zeit schon auf die Nerven. Sollte er doch wagen, was zu sagen.

Sie grinste in sich hinein. Als dann endlich das Anschnallzeichen erlosch, erhoben sich die meisten Passagiere von ihren Plätzen, nur ihr lieber Sitznachbar, der ihr leider den Weg zum Gang versperrte, machte keinerlei Anstalten aufzustehen.

»Guter Mann, würden Sie bitte aufstehen? Sitzenbleiben war schon in der Schule nicht gern gesehen!«, zischte Leah.

Der Mann blickte sie überrascht an und sprang tatsächlich von seinem Sitz auf. Dabei stieß er sich noch unsanft den Kopf am Gepäckfach. Leah verkniff sich ein Lachen, dankte ihm überschwänglich und schlängelte sich an ihm vorbei auf den Gang.

Nicht, dass das viel gebracht hätte. Der Gang war nach hinten und nach vorn überfüllt, und die Menschenschlange bewegte sich nur im Schneckentempo weiter. Leah musste sich also gedulden, doch Geduld gehörte nicht zu ihren besten Eigenschaften.

Eine halbe Stunde und zehn lautlose, aber deftige Flüche über andere Passagiere, das Gepäckband und die Fluggesellschaft später stand Leah endlich draußen vor dem Flughafengebäude.

Nur noch wenige Kilometer trennten sie jetzt von ihrer Geburtsstadt. Sie nahm ein Taxi bis zum Piazzale Roma. Sie wollte nicht auf das Vaporetto vom Flughafen nach San Marco warten. Sie wollte auch kein privates Wassertaxi vom Flughafen aus direkt bis zum

Haus der Großmutter nehmen, denn sie hatte keine Lust, sich gleich in den ersten Minuten ihrer Ankunft ärgern zu müssen. Der Preis für die Fahrt war ziemlich unverschämt, und vor allem konnte sie, wenn die Burschen mit ihren Booten wie in einem James-Bond-Film über das Wasser rasten, nicht klar denken. Und das wollte sie noch, bevor sie zu Nonna kam. Sie wusste ja, dass sie dann ohnehin kaum noch zu Wort, geschweige denn zum Nachdenken kommen würde.

Der Taxifahrer wollte mit ihr plaudern, doch sie tat so, als verstünde sie kein Italienisch. Sie wollte ihre Ruhe haben. Vom Piazzale aus würde sie dann doch mit einem privaten Wassertaxi bis zu ihrer Nonna weiterfahren, denn zu Fuß war der Weg so spät am Abend zu weit und außerdem wollte sie die eigentümliche Stimmung genießen, die diese Stadt vor allem abends beherrschte.

Die Fahrt auf dem Canal Grande war für Leah immer wieder ein Erlebnis. Von einem zum anderen Moment tauchte sie in eine völlig bizarre Welt ein. Der junge Mann, der trotz der fortschreitenden Dämmerung eine Sonnenbrille trug und sein blitzsauberes Boot geschickt durch die Kanäle steuerte, hatte seinen iPod auf höchste Lautstärke gestellt, und mit einem unnachahmlichen Akzent sang er die englischen Hits von Whitney Houston und Coldplay mit. Also keine italienischen Schmusesongs, dachte Leah.

Das letzte Mal war sie vor fünf Jahren zur Beerdigung ihres Großvaters in Venedig gewesen. Sie hatte danach zwar gelegentlich mit ihren Eltern über Venedig gesprochen, aber doch nie die Zeit gefunden, ihre Nonna wieder einmal dort zu besuchen. Sie hatte zwischendurch immer mal Filme und Reportagen über die Lagunenstadt gesehen, aber das war nichts im Vergleich dazu, wenn man diese Stadt selbst erlebte und man bereit war, sich mit allen Sinnen auf sie einzulassen.

Erst dann nämlich entfaltet Venedig seinen wahren Charme.

Für kurze Zeit vergaß Leah den eigentlichen Grund ihrer Reise und betrachtete begeistert die alten Bauten, die prachtvollen, hell erleuchteten Palazzi, die seit vielen Jahrhunderten auf Eichenpfählen direkt im Wasser standen, und die unzähligen Brücken über die ebenso unzähligen Kanäle. Das Wassertaxi passierte mehrere Gondeln mit Liebespaaren, ein trotz der späten Stunde mit Einheimischen und Touristen vollgepferchtes Vaporetto und, das entlockte Leah wie immer ein Lächeln, ein Müllboot. Eine schwimmende Müllabfuhr! Da soll noch einmal jemand was über die italienische Arbeitsmoral sagen, dachte Leah, die Venezianer fahren offenbar sogar noch spätabends ihren Müll aus der Stadt hinaus. Wer das alles zum ersten Mal sieht, kann es kaum glauben, dachte sie. Venedig, die auf Inseln erbaute Stadt, verzauberte Leah. Sie wunderte sich, wieso sie nicht schon viel früher wieder einmal hergekommen war. Dass ihre Eltern nicht unbedingt Sehnsucht nach Venedig hatten, das konnte sie seit der vergangenen Nacht wenigstens verstehen, doch dass sie selbst so selten hier war, das verstand sie gar nicht. Noch dazu, wo ihre geliebte Nonna hier wohnte.

Das Wassertaxi brachte sie zu einer kleinen Anlegestelle an einer schmalen Brücke.

Sie zahlte und stieg aus. Ihr Gepäck bestand nur aus einem metallenen Trolley, einem Rucksack als Handtasche und ihrer Laptoptasche, die sie sich lässig über die Schulter hängte.

Sie ging die enge Gasse entlang, die ihr der freundliche Taxifahrer gezeigt hatte, und kurz darauf tat sich vor ihr der bekannte

Platz auf, der *Campo Santa Maria Formosa*, an dem ihre Nonna wohnte. Natürlich hatte sich nichts verändert in den letzten fünf Jahren, so wie in den Hunderten von Jahren zuvor, denn ganz Venedig stand unter Denkmalschutz. Die Mitte des Platzes zierte immer noch der kleine Brunnen. Die Häuser, Palazzi und Kirchen stammten aus den verschiedensten Epochen und waren in den unterschiedlichsten Erhaltungszuständen – von frisch restauriert bis baufällig.

Hier lebte Matilda Tozzi, ihre Großmutter. Dieses Panorama sah Nonna jeden Morgen, wenn sie vor ihre Haustür trat. Leah hatte Zuhause ein gerahmtes Foto ihrer Nonna mit dem Haus und dem Campo stehen, aber in natura war das einfach überwältigend.

Das kleine Haus neben dem großen Luxushotel Ruzzini Palace strahlte Gemütlichkeit aus. Es hatte eine graue Fassade, die ehemals weiß gewesen war, grün umrahmte Fenster und einen kleinen Dachgarten, von dem aus die in große Kübel gesetzten Schlingpflanzen über die Hausmauer wucherten. Es war schon seit einer kleinen Ewigkeit im Besitz der Familie Tozzi. Leah freute sich, wieder hier zu sein.

Mit klopfendem Herzen läutete sie an.

Kapitel 9

Zur gleichen Zeit waren in Frankfurt Louis Schneider und sein Partner Jens Schröder zu Willy Locke, einem ihrer Informanten unterwegs. Er hatte seine Ohren überall, hörte viel und sagte manches den Polizisten weiter. So konnte er sich ein klein wenig sicherer fühlen, dass im Gegenzug die Polizei nicht jede Woche eine Razzia in seinem Etablissement durchführte.

»Was wollen Sie hier?« Willy war nicht sehr erfreut, als die beiden Polizisten durch die Tür traten.

»Wir haben nur ein paar Fragen an Sie, Willy. Sie haben doch sicher nichts zu verbergen und arbeiten wie immer mit Freude mit der Polizei zusammen. Hab ich recht?«, entgegnete Louis mit einem süffisanten Grinsen. Willy Locke – eigentlich wurde er nur »Locke« genannt, weil er bis auf eine einzelne Strähne keine Haare mehr auf dem Kopf hatte und diese eine Strähne gerne zu einer kleinen Locke zusammendrehte – hatte zwar ein großes Mundwerk, im Beisein von Louis und Jens redete er aber meist wie ein Wasserfall.

Vor seinen Mädels allerdings, musste er den Schein wahren, daher knurrte er:

»Kommt mit ins Hinterzimmer.«

Louis blickte seinen Kollegen lächelnd an. Sie folgten ihm.

Louis und Jens waren gerade dabei, einen Mordfall an einer Prostituierten abzuschließen. Sie brauchten noch ein paar Informationen von Willy Locke, weil die Ermordete kurze Zeit in seinem Etablissement gearbeitet hatte.

Nach wenigen Minuten kamen die drei wieder aus dem Hinterzimmer. Louis und Jens sahen zufrieden aus.

Dann schlenderte Louis hinüber zu einem der Mädchen, das an der Bar saß.

»Wenn du mal Hilfe brauchst …«, er nahm ihre Hand und zückte einen Stift, »… dann ruf mich einfach an.« Er schrieb seine Nummer auf ihre Handfläche. »Und wenn nicht, dann auch.«

Lässig drehte er sich um und folgte Jens hinaus aus der Bar.

»Das war ja wieder typisch Louis.« Jens schüttelte den Kopf.

»Mein Lieber«, lachte Louis, »du bist ja nur neidisch, weil du unter dem Pantoffel deiner Frau stehst.«

Louis war der einzige Mensch, der das ungestraft sagen konnte. Jens Schröder und er waren seit ihrer Jugend eng befreundet. Als sie beide vom Heidelberger Kommissariat nach Frankfurt gewechselt waren, waren sie auch berufliche Partner geworden. Und Louis war sehr froh darüber. Er fühlte sich Jens sehr verbunden, denn der war ihm schon einige Male in sehr schweren Zeiten zur Seite gestanden. Durch ihn kam sein Leben zweimal sogar wieder in die richtige Bahn.

Das erste Mal war es, als Louis von Zuhause ausriss.

Louis Familie bestand aus einem alkoholsüchtigen und gewalttätigen Vater und einer Mutter, die mehr zu ihrem Mann als zu ihrem Sohn hielt.

Jahrelang hatte sie mitangesehen, wie ihr Sohn Prügel bezog, und hatte selbst auch oft genug welche einstecken müssen. Als Louis dann aber endlich alt genug war, sich zu wehren und sogar versuchte, seine Mutter vor dem Vater zu schützen, was tat sie da?

Da stellte sie sich doch tatsächlich zwischen die beiden und war auf der Seite ihres Mannes. Oh ja, sie nahm den Mann in Schutz, der sie und ihr Kind immer wieder misshandelt hatte. Wenn das nicht krank war, was dann? Das fragte er sich später oft.

Damals fasste er den Entschluss, dass es besser sei, sich von einer solchen Familie zu trennen.

Er packte seine Sachen und verschwand zu Jens, der ihn für einige Zeit bei sich versteckte.

Doch lange ging das nicht gut, denn er wurde von Jens' Eltern entdeckt. Da Louis noch nicht volljährig war, wandten sie sich ans Jugendamt, das ihn in einem Heim unterbrachte.

Genau zwei Jahre hielt er es dort aus. An seinem achtzehnten Geburtstag packte er abermals seine Sachen und verschwand.

Hätte Jens ihn nicht bei sich versteckt, wäre Louis wahrscheinlich auf der Straße gelandet, und er wagte es nicht, sich vorzustellen, was dann aus ihm geworden wäre.

Und beim zweiten Mal hatte Jens Louis geholfen, die richtige Berufswahl zu treffen.

Nachdem er das Heim verlassen hatte, hielt Louis sich einige Zeit mit den verschiedensten Jobs über Wasser, ohne zu wissen, was er nun wirklich tun sollte.

Dann traf er wieder auf Jens. Dieser hatte inzwischen die Polizeischule abgeschlossen. Die beiden gingen einen Kaffee trinken, und Jens erzählte von seinem Job bei der Polizei. Das klang für Louis so interessant, dass er sich ebenfalls bei der Polizei bewarb. Die Ausbildung machte ihm eine Menge Spaß. Er hatte endlich seine Bestimmung gefunden.

Bei seinen Kollegen war er bald sehr angesehen, alle mochten ihn gern. Vor allem aber seine Kolleginnen hatten reges Interesse an ihm. Das war Louis schon gewohnt. Mit seinem südländischen Aussehen, seinen halblangen, dunkelbraunen Haaren, seinem bronzefarbenen Teint und seinen fast schwarzen Augen wirkte er auf die meisten Frauen sehr anziehend.

Eigentlich hatte es in seiner Ausbildungsklasse nur eine Frau gegeben, die kaum bis gar kein Interesse an ihm zeigte. Leah DeMarco.

Und genau diese Frau sollte er später heiraten.

Nach Abschluss ihrer Ausbildung wurde zunächst Leah Jens als Partnerin zugeteilt, doch als Louis und Jens gemeinsam nach Frankfurt zur Mordkommission wechselten, wurden sie, die alten Freunde, erstmals auch beruflich Partner.

»Louis? Wo bist du mit deinen Gedanken?«, fragte Jens.

»Bin schon wieder da. Wo wir gerade von Frauen sprechen, hab am Wochenende Leah getroffen.«

»Und?«

»Meine Schwiegereltern hatten mich eingeladen. Meine Schwiegermutter feierte ihren runden Geburtstag. Leah hatte sich natürlich zuerst einmal fürchterlich aufgeregt, kennst sie ja.«

»Oh, ja«, entgegnete Jens mit einem Lächeln. Er dachte an die Zeit zurück, in der er mit Leah in Heidelberg noch gemeinsam Streife gefahren war. Da lernt man einen Menschen ziemlich gut kennen. Er wusste also genau, wovon Louis sprach und dass Leah sehr impulsiv war.

»Und dann? Habt ihr miteinander gesprochen?«

»Ja. War sogar ziemlich entspannt. Eigentlich wie immer. Katz und Maus, Tom und Jerry, eben.« Louis grinste. »Hätte nicht gedacht, dass wir noch mal so normal miteinander reden können. Beziehungsweise, dass wir überhaupt wieder miteinander reden können.«

»Wenn du mich fragst, hast du sie vermisst. Sei mal ehrlich zu dir selbst.«

»Blödsinn. Und … hättest du gedacht, dass Willy uns so schnell sagt, was wir hören wollen?« Louis gefiel nicht, welche Wendung das Gespräch genommen hatte. Er sprach nicht gern über seine Gefühle.

»Du brauchst nicht vom Thema ablenken«, durchschaute ihn Jens. »Ich kenne dich und auch sie einfach zu gut. Ihr braucht euch. Nicht wie Mann und Frau im herkömmlichen Sinn. Nein, eher wie sehr, sehr gute Freunde.«

»Wenn du meinst. Lass uns fahren und den Fall endlich abschließen. Dafür werden wir schließlich bezahlt.« Für Louis war das Gespräch damit beendet. Er wollte vor seinem Partner nicht zugeben, dass dieser recht hatte und Louis insgeheim genau dasselbe über seine Beziehung zu Leah dachte. Er wollte das nicht einmal vor sich selbst zugeben. Da war es doch gescheiter, sich wieder auf die Arbeit zu konzentrieren. Auch wenn ihm die im Augenblick nicht mehr so recht befriedigte. Immer öfter wünschte er sich einen anderen Job. Doch darüber wollte er noch weniger nachdenken als über seine Beziehung zu Leah.

Kapitel 10

Nach dem zweiten Läuten hörte Leah lautes Gepolter hinter der dunklen Holztür.

»Un momento …« Eine kleine Pause. »Vengo subito«, erklang eine tiefe Frauenstimme von der anderen Seite der Tür.

Die vielen Besuche Matildas in Deutschland hatten Leah geholfen, ihr im Gymnasium erlerntes Italienisch permanent zu trainieren, denn ihre Eltern sprachen meist Deutsch mit ihr.

Die hölzerne Tür schwang ein Stück nach innen auf, und der vertraute Kopf ihrer Nonna erschien in dem Spalt. Allerdings machte sie kein freudiges Gesicht, sondern ein eher schmerzverzerrtes.

»Ich habe den Damen schon hundertmal gesagt«, schimpfte sie vor sich hin und rieb sich ihr Schienbein, »sie sollen ihre blöden Taschen nicht im Flur herumstehen lassen. Die sind so riesig und schwer, wahrscheinlich tragen sie immer ihr ganzes Tafelsilber mit sich herum, um es vor Einbrechern zu schützen.« Dann blickte sie Leah an, und auf ihrem Gesicht erschien ein freundliches Lächeln.

»Schön, dass du endlich da bist!«

Leah machte den Mund auf, aber sie hatte keine Chance, zu Wort zu kommen. Matilda zog sie ins Haus und plauderte weiter.

»Du musst wissen, dass ich sonntags immer eine Pokerrunde habe. Da kommen meine Freundinnen, und wir zocken ein bisschen. Kannst du pokern?« Aber sie ließ Leah keine Zeit für eine Antwort. »Und immer wieder erkläre ich ihnen, dass sie ihre vollen Taschen in die Abstellkammer stellen sollen und nicht in den Flur. Aber so ist das mit den alten Leuten. Heute sagst du ihnen etwas, und im nächsten Moment ist es schon wieder vergessen. Aber meine Pokerschulden vergessen sie komischerweise nie.«

Inzwischen hatten sie einen kleinen Flur durchquert und waren über eine schmale Treppe in den ersten Stock hinaufgestiegen.

Und die ganze Zeit redete Matilda. Leah hatte sich schon als Kind gefragt, wann ihre Großmutter überhaupt Luft holte. Als sie dann im Biologieunterricht den Regenwurm durchgenommen hatten, war Leah überzeugt, dass ihre Nonna wohl auch wie dieser zu den Hautatmern gehörte, denn ansonsten wäre sie sicher schon erstickt.

Matilda geleitete ihre Enkelin in ein großes Wohnzimmer, in dessen Mitte ein runder Tisch stand. An ihm saßen drei schrullig aussehende ältere Damen.

»Das sind meine Freundinnen. Ich stell' dich mal vor. Also, meine Damen, das ist meine Enkelin Leah aus Deutschland.« Sie schob Leah vor sich her ins Zimmer wie eine Trophäe.

»Das«, wandte sie sich an Leah, »das ist Francesca Toriello.« Eine Frau mit knallroten Haaren nickte Leah zu. Ihre Lippen schienen in Flammen zu stehen. Der rote Lippenstift biss sich mit dem Rot der Haare.

»Daneben sitzt unsere liebe Rosaria Campari. Ihr Name ist bei ihr Gesetz. Man könnte fast glauben, sie hätte das Getränk erfunden und nun den Auftrag, alle Vorräte dieser Welt auszutrinken.«

Wie zur Bestätigung hob Rosaria, eine Frau mit mausgrauen Haaren und kleinen, lustigen Augen, ein Glas mit einer orangen Flüssigkeit. Leah vermutete Campari-Orange in dem Glas. Und zur Bestätigung sagte Matilda: »Ich glaube, Rosaria ist die einzige Italienerin, die ihren Campari mit Orangensaft mischt. Das macht sonst niemand in Italien!«

»Und die Dritte in unserem Bunde ist Elisabetta Honori, unsere Brave.«

Im Vergleich zu den anderen beiden sah diese wirklich brav aus. Sie trug ein Kostüm in einer undefinierbaren Farbe, und ihre Haare und ihr Make-up waren perfekt darauf abgestimmt, blass und farblos.

Unglaublich, aber Matilda Tozzi holte wirklich Luft und gab Leah die Möglichkeit, die Damen kurz zu begrüßen.

Viel Luft brauchte sie allerdings nicht, denn schon fing sie wieder zu reden an.

»So, meine Lieben. Jetzt muss ich euch aber rauswerfen. Ich habe mit meiner Enkelin wichtige Dinge zu besprechen.«

Und Leahs Begrüßung ging nahtlos in eine Verabschiedung über, die allerdings recht kurz war.

Wenige Minuten später saßen Leah und Matilda allein an dem Tisch, an dem eben noch um die Rente von vier alten Damen gezockt worden war.

»So, jetzt können wir reden. Von den Umständen, die dich hierher führen, abgesehen, freue ich mich wirklich, dass du endlich wieder einmal den Weg nach Venedig gefunden hast. Mariella hat mich angerufen und mir von dem Brief des Arztes erzählt. Ich weiß gar nicht, was ich dazu sagen soll.« Matilda Tozzi sprachlos zu erleben, war, als würde man den Frankfurter Flughafen für eine Stunde stilllegen. Doch schon ging der Flugverkehr weiter.

»Meine zweite Enkelin ist gar nicht tot? Was hat sich dieser Arzt nur gedacht? Was hat er mit ihr gemacht? Und warum sagt er nur, dass sie lebt, aber nicht wo und warum?« Alles Fragen, die Leah sich schon längst gestellt hatte. Nun hoffte sie, hier in Venedig die Antworten darauf zu finden.

Matilda schwieg kurz und schenkte Kaffee nach, während sie

ihren Gedanken über den vorgetäuschten Tod ihrer Enkelin nachhing.

»Genau deswegen bin ich hier. Um diese Fragen zu beantworten, Nonna. Warst du damals im Krankenhaus? Kannst du dich noch an irgendwas erinnern?«, fragte sie.

»Nein, ich war hier und habe auf dich aufgepasst. Ich kann dir leider nicht weiterhelfen.«

»Kein Problem. Ich werde morgen die Familie Ancilotto aufsuchen.«

»Das ist eine gute Idee. Jetzt bist du sicher müde und möchtest dich hinlegen. Komm, ich bring dich in dein Zimmer, auch wenn du eigentlich noch wissen solltest, wo es ist.«

Kapitel 11

Wie immer saß Antonio DeMarco noch spät in der Nacht von Sonntag auf Montag über der Wochenabrechnung im Hinterzimmer der Pizzeria, die er für seinen Bruder Luigi führte. Dieser hatte ihm die Leitung übergeben, weil er selbst mit der Pizzeria in Heidelberg genug zu tun hatte. Antonio De Marco versuchte, sich auf die Zahlen zu konzentrieren, aber seine Gedanken schweiften immer wieder ab.

Luigi hatte ihn am frühen Sonntagmorgen angerufen. Er hatte ihm vom Brief des Arztes erzählt und davon, dass Leah nach Venedig fliegen würde, um ihre Schwester Carla aufzuspüren. Keine halbe Stunde später hatte er selbst mit Italien telefoniert und umfassend Bericht erstattet, und nun fragte er sich, ob das richtig gewesen war.

Doch dann dachte er wieder an seine Absicherung, die er schon vor Jahren getroffen hatte. Wie konnte er ahnen, dass diese bald eine entscheidende Rolle spielen sollte.

Als er aus dem Gastraum ein leises Knacken hörte, schaute Antonio DeMarco von seinen Unterlagen auf und horchte angestrengt. Doch nichts tat sich. So vertiefte er sich wieder in seine Wochenabrechnung.

Plötzlich hatte er das Gefühl, dass noch jemand im Zimmer war, schaute auf und blickte in die Mündung einer Waffe mit einem großen Schalldämpfer. Doch bevor er überhaupt erkennen konnte, wer dort vor ihm stand, war es auch schon zu spät. Das Letzte, was er noch erfasste, bevor aus der Mündung ein kurzer Feuerstrahl schoss und er einen brennenden Schmerz in der Brust verspürte, war das höhnische Grinsen seines Mörders und der Hut, den er trug.

Der Mann, der auf Antonio geschossen hatte, blickte mit Genugtuung in das schmerzverzerrte und entsetzte Gesicht seines Opfers. Aber als von der Straße ein Geräusch ins Büro drang, drehte er sich schnell um und verließ so lautlos, wie er gekommen war, das Lokal.

Antonio spürte den Schmerz kaum noch. Sein Körper begann taub zu werden, und ihm war entsetzlich kalt. Das war das Ende. Jetzt musste er seine letzte Karte ausspielen, damit er Frieden finden konnte.

Mit letzter Kraft nahm er den Kugelschreiber, mit dem er eben noch Zahlenreihen in sein Kontobuch eingetragen hatte, und versuchte, auf die aufgeschlagene Seite des Buches einen Namen zu schreiben. Aber seine Kraft schwand schneller, als er gedacht hatte, und sein letzter Gedanke war, dass er den Namen nicht mehr vollständig würde schreiben können.

Sein Kopf fiel auf den Tisch, seine Atmung setzte aus. Antonio war tot.

Wie jeden Montagmorgen betrat Frau Wimmer um zehn Uhr die Pizzeria durch die Hintertür. Schon seit fünf Jahren war sie hier für die Sauberkeit zuständig und stolz darauf, dass es noch nie etwas zu beanstanden gab.

Normalerweise begann sie mit ihrer Arbeit vorne im Gastraum, doch diesmal – sie konnte es sich später nicht erklären warum – betrat sie zuerst das Büro des Chefs.

Dieser Anblick war entsetzlich. Antonio DeMarco lag vornübergebeugt auf seinem Schreibtisch, unter seiner Brust hatte sich eine große Blutlache gebildet. »Oh, mein Gott!« Sie ließ ihr Putztuch fallen und lief schreiend auf die Straße. »Polizei! Rettung! Hilfe! Er ist tot!« Die Passanten hielten sie für hysterisch oder betrunken. Doch schließlich fasste sich einer der Männer ein Herz und betrat die Pizzeria. Als er den Toten sah, rief er die Polizei.

Louis war mitten in einer Zeugenvernehmung, als er die Nachricht hörte. Ungeduldig stellte er die letzten Fragen und machte sich danach sofort mit Jens zum Tatort auf. Sicherheitshalber ließ er sich nochmals die Adresse bestätigen. Kein Zweifel, das war in der Pizzeria von Leahs Onkel. Hoffentlich war Antonio nicht in die Sache verwickelt oder gar das Opfer. Denn wie sollte er das Luigi beibringen?

»Ist das nicht die Pizzeria von Leahs Vater, die ihr Onkel leitet?«, fragte Jens, während sie mit Blaulicht durch die Stadt rasten.

»Ja, ich glaube schon«, entgegnete Louis kurz angebunden. Er wollte jetzt nicht reden. Jens verstand und hielt seinen Mund.

Am Tatort wimmelte es inzwischen schon von Menschen. Gerichtsmedizin und Spurensicherung waren kurz vor ihnen angekommen und hatten ihre Arbeit begonnen, nahmen Fingerabdrücke und machten Fotos vom Tatort.

Louis und Jens betraten die Pizzeria durch die Hintertür, die auch Frau Wimmer benutzt hatte.

Als Louis Antonios Leiche sah, zuckte er kurz zusammen. Leah hatte zwar nie viel von ihrem Onkel gehalten und in ihm immer eine zwielichtige Figur gesehen, aber trotzdem gehörte er zur Familie.

Er schob seine Gedanken beiseite und war wieder ganz Polizist. Ein gründlicher und strenger Ermittler.

»Was kannst du mir sagen, außer: ›Mehr nach der Obduktion‹? Komm mir ja nicht mit diesem blöden Spruch aus den Fernsehkrimis, denn der stimmt nie, weil die dann doch schon am Tatort immer alles erzählen. Also sprich!«

Der Gerichtsmediziner schmunzelte. Er hatte schon in einigen Fällen mit Louis zusammengearbeitet und das immer als recht angenehm empfunden. Louis hielt sich nicht mit Förmlichkeiten auf und kam meist gleich zur Sache, was ihm sehr entgegenkam. Er hatte zu viel zu tun, als dass er stundenlang mit Polizisten plaudern konnte. So schilderte er in aller Kürze seine bisherigen Feststellungen:

»Der Tod ist ungefähr gegen drei Uhr nachts eingetreten. Plus minus zwei Stunden. Die Putzfrau hat ihn um zehn Uhr früh so aufgefunden. Außer ihr war nur ein Passant in dem Raum, der nach dem Rechten gesehen hat. Der Tote wurde aus nächster Nähe erschossen. Ich gehe davon aus, dass er hier am Schreibtisch saß, als der Mörder das Zimmer betrat und sofort auf ihn schoss. Kein Ausschuss, die Kugel steckt, ich schätze, der Täter hat eine *.22er* benutzt. Das Opfer war nicht sofort tot, ist aber recht schnell verblutet, da die Kugel wahrscheinlich die Hauptschlagader getroffen hat. Er konnte allerdings noch etwas aufschreiben. Schau, hier.«

Der Gerichtsmediziner zeigte auf das offene Kontobuch. Louis hatte Schwierigkeiten, die verwackelten Buchstaben am unteren Seitenrand zu entziffern. Es schien Angelo C zu heißen.

War das der Name des Mörders? Hatte Antonio seinen Mörder gekannt und mit seiner letzten Kraft versucht, seinen Namen aufzuschreiben? Louis wusste es nicht, noch nicht, aber er würde es herausfinden.

Während Louis mit dem Gerichtsmediziner sprach, befragte Jens die Putzfrau und die Passanten. Dann brachten sie sich auf den neuesten Stand und machten sich auf den Weg zu den DeMarcos.

»Antonio? Mein Bruder Antonio ermordet?« Luigi konnte es nicht glauben und musste sich setzen. Mariella brachte Louis und Jens Kaffee und setzte sich dann neben ihren Mann aufs Sofa.

Luigi hatte Tränen in den Augen. Mariella legte ihren Arm um ihn.

»Das ist alles einfach zu viel. Erst das mit Carla und jetzt Antonio.«

»Was meinst du mit Carla, Luigi? Wer ist Carla?«, fragte Louis.

Luigi schwieg. Er schaute erst einmal eine Zeit lang vor sich hin und seufzte dann.

»Carla ist unsere zweite Tochter.« Schließlich erzählte Luigi stockend von den Ereignissen, von der Geburt, vom Brief und von Leahs überstürzter Abreise nach Venedig.

Louis war sprachlos. Nicht nur wegen der Neuigkeit, dass Leah eine Schwester hatte. Sondern vor allem, weil er plötzlich einen unbändigen Drang verspürte, nach Venedig zu reisen und Leah bei ihrer Suche zu helfen.

Schnell schob er diese Gedanken beiseite. Eigentlich wollte er schnellstmöglich von seinen Schwiegereltern weg. Wollte in Ruhe über seine Gefühle nachdenken, was normalerweise so gar nicht seine Art war. Und so vergaß er, Luigi von dem letzten Hinweis seines Bruders zu erzählen. Jens, der sich im Hintergrund gehalten und seinen Partner still beobachtet hatte, schwieg ebenfalls.

Kapitel 12

Leah erwachte voller Tatendrang. Sie konnte es kaum erwarten, endlich mit der Suche nach ihrer Schwester zu beginnen. Matilda hatte Frühstück zubereitet. Eigentlich hatte Leah keinen Hunger. Aber um ihre Großmutter nicht zu enttäuschen, setzte sie sich doch an den Frühstückstisch und zwang sich, ein paar Bissen zu essen.

Weil das italienische Frühstück nicht gerade für seine Üppigkeit bekannt ist und meist nur aus einem starken Espresso und ein wenig Gebäck mit Butter und Marmelade besteht, fiel ihr das nicht sehr schwer.

Obwohl ihr ein Espresso gereicht hätte – oder noch besser, gleich drei davon.

Louis hatte sich immer über ihren übermäßigen Kaffeekonsum beschwert, doch das interessierte sie nie. Man durfte ihr viel wegnehmen, aber nicht ihren Kaffee. Da konnte sie sehr ungemütlich werden.

Während Leah also ihren Espresso genoss, gleich noch um einen zweiten bat und nebenbei ein paar Mal von einem trockenen *Cornetto* abbiss, redete Matilda ohne Punkt und Komma.

Sie kam vom Hundertsten ins Tausendste und Leahs Gedanken schweiften ab.

»Ich hab übrigens Roberto gesagt, dass er dir unbedingt zur Verfügung stehen muss.« Nun war Leah doch wieder aufmerksam. Wer war Roberto?

Aber Matilda lieferte gleich die Erklärung. »Roberto ist ein alter Freund der Familie. Ich war mit seiner Mutter zur gleichen Zeit im Krankenhaus auf der Gebärstation und wir sind seit damals gute Freundinnen. Mariella und Roberto sind also gleich alt. Sie gingen in die gleiche Schule, und auch sie wurden Freunde. Er arbeitet hier in Venedig als Taxifahrer. Mit einem Boot versteht sich. Ich habe ihn gestern schon angerufen und ihm erzählt, dass du kommst. Natürlich ist er sehr gespannt auf dich, war er doch lange Zeit in deine Mutter verliebt. Doch gegen Luigi hatte er keine Chance. Du wirst gleich sehen, warum. Egal, auf jeden Fall wird er dich, während du hier bist, überall hinfahren. Den Preis mache ich dann später mit ihm aus.« Sie blickte kurz auf ihre Armbanduhr.

»Oh je, schon so spät. Du musst dich beeilen, Roberto wartet sicher schon an der Hintertür.«

Leah war erleichtert, dass sie nun endlich erlöst war.

Sie nahm ihren Rucksack und folgte Matilda zur Hintertür, die sich direkt zum Kanal öffnete. Lediglich eine kleine Steinplatte mit gerade einmal Platz für eine Person war zwischen der Tür und dem Kanal. Leah war froh, dass ihre Großmutter nicht trank. Sonst hätte sie ständig Angst haben müssen, dass sie irgendwann durch diese Tür direkt im Kanal landete. Nun schaukelte ein kleines Boot am Anlegeplatz. Der Fahrer grinste Leah an, und jetzt sah sie auch, was ihre Großmutter gemeint hatte. Roberto hatte eine fürchterliche Hasenscharte, die er mit einem Schnurrbart zu verbergen versuchte. Was jedoch gründlich daneben ging, weil gerade der Bart die Blicke anzog und wie ein leuchtender Reklamepfeil auf die Hasenscharte wies. Anscheinend hatte man da operativ nicht viel machen können.

Matilda küsste Roberto auf beide Wangen und stellte Leah vor. Leah lächelte Roberto zu und dankte ihm für seine Bereitschaft zu fahren.

»Das ist doch kein Problem. Für die Familie Tozzi mache ich das gerne. Wo soll es denn als Erstes hingehen?« Seine Stimme klang weich und freundlich. Leahs wusste, dass sie diesen Mann mögen würde. Sie war eine gute Menschenkennerin, was ihr auch schon einige Male in ihrem Job zugutegekommen war.

Leah holte ihr Notizbuch aus der Tasche ihrer Jeans und suchte die Adresse.

»Ja, die Gegend kenne ich. Da haben wir es nicht sehr weit. Steig ein. Ich darf doch Du sagen, oder?«

»Natürlich.«

Leah hauchte Matilda einen flüchtigen Kuss auf die Wange und bestieg das wackelige Boot.

Die Fahrt verging recht schnell. Roberto wollte alles über ihre Mutter und das Leben in Deutschland wissen. Er war wohl noch immer ein bisschen verliebt in Mariella, auch wenn er es kaschieren wollte. Leah lächelte in sich hinein, während sie ihm bereitwillig Auskunft hab. Sie musste ihre Mutter bei Gelegenheit einmal fragen, warum sie Roberto verschmäht hatte. Die Hasenscharte war sicherlich nicht der Grund. Wohl eher die Begegnung mit dem ruhigen, ausgeglichenen und gutaussehenden Luigi.

Etwa eine Viertelstunde später hatten sie das Haus der Ancilottos erreicht. Leah hatte absichtlich nicht angerufen und hoffte nun, dass jemand zuhause war.

Roberto steuerte sein Boot an einen Steg einige Meter vom Haus entfernt. Dort würde er auf sie warten.

Kurz dachte sie darüber nach, wie es für sie als begeisterte Autofahrerin wäre, in einer Stadt zu leben, in der man sich, außer zu Fuß, fast ausschließlich mit Booten fortbewegte, doch diesen Gedanken legte sie schnell beiseite. Sie musste sich nun konzentrieren und kurz sammeln.

Das Haus der Ancilottos hob sich nicht von all den anderen Häusern dieser Gegend ab. Es hatte eine dunkelrote Fassade, die allerdings auch schon bessere Zeiten gesehen hatte und von Wind und Wetter sehr mitgenommen war. Es wohnten mehrere Familien im Haus, wie Leah mit einem Blick auf die Klingel feststellte. Ancilotto, da war es, der letzte Klingelknopf. Hoffentlich würde jemand öffnen.

Ein sonorer Summer ertönte und sie drückte die schwere Holztür auf.

Ein altes Steintreppenhaus mit Fliesen im Schachbrettmuster erwartete sie. Rasch eilte sie die drei Stockwerke empor, bis sie zu einer Tür kam, die soweit es die Türkette zuließ geöffnet war.

»Wer sind Sie? Was wollen Sie?« Eine Frau starrte sie misstrauisch an.

»Mein Name ist Leah DeMarco. Ihr Mann hat meinen Eltern einen Brief geschrieben und ich würde gerne mit Ihnen darüber reden.«

»Un momento.« Die Tür wurde geschlossen und Leah hörte das Geräusch der Türkette. Dann schwang die Tür ganz auf und Signora Ancilotto taxierte Leah von Kopf bis Fuß. Sie war schwarz gekleidet und trug ihre langen, blonden Haare zu einem eleganten Knoten aufgesteckt.

»Ich habe damit gerechnet, dass sich jemand melden würde. Kommen Sie herein.«

Leah freute sich, dass sie nicht erst zu einer langen Erklärung hatte ansetzen müssen und folgte ihr durch den Flur in eine große Wohnküche. »Bitte, nehmen Sie Platz.« Signora Ancilotto deutete auf einen Stuhl an einem runden Holztisch. »Möchten Sie einen Kaffee?«

»Da sage ich nicht Nein. Danke schön.«

Signora Ancilotto wandte sich um, goss aus einer Kanne Kaffee in eine Tasse, die sie vor Leah hinstellte. Dann setzte sie sich ebenfalls an den Tisch und faltete ihre Hände.

»Schon als ich den Brief schrieb, dachte ich mir, dass irgendwann jemand darauf reagieren würde. Ich habe jedoch nicht damit gerechnet, dass Sie gleich bei mir vor der Tür stehen.«

»Das tut mir leid«, entgegnete Leah. »Aber ich mache das lieber direkt. Können Sie sich denken, wer ich bin?«

»Nein, eigentlich nicht. Ich weiß nur, dass ich den Brief einer Familie DeMarco in Deutschland geschickt habe.«

»Gut, ich bin Leah DeMarco. Den Brief Ihres Mannes haben Sie meinen Eltern geschickt. Und nun möchte ich wissen, ob das wirklich wahr ist, was in dem Brief steht.« Leah nippte genüsslich an ihrem Kaffee.

»Der ist einfach köstlich«, lobte sie. Sie musste irgendwie das Eis brechen. »Haben Sie eine besondere Art der Zubereitung oder eine geheime Zutat, weil er so gut schmeckt?«

Signora Ancilotto fühlte sich geschmeichelt. Leah machte einen freundlichen aber auch bestimmten Eindruck auf sie. Das imponierte ihr irgendwie, denn sie war genau so, wenn sie etwas verfolgte.

»Ich brühe ihn ganz normal in der silberfarbenen *Moka* auf dem Herd, aber ich gebe noch einen kleinen Löffel Zimt mit in das Kaffeepulver. Das schmeckt zwar ein bisschen weihnachtlich, aber ich mag das.«

»Ich anscheinend auch. Auch wenn ich das vorher nicht gewusst habe«, entgegnete Leah und lächelte.

»Nun zu Ihrer Frage. Ich kann Ihnen leider nicht viel sagen. Mein Mann bat mich wenige Stunden vor seinem Tod, diesen Brief zu schreiben.« Sie stockte kurz, und ihre Augen füllten sich mit Tränen.

»Es tut mir sehr leid, dass ich das wieder aufwühlen muss«, sagte Leah mitfühlend.

»Es geht schon. Irgendwann muss ich ja damit fertig werden, nur wann?« Sie stand auf, trat zum großen Fenster und starrte auf den Kanal hinaus. Leah ließ ihr die Zeit zum Nachdenken, wartete und stellte keine Fragen.

Schließlich wandte sie sich vom Fenster ab und schüttelte den Kopf, als wolle sie so ihre traurigen Gedanken verscheuchen.

»Matteo diktierte mir den genauen Wortlaut, und ich schrieb. Natürlich fragte ich ihn nachher, was damals gewesen war, da ich nichts von der ganzen Geschichte wusste, doch er tat auf einmal sehr geheimnisvoll. Er wollte nicht weiter darüber sprechen. Er hatte Angst um mich und unsere Tochter Maria. Warum weiß ich nicht. Und ich fragte dann auch nicht weiter nach, da ich merkte, wie schwer ihm das Ganze fiel. Er gab mir die Anweisung, den Brief sofort nach seinem Tod abzuschicken, und genau das tat ich auch. Mehr kann ich dazu leider nicht sagen.«

»Das ist eigentlich schon genug fürs Erste. Jetzt weiß ich sicher, dass der Brief kein Scherz ist, und meine Schwester wirklich noch leben könnte. Nun kann ich auf die Suche gehen. Vielleicht können Sie mir noch irgendwas über die Kollegen Ihres Mannes sagen oder über die Krankenschwestern, mit denen er zusammengearbeitet hat?«

»Nein, leider auch nicht. Wir haben es immer so gehandhabt, dass in dieser Wohnung nur Privates seinen Platz hatte. Er brauchte uns und dieses Heim zum Abschalten. Von seiner Arbeit sprach er daher nie, und mich störte das auch nicht. Wenn es ihm ganz schlecht ging, weil er überarbeitet war oder Ärger hatte, dann erzählte er zwar kurz davon, aber ging nicht ins Detail, und ich wusste, dass ich für ihn da sein musste. So kamen wir immer gut zurecht.« Sie stockte kurz, als sie ein Geräusch an der Tür hörte. Jemand drehte einen Schlüssel im Schloss herum.

»Sagen Sie meiner Tochter bitte nicht, worüber wir gesprochen haben und wer Sie sind. Und jetzt gehen Sie am besten«, flüsterte sie.

Leah nickte und erhob sich, nicht ohne vorher noch den letzten Schluck ihres Kaffees auszutrinken.

Sie traten in den kleinen Flur der Wohnung, wo Maria gerade ihre Schuhe auszog.

»Hallo, Mama«, lächelte sie. Dann blickte sie fragend auf Leah.

»Danke vielmals, Signora Ancilotto. Und falls Sie doch noch einen Katalog unseres Buchclubs wollen, sagen Sie mir einfach Bescheid.« Leah nickte Maria kurz zu und verließ die Wohnung.

Kapitel 13

Paolos Haus war eher ein kleiner Palazzo, als ein Haus. Seit Christinas Tod und seit seine Tochter Isabella zum Studium nach Padua gegangen war, wohnte er allein in den prunkvollen Räumen.

Die Einrichtung trug noch Christinas Handschrift, ihren Hang zum Exklusiven, ihre Liebe zum Luxus. Paolo seufzte, als sein Blick auf den vergoldeten Beistelltisch fiel. Christina; seine Heirat mit ihr war eine Schnapsidee gewesen. Es war ihr nur darum gegangen, ihren gesellschaftlichen Status zu erhöhen, in die reiche Oberschicht Venedigs einzuheiraten. Obwohl, das musste er ihr zugestehen, sie ihm auch das Beste beschert hatte, was das Leben ihm jemals geboten hatte – seine Tochter Isabella, die er abgöttisch liebte. Christina hatte sich allerdings nichts aus der Kleinen gemacht. Ihr waren ihre eingebildeten Freundinnen wichtiger gewesen. So hatte ihr Unfalltod auch keine wesentliche Lücke hinterlassen und weder er noch Isabella hatten ihr hinterhergetrauert.

Da war er schon viel trauriger darüber, dass Isabella nur jedes zweite Wochenende nachhause kam. Er hätte wirklich gern mehr Zeit mit ihr verbracht.

Das Läuten des Telefons riss ihn aus seinen Gedanken.

»Ja?«, sagte er in den Hörer.

»Hallo, Papa, ich bin's, Isabella.«

»Hallo, Isabella. Schön, dass du dich meldest.« Auf Paolos Stirn zeichneten sich auf einmal starke Falten ab. Er war nervös, doch das durfte Isabella nicht merken, und so riss er sich zusammen.

»Wie geht es dir, mein Schatz?«, fragte er.

»Gut, danke Papa und dir?«

»Alles bestens.« Das war gelogen, doch er konnte nicht ehrlich zu Isabella sein. Das ging auf keinen Fall. Er musste mit allen Mitteln verhindern, dass sie mitbekam, was gerade los war.

»Ich ruf eigentlich nur an, um dir zu sagen, dass ich nächste Woche nach Venedig kommen werde. Möchte wieder einmal ein paar Freundinnen treffen und ein bisschen ausspannen nach den anstrengenden Prüfungen in der Uni.«

Paolo schluckte. Musste sie denn unbedingt jetzt kommen? Ich werde das schon machen, dachte er sich und sagte zu Isabella: »Super, das freut mich. Wann genau kommst du?«

»Ich denke am Montag. Ich sag dir dann aber noch mal Bescheid.«

»Okay, mein Schatz, mach das. Ich freue mich auf dich. Vielleicht hast du dann ja auch ein bisschen Zeit für deinen alten Vater und gehst mit ihm in seine neue Lieblingstrattoria speisen?«

»Natürlich, du alter Papa. Als ob ich nicht alle deine Lieblingslokale kennen würde! Die Zeit nehme ich mir bestimmt.«

»Dann sehen wir uns nächste Woche.«

»Gut, Papa. Bis dann. Ciao.«

»Ciao.«

Isabella hatte nichts von der Nervosität Paolos bemerkt. Sie freute sich auf eine ruhige Woche in ihrer Heimatstadt mit ihrem Vater und ihren Freundinnen.

Wie konnte sie auch ahnen, dass alles anders kommen würde.

Kapitel 14

Inzwischen war es Mittag in Venedig, und die meisten Geschäfte hatten geschlossen. Wenn den Italienern eines heilig war, dann ihre Mittagsruhe. Da Leah als Nächstes das Beerdigungsinstitut aufsuchen wollte und dieses sicher auch über Mittag geschlossen sein würde, beschloss sie, die Wartezeit in einem *Ristorante* zu verbringen. Ihre Nonna hatte morgens beim Frühstück schon kundgetan, dass die Küche im Hause Tozzi erst am Abend wieder in Betrieb sein würde. Zu viele Verpflichtungen würden Nonna den ganzen Tag über von zuhause fernhalten. Leah musste jetzt noch schmunzeln, als sie daran dachte, wie geschäftig ihre Großmutter das gesagt hatte, aber vor allem war sie glücklich, dass Nonna noch so fit und aktiv war.

Roberto empfahl ihr im Stadtteil *Cannaregio* eine *Fiaschetteria*, die sich auf fangfrischen Fisch und Meeresfrüchte spezialisiert hatte und wunderschön gelegen war. Den herrlichen Frühlingstag wollte Leah nicht drinnen verbringen, deshalb nahm sie an einem der sonnigen Tische im Freien Platz und bestellte zuerst einmal etwas zu trinken. Die Vielfalt der Speisekarte brachte sie in arge Bedrängnis. Sie bestellte schließlich *Sfongi in soar*, kleine Seezungen mit Zwiebeln, Rosinen und Pinienkernen in Vinaigrette mit Polenta. In keinem ihrer Stammlokale in Heidelberg würde jemals diese Speise auf der Karte stehen, daher nutzte sie die Möglichkeit, sich mit den leckeren Fischspezialitäten der Lagune zu verwöhnen.

Sie genoss die köstlich zubereitete Seezunge und sie genoss, nach den langen trüben Wintermonaten in Deutschland, das bunte Treiben in den *Calle* Venedigs. Ich könnte stundenlang Menschen beobachten, dachte sie wie so oft. Aber sie war nicht auf Urlaub hier, sie hatte Wichtiges zu erledigen und deshalb wollte sie sich so schnell als möglich wieder auf die Spuren der Vergangenheit begeben. Leah bestellte noch einen Espresso, als ihr Handy läutete und das Display einen Anruf ihres Vaters ankündigte.

Ach, der will sicher wissen, ob ich schon was von der Witwe des Arztes erfahren habe.

»Hallo, Papa! Sei nicht so ungeduldig!« Leah kam gar nicht weiter, denn ihr Vater unterbrach sie mit tränenerstickter Stimme.

»Leah, hier ist etwas Furchtbares geschehen! Onkel Antonio ist erschossen worden!«

Leah spürte, wie sich ihr Magen zusammenkrampfte.

»Erschossen? Wer hat ihn erschossen?«

»Das weiß die Polizei nicht«.

»Papa, das ist ja furchtbar!«

Sie war geschockt. Auch wenn sie ihren Onkel nie besonders gemocht hatte, so einen Tod hatte er nicht verdient.

»Wer ermittelt in dem Fall?«, fragte sie dann.

»Louis und Jens!«

Damit hatte Leah schon gerechnet.

»Dann werden sie den Mörder sicher bald finden. Glaub mir Papa, Louis und Jens sind die besten Ermittler. Die finden ihn«, versuchte sie ihren Vater zu trösten.

»Das weiß ich doch.« Luigis Stimme klang jetzt wieder fester.

»Wie sieht es bei dir aus, *cara mia*?«

Leah berichtete kurz von ihrem Besuch bei Signora Ancilotto.

»Der Brief ist echt. Ich finde unsere Carla!«

Eine Zeit lang schwiegen die beiden.

»Ich hab dich lieb, Leah, pass auf dich auf!«

»Ich hab dich lieb, Papa!«, sagte Leah.

Sie hörte ein kurzes Schluchzen am anderen Ende der Leitung, und ihr Vater hatte aufgelegt.

Roberto hatte zuhause gegessen und während Leah in der *Fiaschetteria* ihr Mittagessen aß, die Adresse des Beerdigungsinstitutes herausgesucht, und so machten sie sich nun auf den Weg.

Das Institut lag in einer kleinen Seitengasse abseits des Canal Grande. Roberto ließ Leah aussteigen und erklärte ihr den Weg.

Dank seiner guten Wegbeschreibung verirrte sie sich nicht, was in diesen Gassen, wo eine aussah wie die andere, nicht ungewöhnlich gewesen wäre. Nach ein paar Minuten erreichte sie ein altes, braunes Haus, dessen Fassade im Erdgeschoß zur Hälfte von einer bis zum Boden reichenden Fensterfront eingenommen wurde. Hinter diesen Schaufenstern warb das Beerdigungsinstitut mit seinen Angeboten. Leah lehnte sich an die Hausmauer. Sie musste an den Anruf ihres Vaters denken und nun trieb ihr der Anblick der Särge beinahe Tränen in die Augen. Nicht wegen Antonio, nein, ihr Vater tat ihr so leid, denn trotz aller Probleme, die er immer wieder mit Antonio gehabt hatte, hing ihr Vater an seinem Bruder. Die Menschen gingen an ihr vorbei, einige schauten sie flüchtig an, andere hielten den Kopf gesenkt, wie dieser Mann mit Hut, der gerade das Bestattungsinstitut betrat. Leah holte tief Luft, stieß sich von der Mauer ab und betrat ebenfalls das Institut.

Mit ihrem geschulten Blick erfasste sie rasch das Innere des Vorraums. Auf zwei kleinen Tischen, die ein Fenster säumten, standen verschieden große Urnen, das Fenster selbst war mit einem Blumengesteck dekoriert. Leah dachte kurz, wie schwer es doch sein musste, das Schaufenster eines Beerdigungsunternehmens ansprechend zu dekorieren, dann öffnete sie die große Glastür und betrat einen kleinen Empfangsraum, der ebenfalls mit verschiedenen Blumengestecken ausstaffiert war.

Der Mann mit Hut, der vor ihr das Institut betreten hatte, drehte sich zu Leah um, als er die Tür hörte. Dann wandte er sich wieder der kleinen, untersetzten Frau hinter dem Schreibtisch zu.

»Ich suche einen Signor eh, eh, Rossi, den sie vor einem Monat beerdigt haben, und ich suche sein Grab«, hörte ihn Leah murmeln.

Als Polizistin hatte sie ein feines Gespür für Ausreden und das war eine. Eine gewaltige.

Erstens war da das Stottern um den Namen, denn ihm fiel offenbar spontan kein besserer ein, und dann trug er auch noch eine riesige Sonnenbrille, die er auch im Raum nicht abgenommen hatte. Und die ganze Zeit nahm er seine Hände nicht aus den Manteltaschen. Der war wirklich sonderbar.

Es schien, als hätte sie ihn bei etwas gestört, doch konnte sie sich keinen Reim darauf machen, wieso er sich so merkwürdig verhielt.

»Einen Signor Rossi, daran kann ich mich nicht erinnern, das tut mir leid. Da sind Sie bei uns nicht richtig«, sagte die Frau, die laut dem Namensschild auf ihrem Schreibtisch Tresina hieß.

»Wollen Sie nicht doch nochmal nachsehen?«, fragte der Mann mit Hut bestimmend.

»Das brauche ich nicht, das weiß ich auch so!«

In diesem Moment hörte Leah hinter sich wieder die Türglocke und ein Lieferant mit einem großen Paket auf dem Arm betrat den Raum.

Jetzt wurde der Mann mit Hut sichtlich nervös und wandte sich zum Gehen.

»Dann muss ich mich geirrt haben«, sagte er noch schnell, als er das Institut verließ.

Mit dem stimmt etwas nicht, dachte Leah erneut, der ist wirklich bei irgendwas gestört worden. Sie schaute ihm noch kurz verwundert nach, schüttelte ihren Kopf und begrüßte dann Signora Tresina, die in der Zwischenzeit dem Lieferanten das Paket abgenommen und den Empfang mit ihrer Unterschrift bestätigt hatte.

»*A domani*!«, verabschiedete sich der Lieferant und verließ das Beerdigungsinstitut.

Signora Tresina wandte sich an Leah und setzte ihr professionell mitfühlendes Lächeln auf.

»*Buona sera*«, sagte sie, »was kann ich für Sie tun?«.

Sicher geht sie davon aus, überlegte Leah, dass ich einen lieben Menschen verloren habe. Wenn sie wüsste, dass sie da nicht mal so verkehrt liegt. Nur ist dieser Mensch nicht tot, das hoffe ich zumindest.

»*Buona sera*«, antwortete sie dann, »kann ich bitte den Inhaber sprechen?«

Signora Tresina zog die Augenbrauen hoch: »Warten Sie kurz hier, ich hole meinen Mann.«

Sie verschwand hinter einer Holztür und Leah setzte sich auf einen abgewetzten Polstersessel, der in der Ecke des Raumes stand. Daneben stand ein runder Tisch mit Prospekten von den verschiedensten Sargmodellen und Urnen. Die wollte Leah sich nun wirklich nicht anschauen.

Eine seltsame Lektüre, dachte Leah.

Nach kurzer Zeit trat *Signora* Tresina wieder durch die Tür, gefolgt von einem kleinen, untersetzten Mann im schwarzen Anzug.

»Das ist mein Mann, Signor Tresina. Der Inhaber dieses Institutes.«

Signor Tresina ging auf Leah zu und schüttelte ihr die Hand. Auch er hatte einen mitfühlenden und bedauernden Gesichtsausdruck.

Sehe ich denn aus, wie eine trauernde Frau?, dachte Leah leicht amüsiert. Vielleicht ein bisschen übernächtigt, aber sicher nicht trauernd.

»Guten Tag, Signor Tresina. Ich muss in einer privaten Angelegenheit mit Ihnen sprechen. Können wir irgendwo alleine reden?«

Signor Tresina machte eine einladende Armbewegung. »Aber sicher doch. Folgen Sie mir bitte.«

Leah folgte ihm in einen weiteren spärlich eingerichteten Raum, wiederum dekoriert mit Blumengestecken.

Leah dachte kurz daran, dass das Blumengeschäft, das täglich diese Gestecke lieferte, sicher ausgesorgt hatte mit einem solchen Kunden, doch dann konzentrierte sie sich wieder auf den Grund ihres Besuches.

Signor Tresina nahm an einem dunklen Schreibtisch Platz und wies mit einer Geste auf einen roten Stuhl. Leah setzte sich.

»Wie kann ich Ihnen helfen?« Wieder dieser teilnahmsvolle Blick.

»Signor Tresina, ich bin nicht hier, weil ich jemanden beerdigen muss«, klärte Leah ihn auf.

Er blickte sie verwundert an.

»Nein? Weshalb dann?«

»Es geht um eine Beerdigung vor dreißig Jahren. Haben Sie von damals noch Aufzeichnungen?«

Signor Tresina legte die Fingerspitzen aneinander und überlegte.

»Nun«, erwiderte er, »ich glaube nicht! Da müsste ich nachschauen. Das ist ja ewig lange her. Bei so lange zurückliegenden Beerdigungen müssen Sie mir schon ein wenig mehr sagen.«

»Also gut. Es geht darum, dass im Dezember vor dreißig Jahren meine Schwester direkt nach der Geburt verstorben sein soll, und von Ihnen beerdigt wurde. Nun habe ich berechtigte Zweifel, dass meine Schwester damals wirklich gestorben ist.«

Leah bemerkte, dass der Beerdigungsunternehmer blass wurde und sich auf seiner Oberlippe kleine Schweißperlen bildeten.

»Das heißt also«, fuhr sie fort, »dass Sie entweder eine andere Babyleiche oder einen leeren Sarg begraben haben.«

Bei dem Wort Babyleiche zuckte Signor Tresina merklich zusammen.

Er weiß genau, wovon ich spreche, dachte Leah. Jetzt muss ich vorsichtig sein, sonst erzählt er mir gar nichts.

»Verstehen Sie mich bitte nicht falsch, Signor Tresina. Es geht mir nicht darum, Sie anzuklagen oder Ähnliches. Ich möchte einfach nur meine Schwester finden und brauche dafür jeden Hinweis, den ich kriegen kann«, versuchte Leah ihn zu überzeugen. Aber Signor Tresina sah sie nur eine Zeit lang schweigend an, zuckte dann mit den Schultern und meinte mit bedauerndem Gesichtsausdruck: »Ich weiß nicht, wovon Sie sprechen und muss Sie bitten, mein Geschäft zu verlassen!«

»Gut!« Leah beugte sich auf ihrem Stuhl etwas nach vorne. »Sicher ist es Ihnen lieber, wenn ich mit der Polizei wiederkomme!«

Er zögerte nur kurz, überlegte und sagte dann:

»Signora … wie war Ihr Name doch gleich?«

Sie hatte ihn noch nicht genannt.

»Leah DeMarco.«

»Gut, Signora DeMarco, …«, begann er zögernd »… ich will es mal so sagen: Ich kann mich an den Fall leider genau erinnern, denn es war das einzige Mal in meiner langen Zeit als Bestatter, dass ich etwas Illegales gemacht habe. Für einen Freund. Und ich bin nicht gerade stolz darauf.« Er blickte kurz aus dem schmalen Fenster neben seinem Schreibtisch und suchte in seinen Erinnerungen. »Seit Jahren schon rechne ich immer wieder damit, dass ich einmal deswegen Schwierigkeiten bekommen werde.«

»Ich werde Ihnen keine Schwierigkeiten machen, wenn Sie mir alles erzählen, was Sie wissen, und ich so meine Schwester finden kann. Ich habe einen Brief, in dem Ihr Name erwähnt wird«, bluffte sie.

»Ich kann Ihnen die Geschichte nur aus meiner Sicht erzählen.«

»Dann erzählen Sie, bitte.«

Signor Tresina holte tief Luft. »Gut! Bevor ich nach dem Tod meines Vaters in sein Bestattungsunternehmen einstieg, habe ich einige Semester Medizin studiert. Dabei lernte ich Matteo Ancilotto kennen. Er wurde damals mein bester Freund. Ich kann und mag Ihnen nicht sagen, warum, aber ich stand wegen eines Vorfalles an der Uni schwer in seiner Schuld. Ein paar Jahre später kam Matteo zu mir und forderte mich auf, diese Schuld einzulösen. Ich sollte für ihn so tun, als würde ich ein neugeborenes Baby beerdigen. Allerdings war der Sarg leer. Er sagte mir damals nichts Genaueres, und ich traute mich nicht nachzufragen. Er tat sehr geheimnisvoll. Ich hoffte nur, dass damit meine Schuld getilgt wäre, und niemand etwas von dem Schwindel merken würde. Zum Glück wollten die Eltern ihr Baby nicht mehr sehen, und so ging alles reibungslos vonstatten. Mehr kann ich ihnen dazu leider nicht sagen.«

»Das reicht mir schon.« Jetzt konnte Leah hundertprozentig sicher sein, dass ihre Schwester damals nicht gestorben war. Schon das Gespräch mit der Witwe von Dottore Ancilotto hatte sie in dieser Hoffnung bestärkt, doch nun blieben keine Zweifel mehr.

Sie verabschiedete sich von Signor Tresina, der sehr erleichtert wirkte.

Was hätte es gebracht, ihm Schwierigkeiten zu machen?, dachte sie. Er war wahrscheinlich nur ein kleines Puzzleteil in einem großen Puzzle, das sie nun nach und nach zusammensetzen musste. Für sie war er nicht weiter von Bedeutung. Alles, was für sie wichtig war, hatte sie von ihm erfahren.

Leah ahnte nicht, dass sie gemeinsam mit dem plötzlich im Beerdigungsinstitut aufgetauchten Paketlieferanten den Eheleuten Tresina das Leben gerettet hatte.

Aber der Mann mit Hut sollte noch mehrmals ihren Weg kreuzen.

Kapitel 15

»Wir haben jetzt fast alle Mitarbeiter der Pizzeria befragt, und keiner hat je von einem Angelo C gehört oder auch nur davon, dass Antonio über einen solchen gesprochen hätte. Es fehlt uns nur noch ein Mitarbeiter, und das ist ausgerechnet derjenige, der schon am längsten in der Pizzeria arbeitet. Der ist allerdings derzeit in Spanien auf Urlaub. Er soll am Mittwoch zurückkommen«, sagte Jens. Louis hatte sich einen Becher Kaffee eingeschenkt, nippte daran und verzog das Gesicht. Louis hatte nie verstanden, warum Leah Kaffee so sehr liebte. Er trank ihn eigentlich nur, um wach zu bleiben, geschmacklich mochte er ihn am liebsten mit einem Schuss Alkohol. Doch damit konnte er hier auf dem Präsidium wirklich nicht seinen Kaffee verfeinern.

Jetzt hatte Louis den Koffeinschub aber dringend nötig, da er die halbe Nacht nicht geschlafen hatte.

Nach dem Gespräch mit Leahs Vater hatten er und Jens den Abend und den Großteil der beginnenden Nacht damit verbracht, die Mitarbeiter der Pizzeria zu befragen, und dann, als er allein zuhause war, machte Louis sich den Rest der Nacht Gedanken um Leah. Er hatte überlegt, was sie wohl gerade tat und ob er ihr irgendwie helfen könnte.

Gegen vier Uhr hatte er sich dazu gezwungen, nicht mehr nachzudenken und endlich ein wenig Schlaf gefunden.

»Du siehst heute gar nicht gut aus. Was hast du denn den Rest der Nacht gemacht? Mit einem Häschen in deinem Schlafzimmer Eiersuchen gespielt?« Jens grinste breit. Doch Louis war nicht zu Späßen aufgelegt und warf ihm nur einen grimmigen Blick zu.

Jens verstand sofort.

»Okay, ich bin schon ruhig.« Er kannte Louis gut genug, um zu wissen, wann er den Faden überspannte. Dann konnte Louis richtig ungemütlich werden. In dem Punkt waren sich Louis und Leah ziemlich ähnlich.

Das Läuten des Telefons riss Louis aus seinen Gedanken.

»Ja«, bellte er in den Hörer.

»Oh, da hat aber jemand gute Laune. Vielleicht kann ich sie ein bisschen aufbessern«, sagte eine helle Frauenstimme am anderen Ende der Leitung.

»Hallo, Jennifer, was gibt's?« Louis bemühte sich, nicht mehr so schroff zu klingen.

»Schon viel besser.« Man spürte förmlich ihr Lächeln durchs Telefon. Jennifer war schon lange ein Fan von Louis und eine der wenigen Frauen, die er noch nicht abgeschleppt hatte. Sie hoffte insgeheim, dass sich das bald ändern würde.

»Ich habe den Einzelverbindungsnachweis von der Pizzeria DeMarco. Soll ich ihn dir bringen oder holst du ihn dir?«

»Ich hole ihn mir gleich. Ich muss mich sowieso ein bisschen bewegen.«

»Okay, dann bis gleich.«

Louis machte sich auf den Weg in das Büro von Jennifer, Mädchen für alles in diesem Präsidium. Sie checkte Nummernschilder, suchte Strafakten heraus und hatte sich so unentbehrlich für die vielen Polizisten gemacht. Sie war nicht gerade eine Schönheit, aber dafür ein sehr lebensfroher und lustiger Mensch. Louis freute sich immer, sie zu sehen und mit ihr ein paar Späße zu machen.

Doch diesmal stand ihm nicht der Sinn danach, und so nahm er sich nur die Zeit für ein kleines bisschen Geplänkel, um dann mit den Telefondaten gleich wieder an seinen Schreibtisch zurückzukehren.

Jennifers Enttäuschung hatte er sehr wohl bemerkt, doch das kümmerte ihn heute nicht besonders.

Zurück an seinem Tisch studierte Louis angestrengt das Blatt mit etlichen Telefonnummern und Uhrzeiten darauf. Jens beobachtete ihn.

»Wollen wir doch mal sehen, mit wem Antonio vor seinem Tod so telefoniert hat … Aha«, entfuhr es Louis.

»Was, aha?«

»Er hat einmal mit seinem Bruder Luigi telefoniert, die Nummer kenne ich. Die anderen Nummern müssen wir erst prüfen. Allerdings ist hier eine Auslandsnummer. Wenn mich nicht alles täuscht, ist 0039 die Vorwahl für Italien. Das Gespräch hat nicht sehr lange gedauert, nur etwa drei Minuten. Das müssen wir dringend überprüfen.«

Er startete seinen Computer.

Jens suchte inzwischen im Internet nach einem Angelo C. Er probierte es zuerst bei Google, bekam aber keine eindeutigen Ergebnisse.

»Es stimmt. Die Nummer ist aus Italien. Allerdings ist kein privater Anschluss unter dieser Nummer gemeldet. Die Vorwahl ist die für Venedig. Ich werde mich mit der dortigen Polizei in Verbindung setzen. Vielleicht können die mir mehr sagen. Die anderen Nummern sind meist von Lebensmittellieferanten und von seinen Angestellten. Hast du inzwischen irgendwas über Angelo C herausgefunden?«

»Nein, nichts. Nur irgendwas von Zahnimplantaten und Gesichtsästhetik. Alles irgendwo, aber nicht hier in Frankfurt.«

Louis rief bei seinen Kollegen in Venedig an, doch die konnten ihm auch nicht sagen, von welchem Anschluss die Nummer war, da es sich dabei um eine Geheimnummer handelte. Das machte Louis stutzig, und so ging er in das Büro seines Chefs.

»Hallo, Louis. Was habt ihr bis jetzt im Mordfall DeMarco?«

Louis zuckte kurz zusammen. Mordfall DeMarco. Was wäre, wenn nicht Antonio, sondern Leah das Opfer gewesen wäre? Dann würde sein Chef wahrscheinlich auch vom Mordfall DeMarco sprechen.

»Nicht viel. Er hatte keine Feinde. Seine Pizzeria ist gut in den schwarzen Zahlen. Seine Mitarbeiter lieben ihn nicht, aber sie hassen ihn auch nicht und zudem haben alle ein Alibi. Einzig sein Hinweis auf einen Angelo C und ein Anruf nach Venedig machen mich nachdenklich. Allerdings kann die venezianische Polizei mir auch nicht weiterhelfen, da es eine Geheimnummer ist.«

»Was schlägst du also vor?«

»Wir können nur versuchen, herauszufinden, ob ein Angelo C vielleicht mit einem Flieger aus Venedig hier in Frankfurt in den letzten Tagen angekommen ist. Wenn er allerdings ein Auto benutzt hat, wird es schon wieder schwieriger. Obwohl, wenn Sie mich fragen, Chef, sieht das Ganze ziemlich professionell aus. Rein ins Lokal, das Ziel töten und dann verschwinden. Dazu die *.22er*. Eine richtige Profikillerwaffe. Sein einziger Fehler war, nicht zu warten, bis das Opfer wirklich tot war. Ich denke, dass der Mörder durch irgendwas gestört wurde und deswegen schnell wieder verschwand.«

»Das klingt logisch. Befragt alle Fluglinien und auch die Taxifahrer am Flughafen. Vielleicht ist da jemandem etwas aufgefallen.«

»Okay.«

Louis verließ mit einem kurzen Gruß das Büro seines Vorgesetzten und erzählte Jens von dem Gespräch.

Da Louis nicht davon ausging, dass ihm die Fluggesellschaften am Telefon Auskunft über ihre Fluggäste geben würden, machten sie sich auf den Weg zum Flughafen.

Kapitel 16

Das Telefon klingelte.

»Ja?«

»Der Auftrag ist erledigt.«

»Gut. Hast du SIE schon im Visier?«

»Ja, habe ich. Hat mich aber gestört, als ich den zweiten Auftrag erledigen wollte.«

»Egal, die sind nicht so wichtig. Viel wichtiger ist der nächste Auftrag und dann vor allem SIE. Jetzt kannst du dir keine Fehler mehr erlauben.«

»Werde ich nicht.«

»Gut. Melde dich, wenn alles erledigt ist.«

»Mache ich.«

Ohne einen weiteren Gruß legte der Angerufene auf. Sein Lächeln verriet, dass er mit der derzeitigen Situation durchaus zufrieden war. Der Patzer mit dem Bestatter störte ihn nicht weiter. Eigentlich hatte er angeordnet, alle Mitwisser zu töten, aber der Bestatter konnte ohnehin keine wichtigen Informationen weitergeben.

Die Nächste auf seiner Liste war die Person mit den brisanten Informationen, und die musste unbedingt ausgeschaltet werden. Und jetzt auch noch diese Polizistin, das war nicht sehr gut. Aber der Anrufer würde schon alles Weitere zu seiner Zufriedenheit erledigen, da war er sich sicher.

Kapitel 17

Nachdem Leah am späten Nachmittag das Beerdigungsinstitut Tresina verlassen hatte, war sie mit Roberto direkt zu Matilda zurückgekehrt.

Nonna wusste schon von Antonios tragischem Tod, aber auch sie war nie warm geworden mit dem Bruder ihres Schwiegersohns. Sie hatte ihn ohnehin nur auf ein paar Familienfeiern getroffen und auch dann nur einige belanglose Worte mit ihm gewechselt. Leah wusste, dass ihre Nonna so wie sie selbst ein untrügliches Gespür für Menschen hatte, und so waren sie sich bei ihrer Einschätzung von Antonio einig. Nach außen hin wirkte er nett und freundlich, gleichzeitig aber strahlte er eine gewisse Boshaftigkeit aus. Etwas Zwielichtiges, das Leah nie wirklich beschreiben konnte und vor ihren Eltern auch nicht erwähnte.

Nachdem sie einen angenehmen Abend mit ihrer Nonna verbracht hatte und so ein bisschen auf andere Gedanken gekommen war, ging sie schlafen, nur um im Bett wieder mit ihren Gedanken zu kämpfen.

Sie dachte an ihren Vater, der so plötzlich seinen Bruder verloren hatte, und sie dachte an ihre Schwester, die irgendwo auf dieser Welt lebte, vielleicht schon lange nicht mehr in Venedig, und nicht einmal wusste, dass es da eine Familie gab, die nach ihr suchte. Was war damals nur geschehen? Leah konnte sich keinen Reim darauf machen.

Dottore Ancilotto hatte aus irgendeinem Grund ihre Eltern belogen und seine Freunde und seine Familie für seine Zwecke missbraucht. Was konnte dieser Grund gewesen sein? Was hatte er mit Carla gemacht?

Leah fielen die unglaublichsten Theorien ein. Doch waren sie wirklich so unglaublich? Durch ihre Arbeit bei der Polizei hatte sie vieles gesehen und wusste inzwischen, dass es nichts gab, was es nicht gab.

Am nächsten Morgen war Leah dankbar für Matildas Espresso, denn sie hatte nur wenige Stunden wirklich geschlafen. Sie hatte keine Ahnung, dass es Louis in Frankfurt genauso ging, er allerdings den Kaffee im Gegensatz zu ihr nur missmutig hinunterspülte.

»Was hast du heute vor?«, fragte Matilda.

»Ich werde das Krankenhaus aufsuchen und sehen, was ich da herausfinden kann.«

Roberto wartete schon am Hinterausgang. Heute trug er ein auffälliges rotes Polohemd, das in Kombination mit seinem Schnurrbart geradezu den Blick auf seine Hasenscharte lenkte. Leah dachte sich im Stillen, dass sie ihn sicher nie für eine unauffällige Verfolgung gebrauchen könnte, und ihre Großmutter ihm vielleicht zum Geburtstag mal eine Typberatung schenken sollte.

Doch schnell lenkte sie ihre Gedanken wieder auf ihr Vorhaben und bat Roberto, sie zum Ospedale Civile zu bringen, in dem vor dreißig Jahren ihre Schwester zur Welt gekommen war.

Schon nach kurzer Fahrt hatte sie das Gefühl, dass sie verfolgt wurden. Zuerst hatte sie nur die Spitze eines Bootes in einem Seitenkanal entdeckt. Doch als sie losfuhren und das Boot ebenfalls anfuhr, wurde das Gefühl zum Verdacht. Sie bat Roberto, einen Umweg zum Krankenhaus zu fahren, damit sie sich vergewissern konnte.

Ihr Verfolger hielt sich offenbar für besonders schlau und stoppte immer wieder an verschiedenen Anlegestellen, um sich den Anschein des Harmlosen zu geben.

Aber Leah beobachtete, dass er immer sofort weiterfuhr, ohne einen Fahrgast aufzunehmen, sobald Robertos Boot außer Sichtweite zu geraten drohte.

Um ein Taxi konnte es sich also nicht handeln.

Wer könnte einen Grund haben, sie zu verfolgen?, überlegte sie angestrengt. Wer außer ihrer Familie wusste davon, dass sie in Venedig war und nach ihrer verschollenen Schwester suchte? Sie war überzeugt, dass nur sie das Ziel einer Verfolgung sein konnte, denn Roberto würde sicher niemandem einen Grund geben ihm nachzustellen.

Im Boot konnte sie nur einen Mann sehen, doch da er immer einen deutlichen Abstand hielt, konnte sie ihn nicht erkennen. Aber etwas fiel ihr auf an ihm, der Hut. Hatte sie den nicht schon einmal gesehen? Hatte der sonderbare Mann im Beerdigungsinstitut nicht auch so einen getragen? War das also derselbe Mann? Und was wollte er von ihr?

Sie rief sich noch einmal die Szene im Beerdigungsinstitut ins Gedächtnis und auf einmal lief es ihr kalt über den Rücken. Konnte es sein, dass der Mann mit Hut bei etwas gestört worden war, bei dem er keine Zeugen gebrauchen konnte? Ein Raubüberfall? Nein, da gab es nichts Lohnendes. Wenn es nicht so beängstigend gewesen wäre, hätte Leah lachen müssen, denn der Mann mit Hut sah aus wie ein Profikiller aus einem schlechten Kriminalfilm.

Sie beschloss, Roberto nicht weiter in die Sache hineinzuziehen und bat ihn, sie bereits weit vor dem Krankenhaus aussteigen zu lassen. Den Rest des Weges würde sie zu Fuß gehen. Roberto wusste nicht, was Leah vorhatte, stellte aber auch keine Fragen, wofür Leah ihm sehr dankbar war.

Direkt an einer Calle, die zwischen zwei Kirchen endete, stieg sie aus. Sie beobachtete aus dem Augenwinkel, wie ihr Verfolger an ihnen vorbei weiter den Kanal entlangfuhr. Doch auch jetzt konnte sie ihn nicht erkennen, da er ihr den Rücken zugewandt hatte. Schnell verschwand sie in der Seitengasse, nachdem sie Roberto noch gebeten hatte, in einer Stunde am Hintereingang des Krankenhauses zu warten.

Sie lief die Calle entlang, bis sie sich nur mehr nach rechts oder links wenden konnte. Sie hatte sich am Vortag den Stadtplan genau angeschaut. Natürlich vertraute sie Robertos Ortskenntnis, doch Leah gab nur ungern die Zügel aus der Hand. Sie wusste immer gern, wo sie sich befand und wie sie gehen musste. Das kam ihr nun zugute, denn sie wusste, dass sie nun nach links gehen musste, und dann, wenn sie über den Vorplatz einer Kirche den anderen Kanal erreicht hatte, nach rechts, um zum Ospedale Civile zu kommen.

Von ihrem Verfolger war weit und breit nichts zu sehen. Hatte sie sich vielleicht doch geirrt? Wurde sie schon paranoid? Das war eigentlich gar nicht ihre Art, aber jetzt begann sie an ihrer Einschätzung zu zweifeln. Es konnte ja durchaus sein, dass sie sich getäuscht hatte, und der Mann mit Hut vielleicht einfach nur dieselbe Richtung fahren musste wie sie. Nein, das glaubte sie nicht wirklich. Sie fegte die Gedanken beiseite und lief schließlich auf einen Platz zu, der sie in den prachtvollen Empfangsbereich des Ospedale Civile führte.

Sie trat ein und sah sich verwundert um. Das hier glich eher dem Inneren einer Kathedrale als einem Krankenhaus. Nur das Schild mit der Überschrift »Ospedale dei SS. Giovanni e Paolo«, das in der pompösen Eingangshalle hing, bestätigte ihr, am richtigen Ort zu sein.

Erst nach und nach nahm sie ihre Umgebung deutlicher wahr.

Der Fußboden bestand aus kleinen Steinfliesen mit einem Rautenmuster in den Farben rot, dunkelgrau, schwarz und vereinzelt hellgrau. Es bildete kleine geometrische Muster, die wie dreidimensionale Würfel aussahen. Die Decke wurde gehalten von mehreren imposanten Säulen und riesige Fenster ließen die Sonne den Raum fluten.

Ein kurzer Blick auf die große Übersichtstafel des Krankenhauses verriet ihr das Stockwerk der Geburtsstation.

Kapitel 18

Jens und Louis erreichten den Frankfurter Flughafen kurz nach elf Uhr vormittags. Louis stellte den Wagen direkt vor dem Gebäude ab.

»Hey, hier ist nur für Taxis!«, belehrte ihn Jens.

»Dann schreib mich doch auf, Herr Wachtmeister«, grinste Louis.

Das war einer der Vorteile seines Jobs, den Louis besonders genoss: meist ungeniert überall parken zu können. Er legte ein Schild mit der Aufschrift *Polizei* ins Fenster, und sie machten sich auf den Weg ins Flughafengebäude.

Sie begannen beim Lufthansa-Schalter, zeigten ihre Dienstausweise vor und fragten nach einem Angelo C, der in den letzten Tagen vielleicht von Italien, wahrscheinlich von Venedig aus, nach Deutschland geflogen war.

Doch Angelo C schien auf keiner Liste auf. Auch nicht bei den kleineren Linien. Jens begann langsam ungeduldig zu werden.

»Ich brauche eine Pause, kommst du mit?« Er deutete auf ein kleines Café.

»Geh nur ohne mich, ich mach noch ein paar Befragungen«, grinste Louis und deutete vielsagend zu den hübschen Bodenstewardessen.

Etwa eine halbe Stunde später traf Louis im Café ein.

»Na, Erfolg gehabt?«

»Wie man's nimmt«, lächelte Louis.

»Sag mal«, fragte Jens, »kann es sein, dass ich viel mehr Schalter abgefragt habe als du?«

»Nun ja«, erwiderte Louis, »das war doch Arbeit. Ich musste halt öfter mal sehr intensiv nachfragen und in vielen Fällen auch noch meine Telefonnummer dalassen, falls den Damen was einfällt. Was auch immer«, grinste er zweideutig.

Sie wandten sich zum Ausgang.

»Das war mal eine angenehme Ermittlung«, meinte Louis trocken, »jetzt weiß ich, wie sich ein Feinschmecker im Delikatessenladen fühlt. Man weiß gar nicht, was man als Erstes in den Einkaufswagen legen soll«.

»Und Angelo C?«, fragte Jens.

»Der ist nirgendwo geflogen«.

»Bei mir auch nicht.«

Mit keinem Flieger war ein Passagier dieses Namens angekommen.

Dann werden wir wohl in Frankfurt weitersuchen müssen«, sagte Louis resigniert.

»Es wird uns nichts anderes übrig bleiben. Wir haben keine Spuren und keinerlei Zeugen, der Täter war ein absoluter Profi.«

»Schauen wir einfach noch einmal bei Luigi vorbei, vielleicht ist ihm inzwischen etwas eingefallen oder es kommt ihm der Name Angelo C ja doch irgendwie bekannt vor.«

Louis und Jens verließen das Flughafengebäude, stiegen in ihren Wagen und machten sich wieder auf den Weg in die Innenstadt.

Kapitel 19

Nach einem kurzen Weg erreichte Leah die Geburtsstation und machte sich auf die Suche nach dem Schwesternzimmer. Am Ende eines langen Ganges erblickte sie eine offene Tür. Das wird es sein, dachte sie.

An einem mit Krankenakten beladenen Computertisch saß eine kleine, stämmige Frau Mitte vierzig. Sie schrieb gerade etwas in eine blaue Akte und hielt in der anderen Hand eine Tasse mit einer dampfenden Flüssigkeit. Kaffee, vermutete Leah. Das Getränk, das wahrscheinlich für solche Berufe erfunden wurde, damit man nach einem anstrengenden Nachtdienst nicht gleich in Schlaf verfiel.

Die Krankenschwester schaute auf, als sie eine Bewegung in der Tür wahrnahm und sah Leah fragend an.

Leah war froh, dass sie so gut Italienisch konnte.

Sie stellte sich vor und fragte sie, ob sie einen Arzt namens Matteo Ancilotto kenne.

»Ja, den kannte ich, der ist allerdings vor Kurzem verstorben, aber vielleicht kann ich Ihnen weiterhelfen. Worum geht es denn?«

Leah erklärte ihr nicht die ganze Situation. Das ging eine Fremde nichts an. Sie sagte lediglich, dass es um eine Geburt vor dreißig Jahren ginge und sie dringend mit jemanden sprechen müsse, der damals schon auf dieser Station tätig war.

»Da gibt es nur eine, die noch hier ist, soweit ich weiß. Unser Urgestein Schwester Anna. Sie haben Glück, denn sie müsste in etwa einer halben Stunde in den Dienst kommen. Möchten Sie warten?«

»Ja, danke sehr.«

Leah verließ das Schwesternzimmer und ging langsam den langen Flur entlang. An den Wänden hingen Tafeln mit unzähligen Dankeskarten mit den süßesten Babybildern darauf.

Nacheinander studierte sie die Karten. Sie konnte es sich absolut nicht vorstellen, selbst einmal so eine Karte an ein Krankenhaus zu schicken.

Da gab es einen Luigi mit kleinen Teddyaugen und eine Ramona mit blauen, großen Augen und einem leichten Lächeln, das ihre Grübchen zum Vorschein brachte.

Natürlich gab es auch Bilder von Babys, die weniger hübsch waren, dennoch nahm Leah an, dass auch deren Eltern zu Recht stolz auf ihren Nachwuchs waren und ihr Baby wahrscheinlich für das schönste Baby der Welt hielten. Sie schmunzelte. So einfach war die Sache mit dem Liebhaben. Wahrscheinlich trübte der angeborene Mutterinstinkt das Urteilsvermögen. Sie war davon überzeugt, dass es für sie selbst besser wäre, nie an eigenen Nachwuchs zu denken. Aber dazu bestand ohnehin keine Gefahr. So las sie mehr oder weniger gelangweilt die Namen und die Geburtsdaten der Babys. Was hätte sie sonst auch tun können, während sie auf Schwester Anna wartete und hoffte, dass man ihr ihre Nervosität nicht ansah.

Zum Glück hielt Schwester Anna sehr viel von Pünktlichkeit. Und Pünktlichkeit hieß bei ihr, zehn Minuten zu früh zu ihrem Dienst zu erscheinen. Leah erkannte die Frau sofort. Das war auch gar nicht schwer, da sie schon ihre Schwesterntracht trug, eine weiße Hose und eine blaue Bluse. Ihren Kopf zierte ein dezentes, mit Blümchen gemustertes Tuch und über ihrer Schulter hatte sie eine große Handtasche hängen.

Schwester Anna grüßte freundlich und wollte schon ins Schwesternzimmer gehen, doch Leah rief sie zurück.

»Schwester Anna?«

»Ja?« Fragend drehte sie sich zu Leah um. »Kann ich Ihnen irgendwie helfen?« In ihrer Stimme klang eine Freundlichkeit, wie Leah sie selten gehört hatte.

»Das hoffe ich. Haben Sie vielleicht ein paar Minuten Zeit für mich, und können wir uns irgendwo ungestört unterhalten?«

»Ja. Ich muss nur schnell meiner Kollegin Bescheid geben, dass ich da bin, und dann können wir uns in den Aufenthaltsraum setzen. Aber worum geht es denn?« Sie war sichtlich neugierig.

»Um eine Geburt vor dreißig Jahren. Ihre Kollegin meinte, dass Sie damals schon hier beschäftigt waren.«

»Das stimmt. Warten , ohne Kopftuch und Handtasche.

»Kommen Sie.«

Sie ging voraus zu einer grünen Tür mit der Aufschrift *Aufenthaltsraum* und öffnete sie.

»Setzen wir uns doch hier hinein, da sind wir ungestört. Die Besuchszeit beginnt erst nach dem Mittagessen.«

Leah nahm auf einem alten, abgewetzten Holzstuhl Platz und begann zu erzählen. Bei Schwester Anna hatte sie von Anfang an das Gefühl gehabt, ganz offen sein zu können, und so erzählte sie ihr die ganze Geschichte. Je weiter sie mit ihren Schilderungen kam, desto bleicher wurde Schwester Annas Gesicht. Leah erkannte Bestürzung und Entsetzen in ihren Augen. So, als ob sie kaum glauben konnte, was sie da hörte

»Das ist ja unglaublich. Sind Sie sich da vollkommen sicher?«, fragte sie, nachdem Leah geendet hatte.

»Ja, bin ich. Vollkommen.«

»Ich kann das wirklich kaum glauben. Dottore Ancilotto war so ein hervorragender Arzt und ein sehr netter Mensch. Ich kann mir nicht vorstellen, warum er so etwas gemacht haben sollte. Einfach unglaublich.« Immer wieder schüttelte Schwester Anna den Kopf.

»Können Sie sich vorstellen, was damals passiert ist, dass ein so hervorragender Arzt wie Dottore Ancilotto meine Eltern anlügt und behauptet ihr Baby wäre gestorben?«

»Gar nichts kann ich mir da vorstellen, das ist es ja. Da muss er schon in ernsten Schwierigkeiten gesteckt haben, dass er so etwas getan hat. Oder ich müsste mich sehr in ihm getäuscht haben. Doch das ist mir noch nie passiert. Normalerweise ist meine Menschenkenntnis sehr gut, und ich habe lange mit Dottore Ancilotto zusammengearbeitet. Ich kann mir wirklich nur vorstellen, dass ihn jemand stark unter Druck gesetzt hat, das zu tun. Seine Idee war das bestimmt nicht.«

»Haben Sie eine Ahnung, wer ihn so unter Druck gesetzt haben könnte?«

»Lassen Sie mich nachdenken. Wissen Sie, das ist lange her und Dottore Ancilotto war nicht gerade bekannt für seine Offenheit. Er war eher ein zurückhaltender Mann, aber immer zuvorkommend und freundlich. Nie herablassend wie manch anderer Arzt hier. Vor allem gegenüber uns Schwestern.« Sie blickte kurz gedankenversunken an die graue Zimmerdecke.

»Nein, ich wüsste wirklich nicht wer. Außer … nein, das ist wahrscheinlich Blödsinn.«

»Egal, sagen Sie es mir bitte.«

»Wir hatten damals eine noch sehr junge und unbeholfene Kollegin. Irgendwie hatten wir das Gefühl, sie gehörte nicht wirklich hierher. Sie machte ihren Job nicht besonders gut und auch nicht gerade mit Hingabe und Motivation. In einem allerdings war sie sehr motiviert: nämlich Dottore Ancilotto nachzustellen. Man merkte ihm an, dass ihm das auf die Nerven ging, doch sie ließ trotzdem nicht locker. Immer wieder machte sie anzügliche Bemerkungen und Andeutungen. Als Außenstehender hätte man denken können, die beiden hätten etwas miteinander gehabt und sich nicht gerade einvernehmlich getrennt. Doch dem war sicher nicht so. Das weiß ich.«

»Wieso wissen Sie das?«

»Weil Dottore Ancilotto einmal mit mir darüber gesprochen hat, wie sehr ihm das auf die Nerven ginge und dass man ihr ja nichts glauben dürfe. Er wäre glücklich mit seiner Familie und würde seine Frau nie betrügen, und das glaubte ich ihm auch.«

»Wissen Sie noch den Namen der Schwester?«

»Ich glaube, sie hieß … Wissen Sie, mein Namensgedächtnis ist nicht gerade das Beste. Aber ich meine, dass sie Sarah Trenti hieß.«

»Und die Hebamme von damals? Meine Eltern meinten, dass ihr Name Martha war, wo kann ich die antreffen?«

»Die treffen sie nirgends mehr, die ist schon seit vielen Jahren tot.«

»Oh, schade. Aber danke, dass Sie mir mit Sarah Trenti helfen konnten. Ich habe da noch eine Frage. Meine Mutter erzählte mir, dass sie sich mit einer anderen Frau das Zimmer teilte, die ebenfalls ihr Baby verloren hatte. Vielleicht hat sie damals irgendetwas Auffälliges beobachtet. Ich weiß aber leider nur ihren Vornamen und den Vornamen ihres Mannes. Könnten Sie vielleicht in den alten Akten nachsehen und mir den Nachnamen nennen?«

»Puh, das geht nicht so einfach. Das fällt unter den Datenschutz. Ich kann höchstens den Namen heraussuchen und die Person anrufen und fragen, ob es ihr recht ist, wenn ich ihre Daten weitergebe.«

»Bitte, Schwester Anna, das wäre wirklich nett von Ihnen. Die Frau hieß Sofia und ihr Mann Giovanni. «

Schwester Anna zögerte. Doch sie hatte Mitgefühl für Leah, die verbissen nach Antworten suchte, und so sagte sie zu, Leah zu helfen.

»Das kann allerdings etwas dauern. Damals gab es noch keine Computer, und ich muss hinunter ins Archiv. Zum Glück ist gerade nicht viel los auf der Station, und ich kann Silvia sicher ein bisschen allein lassen. Wollen Sie hier so lange warten? Sie können auch unten in der Cafeteria etwas trinken oder essen, wenn Sie wollen. In etwa einer Stunde sollte ich die Daten haben und auch mit der Frau gesprochen haben.«

»Gut, ich warte unten und bin in einer Stunde wieder hier. Vielen, vielen Dank, Schwester Anna. Sie haben mir sehr geholfen.«

Leah verließ die Station und ging in die Cafeteria. Sie musste noch rasch Roberto Bescheid sagen, dass es noch ungefähr eine Stunde dauern würde.

»Kein Problem! Ich habe ein spannendes Buch dabei«, erwiderte Roberto ungerührt, als sie ihn anrief.

Leah setzte sich an einen der Tische der Cafeteria und dachte darüber nach, was Schwester Anna gesagt hatte.

Wenn diese den Arzt richtig einschätzte, wäre er nicht fähig gewesen, ihre Eltern einfach so anzulügen und ihnen das Kind zu stehlen. Es musste einen besonderen Grund gegeben haben. Auch Leah war davon ausgegangen, dass der Arzt von irgendjemandem erpresst worden war. Irgendjemand wollte damals unbedingt ein Kind haben und hatte sich ihre Schwester Carla ausgesucht. Dottore Ancilotto war nur ein weiteres Puzzleteil in dem großen Ganzen.

Sie musste herausfinden, wer dahintersteckte. Vielleicht konnte ihr die Zimmergenossin ihrer Mutter weiterhelfen. Vielleicht hatte sie ja etwas gesehen oder gehört, dass sie damals nur nicht einordnen konnte.

Pünktlich eine Stunde später betrat Leah wieder die Geburtsstation. Schwester Anna kam ihr schon entgegen.

»Es tut mir wahnsinnig leid, ich habe zwar den Namen der Frau herausgefunden, sie selbst aber noch nicht erreicht. Es meldet sich dort keiner.«

»Bitte, können Sie mir nicht einfach ihren Namen sagen? Ich werde Sie auch nicht verraten. Versprochen.«

Schwester Anna zögerte kurz. Aber sie vertraute Leah, auch wenn sie sie erst kurz kannte.

»Meinetwegen. Aber Sie dürfen niemandem sagen, woher Sie den Namen und die Adresse haben.«

»Versprochen.«

»Ihr Name ist Zanolla.« Sie nannte ihr die damalige Adresse. Leah würde später Roberto bitten, sie dorthin zu fahren.

»Vielen, vielen Dank. Ich stehe tief in Ihrer Schuld.«

»Ich hoffe, dass Sie Ihre Schwester finden werden. Viel Glück.«

Leah verabschiedete sich von Schwester Anna und verließ das Krankenhaus diesmal durch den Hintereingang, wo Roberto schon mit seinem Boot am Anlegesteg wartete.

Kapitel 20

»Hallo Louis, hallo Jens«, begrüßte Luigi die beiden Polizisten, nachdem er ihnen die Haustür geöffnet hatte. »Kommt herein. Habt ihr schon was herausgefunden?«

Louis und Jens folgten Luigi in die Küche, wo Mariella gerade in einem großen Topf rührte, aus dem ein herrlicher Geruch aufstieg.

»Hallo, ihr zwei. Wollt ihr einen Teller Suppe? Setzt euch doch.« Sie zeigte auf zwei Stühle am Esstisch. Louis und Jens setzten sich.

»Nein, zu deiner Frage, Luigi, und ja gerne, zu deiner Frage, Mariella. Ich weiß nämlich aus eigener Erfahrung, dass Mariella die beste Minestrone weit und breit macht«, sagte er an Jens gewandt, »und wenn mich meine Nase nicht furchtbar täuscht, ist das eine Minestrone. Hab ich recht?« Louis grinste seine Schwiegermutter an.

»Du hast recht.« Sie lachte leise und füllte zwei Teller mit der köstlich duftenden und dampfenden Suppe.

»Habt ihr keinerlei Hinweise, wer meinen Bruder getötet haben könnte?« Luigi kam zu seiner anfänglichen Frage zurück.

»Bis jetzt noch nicht. Außer dem Angelo C, wissen wir nichts.«

»Angelo C? Was meint ihr damit?« Luigi war erstaunt. Davon hatte er noch nichts gehört.

»Hab ich das gestern nicht erzählt?« Louis war sich unsicher. Er hatte geglaubt, seinem Schwiegervater von dem Hinweis seines Bruders erzählt zu haben.

»Nein. Von einem Angelo C war nicht die Rede. Wie kommt ihr auf den?«

»Antonio war nicht sofort tot und hatte noch die Möglichkeit, uns einen Hinweis zu hinterlassen. Er hat den Namen Angelo C in das Kontobuch geschrieben. Allerdings hat er es nicht mehr geschafft, den vollständigen Namen aufzuschreiben. Daher eben nur

Angelo C. Wir haben schon am Flughafen recherchiert, aber dort ist in den letzten Tagen kein Angelo C angekommen. Antonio hat nämlich kurz vor seinem Tod mit jemandem in Venedig telefoniert. Das sind bis jetzt unsere einzigen Anhaltspunkte. Kennst du vielleicht einen Angelo C?«

Luigi überlegte kurz, dann rief er:

»Ja, natürlich. Wusste doch gleich, dass mir das irgendwie bekannt vorkommt. Wir hatten einmal einen Koch, der Angelo Cesaro hieß. Er arbeitete allerdings nur kurz bei Antonio und wechselte dann hierher nach Heidelberg in meine Pizzeria. Aber ich hab ihn nicht lange behalten. Er war in krumme Geschäfte verwickelt und drohte damit den guten Ruf meiner Pizzeria zu zerstören.«

»Warum haben Antonios Mitarbeiter uns nichts von diesem Koch erzählt?«, fragte Jens neugierig.

»Wie ich schon sagte, er war nur sehr kurz bei Antonio beschäftigt, und das ist schon lange her. Von den alten Mitarbeitern, die damals für uns in Frankfurt tätig waren, ist eigentlich nur mehr einer übrig. Thomas Linde, unser Chefkellner.«

»Das ist der Einzige, mit dem wir noch nicht gesprochen haben. Der kommt erst aus seinem Urlaub zurück. Kannst du uns noch mehr zu diesem Angelo Cesaro sagen?« Louis ärgerte sich, dass er beim letzten Gespräch mit seinem Schwiegervater eine solch wichtige Information vergessen hatte zu erwähnen. Das musste er nun schnell wieder ausbügeln.

»Eigentlich nicht viel. Er war damals etwa Mitte dreißig und ein wirklich guter Koch. Sein Pizzateig war einzigartig, und er hat uns nie seinen Trick verraten. Eines Tages stand dann die Polizei in der Pizzeria hier in Heidelberg und nahm ihn fest. Seitdem haben wir nichts mehr von ihm gehört. Irgendjemand erzählte mir mal, dass er etwas mit Drogen zu tun gehabt haben soll und nur aus Frankfurt weg wollte, um unterzutauchen. Deswegen wollte er unbedingt zu mir nach Heidelberg.«

»Das scheint ihm ja nichts gebracht zu haben. Danke dir, Luigi. Du hast uns sehr geholfen. Wenn die Polizei ihn festgenommen hat, finden wir heraus, was damals war. Hast du eine Ahnung, warum er einen Grund gehabt haben könnte, deinen Bruder zu töten?«

»Nein, Louis. Ich kann mir wirklich nicht vorstellen, warum er das gemacht haben sollte. Ich weiß noch, dass sich Antonio sehr gut mit ihm verstand und sie sogar Freunde wurden. Leider hatte Antonio schon immer den Hang dazu, sich mit den falschen Leuten anzufreunden. Das war schon in unserer Kindheit so.«

»Vielen Dank, Luigi. Wir machen uns gleich auf die Suche nach Angelo Cesaro. Danke Mariella, für die köstliche Suppe.«

»Ihr habt sie ja kaum angerührt. Ihr könnt nicht gehen, bevor ihr nicht wenigstens einen Teller leer gegessen habt«, sagte Mariella bestimmt.

Jens und Louis fügten sich und gaben sich Mühe, sich mit der heißen Suppe nicht den Mund zu verbrennen. Sie wollten bei ihrer Fahndung nach Cesaro keine Zeit mehr verlieren, damit die Spur nicht noch kälter wurde.

»Danke Mariella, das war sehr gut.« Louis hatte ein leicht taubes Gefühl im Mund, es war doch nicht ganz ohne Verbrennungen abgegangen. »Wir melden uns, wenn wir etwas Neues wissen.«

Luigi brachte Louis und Jens noch zur Tür und bat sie, sich sofort bei ihm zu melden, wenn sie Neuigkeiten hätten. Als die beiden weg waren, dachte Luigi an die seltsame Botschaft seines Bruders – Angelo C. Vorhin war ihm noch irgendein anderer Gedanke durch den Kopf geschossen, als er den Namen gehört hatte, doch er konnte ihn nicht fassen.

Ist vielleicht nicht so wichtig, dachte er auf dem Weg zurück in die Küche.

Kapitel 21

Wieder klingelte das Telefon.

»Ja?«

»Das nächste Ziel ist erledigt.«

»Was ist mit IHR?«

»Da gab es noch keine Gelegenheit. Aber die wird sich bald ergeben.«

»SIE darf nicht zu viel herausfinden. Wer weiß, mit wem SIE alles in Kontakt steht.«

»Ich mache das schon, Boss.«

Das hoffte er für ihn, sonst müsste noch jemand dran glauben und das müsste er dann selbst tun. Und er machte sich ungern selbst die Hände schmutzig. Dafür hatte er ja schließlich solche Leute wie ihn.

Beide Männer legten auf.

Kapitel 22

Roberto legte sein Buch zur Seite als er Leah kommen sah. »Hast du was erfahren können?«

»Ja, stell dir vor, die Schwester gab mir die damalige Adresse der Frau, die mit meiner Mutter im Zimmer lag. Ich hoffe, sie wohnt noch dort!«

»Davon kannst du ausgehen, denn du hast ja keine Ahnung, wie schwierig in Venedig ein Umzug von einer Wohnung in die andere ist. Enge Treppen rauf und runter, alles per Boot transportieren, glaub mir, das überlegt sich jeder zehn Mal, bevor er die Wohnung wechselt.«

»Von der Warte aus hab ich das noch nicht betrachtet, aber hoffentlich hast du in diesem einen Fall auch recht, und die Zanollas leben noch da, wo sie vor 30 Jahren auch schon waren. Da müssen wir hin«, sie überreichte Roberto einen Zettel mit der Adresse, die Schwester Anna ihr genannt hatte.

»Da könnt ich auch gleich hinspucken«, grinste Roberto sie an.

»Hm? Was meinst du damit?«

»Na, ganz einfach! Die Wohnung liegt genau um die Ecke.«

Die Zanollas wohnten ganz in unmittelbarer Nähe des Ospedale, direkt am Rio di Santa Giustina, der in den Canale delle Fondamenta Nuove mündete, in dem die Friedhofsinsel San Michele lag.

Das Haus hatte eine gelbe Fassade, die frisch gestrichen wirkte. Die Balkone schmückten leuchtend rote Blumen, Leah kannte sich mit Blumen nicht so recht aus, aber sie tippte auf Geranien, die typischen Balkonblumen.

Sie studierte die Schilder neben den Messingklingeln. In dem Haus lebten sechs Parteien, und wie es aussah, befand sich die

Wohnung der Zanollas im obersten Stockwerk. Leah freute sich. Gott sei Dank hatte Roberto recht und die Familie hatte in 30 Jahren die Wohnung nicht gewechselt.

Leah drückte auf die Klingel und wartete. Einige Sekunden später probierte sie es noch einmal, doch nichts rührte sich. Mist, dachte sie, immer noch niemand zuhause. Sie hatte gehofft, dass inzwischen vielleicht jemand von der Familie heimgekehrt war. Nun musste sie leider warten.

Plötzlich öffnete sich die Haustür, und Leah wich erschrocken zur Seite.

»Oh, Entschuldigung. Ich wusste nicht, dass da jemand vor der Tür steht.« Eine freundlich aussehende Frau etwa Mitte fünfzig sah Leah schuldbewusst an.

»Kein Problem. Sie können ja nicht durch die Tür hindurchsehen.«

»Suchen Sie jemanden?«

»Ja, die Zanollas.«

»Oh, die sind in Urlaub gefahren. Wissen Sie, ihre Tochter hat gerade geheiratet, und sie besuchen sie in ihren Flitterwochen in der Schweiz. Ich glaube, sie kommen Ende der Woche zurück.«

»Sie haben eine Tochter? Wissen Sie vielleicht, wie alt sie ist?«

»Ich denke, so um die dreißig. Hat vor einer Woche geheiratet. War eine wunderschöne Feier.« Plötzlich sah Leah, wie sich der Gesichtsausdruck der Frau veränderte. Anscheinend wurde ihr in dem Augenblick bewusst, dass sie da mit einer ihr völlig Fremden über private Dinge ihrer Nachbarn plauderte.

Abrupt verabschiedete sie sich, aber Leah hatte ohnehin genug gehört.

Wie konnte das sein, dass die Zanollas eine dreißigjährige Tochter hatten?, überlegte Leah während sie zu Roberto zurückkehrte.

Hatten sie damals nicht das Baby verloren? Vielleicht hatte sich die Nachbarin im Alter geirrt. Wenn aber nicht, dann bestünde ja die Möglichkeit, dass die Tochter von Sofia und Giovanni Zanolla ihre Schwester Carla war. Es könnte doch sein, dass Dottore Ancilotto den Zanollas ihre Schwester verkauft hatte. Vielleicht hatte er dringend Geld gebraucht.

Oder hatte er Spielschulden? Es gab sicher hunderte Möglichkeiten. Leah musste dringend mit der Familie Zanolla sprechen.

Aber vielleicht sollte sie zuerst die Krankenschwester, Sarah Trenti, aufsuchen.

Beinahe wäre sie an Robertos Boot vorbeigelaufen. Ein lautes »Leah, hallo, hier bin ich«, holte sie jedoch in die Realität zurück. Roberto lachte und winkte, damit sie ihn auch wirklich wahrnahm.

Als Leah das Boot bestieg, reichte ihr Roberto helfend die Hand. Aber langsam gewöhnten sich Leahs Beine an das Schwanken.

»Alles in Ordnung?«, fragte Roberto.

»Ja, und du hattest völlig recht. Die leben noch immer an der alten Adresse. Schade nur, dass sie auf Urlaub sind. Aber gegen Ende der Woche kommen sie zum Glück wieder zurück. Die hätten ja auch auf Weltreise sein können.«

»Die Venezianer waren schon immer ein reisefreudiges Völkchen. Denk an Marco Polo!«

»Man muss das mit dem Reisen ja nicht unbedingt übertreiben. Roberto, hast du schon Hunger, oder können wir noch zu dieser Adresse fahren?« Leah nannte ihm die Adresse von Sarah Trenti.

Sie hatte, während sie in der Cafeteria gewartet hatte, bei der Auskunft angerufen und sich die Adresse geben lassen.

»Ich habe schon was gegessen. Tramezzini, vom besten *Alimentari* Venedigs. Magst du auch welche? Ich hab noch genug übrig.«

Roberto reichte Leah einige dieser dreieckigen italienischen Sandwiches, die den schnellen Hunger stillen, aber gleichzeitig immer Appetit auf mehr machen.

»Ja, gerne! Dann brauch ich auch nicht mehr Mittagessen gehen!« Leah freute sich und biss in das erste Brot, als Roberto wieder losfuhr.

Sarah Trenti wohnte nicht weit entfernt von der Familie Zanolla.

Leah beobachtete aufmerksam die anderen Boote und suchte nach ihrem Verfolger, doch sie sah ihn nirgends. Vielleicht hatte sie sich doch getäuscht und war gar nicht beschattet worden.

Venedig gefiel ihr immer besser, je mehr sie von der Stadt zu sehen bekam. Dennoch würde sie nie für immer hier wohnen können. Langsam, aber sicher fehlte ihr der kleine grüne Flitzer, mit dem sie gerne mit offenem Dach durch die Gegend fuhr. Es gab aber auch einiges, das sie in Deutschland vermissen würde, angefangen mit ihrer Nonna, dann die fangfrischen Fische und Meeresfrüchte und natürlich den guten italienische Kaffee, den sie sonst nur bei ihren Eltern bekam. Leah hatte fest vor, sich für ihre Küche eine italienische Kaffeemaschine und den passenden Kaffee zu kaufen. Vielleicht verfeinerte sie ihn auch mit Zimt, wie sie es bei Signora Ancilotto gesehen hatte.

Roberto legte an und half Leah beim Aussteigen, die sich gleich auf den Weg zu Sarah Trenti machte.

»Wird nicht lange dauern, denk ich«, rief sie über die Schulter.

Doch da irrte sie sich. Was sie in der Wohnung zu sehen bekommen würde, würde sie so schnell nicht vergessen und sich im Nachhinein wünschen, keines von Robertos Broten gegessen zu haben.

Kapitel 23

Louis hatte Jenny angerufen und gebeten, in der Polizeidatenbank über Angelo Cesaro zu recherchieren.

Zehn Minuten später rief sie zurück: »Volltreffer!«, sagte sie. »Komisch, dass das Ganze nicht schon bei Angelo C ausgeworfen worden ist, als wir das in den Computer eingaben.«

»Ja, wieder irgendein Systemfehler. Bei dem blöden Computer muss man offenbar alles über den Verdächtigen wissen, bis zurück zur Großmutter, sonst kriegt man keine Auskunft!«, ereiferte sich Jens.

»Also hört zu: Angelo Cesaro war vor fünfzehn Jahren ganz stark im Frankfurter Drogengeschäft tätig. Allerdings hatte er dann wohl ein paar Kunden mit gestrecktem Heroin betrogen und war dabei leider an die Falschen geraten. Er suchte Unterschlupf in Heidelberg, wo wir ihn dann geschnappt haben und zwar auf einen anonymen Tipp hin! Er bekam zehn Jahre, wurde wegen guter Führung aber vorzeitig entlassen und ist schon seit Jahren wieder auf freiem Fuß. Allerdings habe ich keine aktuelle Wohnadresse. Seine letzte Adresse ist die von Sandra Zimmermann, einer alten Freundin in Frankfurt direkt auf der Zeil.«

»Gut! Toll gemacht, Jenny! Du hast was gut bei mir!«, flötete Louis.

»Ich nehme dich beim Wort!«, kam prompt die Antwort.

»Wollen wir doch mal sehen, ob diese Sandra Zimmermann weiß, wo er sich gerade aufhält«, sagte Louis und steuerte den Dienstwagen, einen dunklen VW Passat, in die Tiefgarage der Konstabler Wache. Um auf die Zeil, die Frankfurter Fußgängerzone, zu kommen, gingen sie durch ein großes Kaufhaus hindurch.

Die Freundin – oder Ex-Freundin – von Angelo Cesaro wohnte in einem Eckhaus der Zeil nicht weit von der Konstabler Wache entfernt.

Louis und Jens hatten das Haus schnell gefunden und läuteten an der Tür.

Inzwischen war es halb zwei. Nach dem dritten Läuten klang endlich eine verschlafene Stimme aus der Gegensprechanlage.

»Ja?«

»Polizei, bitte öffnen Sie.«

Man hörte ein kurzes Stöhnen, dann ein Flüstern und endlich ging der Türsummer.

Sie betraten ein heruntergekommenes Treppenhaus. Unter den Briefkästen lagen wild verstreut jede Menge Werbeprospekte. Irgendjemand hatte seinen Hausmüll in einer Tüte direkt daneben abgestellt. Anscheinend kümmerte sich hier keiner um Sauberkeit und Ordnung. Wahrscheinlich störte das nicht einmal jemanden.

Sandra Zimmermann wohnte im dritten Stock. Auf dem Weg nach oben mussten die beiden Polizisten über noch mehr Müll und herumliegende Schuhe steigen. Vor einer Wohnungstür im zweiten Stock stand eine vertrocknete Hanfpflanze. Louis und Jens grinsten sich an.

»Trocken genug zum Rauchen«, sagte Louis mit einem Lachen.

Jens nickte schmunzelnd.

Im dritten Stock erwartete sie dasselbe Bild: Unrat, Mülltüten und herumliegende Schuhe vor den Wohnungstüren. Sie fanden die Wohnung Sandra Zimmermanns. Das Namensschild war ein einfacher weißer Aufkleber, der Name war mit Kugelschreiber darauf geschrieben.

»Frau Zimmermann, machen Sie bitte auf«, rief Louis und klopfte an die Tür.

»Ja, ja, ich mach ja schon«, kam eine Stimme von der anderen Seite.

Die Tür öffnete sich einen Spalt breit. Eine verbraucht aussehende Frau mit fettigen, blonden Haaren schaute hinter der vorgelegten Sicherheitskette hervor.

»Ich will erst eure Dienstausweise sehen. Da kann ja sonst jeder kommen.«

Dass solche Leute mit uns immer gleich per Du sind, dachte sich Louis.

Selbst durch den kleinen Spalt hindurch konnten die beiden ihre Alkoholfahne riechen. Sie blickten sich vielsagend an und zückten ihre Ausweise.

Nacheinander blickte Sandra Zimmermann auf die Ausweisbilder und dann auf die Gesichter von Louis und Jens. Wahrscheinlich konnte sie gar nicht lesen, doch sie tat sehr geschäftig.

»Was wollt ihr?«, fragte sie, nachdem sie die Bilder eingehend geprüft hatte und anscheinend mit den äußerlichen Übereinstimmungen zufrieden war.

»Wir wollen nur mit Ihnen über Angelo Cesaro reden.«

»Mit dem Arsch hab ich nichts mehr zu tun«, bellte sie.

»Können wir vielleicht hineinkommen? Da redet es sich doch viel besser«, fragte Jens diplomatisch.

Sie warf einen kurzen Blick zurück in die Wohnung, als wolle sie sich vergewissern, dass die Luft rein war, dann schloss sie die Tür, nahm die Sicherheitskette ab und ließ sie eintreten.

»Von mir aus. Wenn's sein muss«, brummte sie.

Louis und Jens hatten ihren prüfenden Blick bemerkt, doch es war ihnen im Augenblick noch egal. Sie wollten etwas über Angelo Cesaro erfahren und nichts sonst, aber das konnte sie ja nicht wissen.

Für sie waren Bullen eben Bullen und einer wie der andere ein rotes Tuch.

Sandra Zimmermann ging voraus in eine schmutzige und heruntergekommene Küche. Sie bot den beiden keinen Stuhl an. Es war offensichtlich, dass sie sie schnell loswerden wollte.

»Ich kann euch nichts über Angelo sagen.« Sie wirkte immer noch sehr nervös, was Louis langsam neugierig machte.

»Wann haben Sie ihn das letzte Mal gesehen?«, fragte Louis, der sich nicht einmal traute, sich an der Arbeitsplatte anzulehnen, da ihm seine neue Jeans zu schade dafür war.

»Einmal kurz, als er aus dem Knast rauskam. Aber da hat er nur sein Zeugs geholt und ist gleich verschwunden.«

»Wissen Sie, wo er hin wollte?«, fragte Jens.

»Nein. Er sagte nur was von bloß weg und untertauchen. Ich glaub, da gab's noch ein paar Leute, die nicht sehr gut auf ihn zu sprechen waren und ihn lieber tot als lebendig sehen wollten.«

»Können Sie Namen nennen?«, fragte Louis.

»Nein, das hat er nie erzählt.«

»Wo könnte er untergetaucht sein?«, fragte Jens.

»Woher soll ich das wissen. Ich hab nur mal irgendwo läuten hören, dass er noch einen Deal gemacht hat und mit dem Geld dann nach Malle abgehauen ist.«

»Sie meinen Mallorca?«, meldete sich Louis.

»Was denn sonst?« Sie verdrehte die Augen.

»Woher haben Sie diese Info?« Die Frage kam wieder von Jens, und wie bei einem Tennisspiel musste Sandra Zimmermann immer wieder hin- und herschauen, von Louis zu Jens, von Jens zu Louis. Das machte ihr zusammen mit ihrer Alkoholfahne ziemlich zu schaffen. Sie fing schon langsam an, ein wenig zu schwanken, was sie nur noch nervöser machte. Louis und Jens genossen die Situation. Es war ihr übliches Spiel.

»Hab's mal irgendwo gehört. Weiß nicht mehr.«

»Können Sie uns sonst noch was sagen?« Ihr Blick ging wieder zu Louis.

»Nein, das ist alles.«

»Gut. Danke schön. Wenn Ihnen noch etwas einfallen sollte, dann melden Sie sich bitte bei uns.« Jens gab ihr seine Visitenkarte.

Sie war erleichtert, dass die beiden Polizisten nun endlich ihre Wohnung verlassen würden. Louis war sich sicher, dass sie irgendwas oder irgendwen in einem der anderen Zimmer vor ihnen versteckte.

Er tippte auf irgendwen, da er glaubte, während ihres Gesprächs Geräusche aus einem anderen Zimmer gehört zu haben, die Sandra Zimmermann nur noch unruhiger gemacht hatten.

Was, wenn es sich bei diesem jemand um Angelo Cesaro handelte? Er musste sich vergewissern und gab Jens mit einem Blick zu verstehen, dass er mitspielen solle und bat Sandra Zimmermann, ihre Toilette benutzen zu dürfen.

»Von mir aus.«

Louis ging den Flur entlang zum nächsten Zimmer, während Jens zur Tür ging und sie in ein Gespräch verwickelte.

Das Tennisspiel mit ihren Blicken, der Alkohol und wahrscheinlich auch Drogen hatten sie müde gemacht und sie vergaß, dass sie eigentlich etwas verbergen wollte.

Jens lenkte sie ab, und Louis suchte währenddessen die restlichen Zimmer ab. Zuerst kam er in ein verwahrlostes Wohnzimmer, das ziemlich unaufgeräumt war.

Das nächste war das Bad, auch hier war nichts außer einem Haufen dreckiger Wäsche.

Als letztes Zimmer folgte das Schlafzimmer. Und hier wurde Louis fündig.

Ein Mann in einer fleckigen Unterhose lag auf dem Bett und starrte die Zimmerdecke an. Er reagierte nicht auf das Öffnen der Tür. Erst als Louis ihn ansprach, drehte er ihm den Kopf zu, und das war's schon.

»Wer sind Sie?«

Sie hatten sich noch kein Bild von Angelo Cesaro schicken lassen, daher konnte Louis nicht sagen, ob das Cesaro war oder nicht.

Der Mann brummte leise, blickte aber inzwischen wieder an die Decke.

»Wo ist Ihr Ausweis?«

Plötzlich hatte Sandra Zimmermann wohl einen hellen Moment und roch den Braten. Sie kam ins Schlafzimmer gestürmt.

»Was soll das?«, schrie sie.

»Immer mit der Ruhe. Ich will nur seinen Personalausweis sehen.«

Louis hatte das Spritzbesteck auf dem Nachttisch bemerkt und wusste jetzt auch, warum sie die ganze Zeit so nervös gewesen war. Heroin im Haus und gleichzeitig die Polizei zu Gast, das war keine gute Kombination!

Jens und Louis tauschten einen kurzen Blick, und beide schüttelten fast unmerklich den Kopf. Sie würden der Drogenabteilung einen Tipp geben, denn hier konnte man sowieso nichts mehr machen, da der Mann anscheinend schon den ganzen Stoff intus hatte.

Louis vermutete, dass auch Sandra Zimmermann sich ein wenig von dem Stoff durch die Nase gezogen hatte, bevor sie ihnen die Tür geöffnet hatte.

Sie ging zu einer Hose, die achtlos auf dem Boden lag, nahm eine Geldbörse aus der hinteren Tasche und warf sie Louis zu.

»Da. Aber das ist nicht Angelo.« Vielleicht war sie doch nicht so dumm, wie sie gedacht hatten.

Louis suchte den Personalausweis des Mannes. Sein Name war Stefan Ehrlich. Das Bild zumindest passte.

Louis würde sicherheitshalber gleich im Auto ein Bild von Angelo Cesaro anfordern. Aber er glaubte nicht, dass er diesen gerade vor sich hatte.

Stefan Ehrlich störte sich nicht weiter an der Versammlung im Schlafzimmer und beobachtete mittlerweile das Fenster. Was er da wohl sah? Louis wollte es nicht wissen.

Schnell verabschiedeten sie sich und verließen Wohnung und Haus.

»Wer will so leben?«, fragte Jens, während sie zu ihrem Auto gingen.

»Keiner will, aber zu viele müssen«, entgegnete Louis.

»Meine Güte, bist du unter die Philosophen gegangen?« Jens schüttelte den Kopf.

Inzwischen hatte Jenny ganze Arbeit geleistet. Louis checkte seine Mails auf seinem iPhone. Angelo Cesaros Foto war schon da. Er sah deutlich besser und gänzlich anders aus als der zugedröhnte Stefan Ehrlich auf dem Bett von Sandra Zimmermann.

Kapitel 24

Während Leah durch die schmalen Gassen ging, dachte sie darüber nach, was sie bis jetzt herausgefunden hatte.

Dottore Ancilotto hatte ihren Eltern damals aus irgendeinem Grund erzählt, ihre Tochter sei gestorben, obwohl das nicht stimmte. Seine Frau konnte sich nicht erklären, warum er das getan haben könnte. Dann hatte er seinen alten Studienkollegen Tresina bestochen, einen leeren Sarg zu beerdigen. Im Krankenhaus war er als netter und guter Arzt sehr angesehen, und Schwester Anna konnte sich nicht vorstellen, dass er so etwas ohne Zwang getan haben könnte.

Nun waren da noch die Zanollas. Die Zimmerkollegin ihrer Mutter, die ihr Baby verloren hatte, nun aber eine wahrscheinlich dreißigjährige Tochter hatte. Und dann noch die Krankenschwester Sarah Trenti, die Dottore Ancilotto nachgestellt hatte und Schwester Anna äußerst dubios vorkam.

Was sollte sie mit all dem anfangen? Es ergab sich einfach kein deutliches Bild. Vielleicht konnte wenigstens Sarah Trenti ein bisschen Licht ins Dunkel bringen. Leah hoffte das zumindest.

Fast hätte sie die kleine Seitengasse verpasst, in der die Wohnung Sarah Trentis lag.

Als auf ihr Läuten niemand reagierte, drückte sie die Klinke runter – und tatsächlich, die Eingangstür war unversperrt. Wieder einmal betrat Leah ein venezianisches Wohnhaus durch eine hölzerne Haustür.

Ein Blick auf das Türschild neben dem Haustor zeigte, dass Sarah Trenti im zweiten Stock wohnte. Langsam stieg sie die Steintreppen empor. Vor Sarah Trentis Wohnung blieb Leah abrupt stehen.

Die Tür war nur angelehnt. Leah zögerte. Was hatte das zu bedeuten? Das konnte wohl nichts Gutes heißen. Automatisch griff sie an ihre Hüfte, wo sich normalerweise ihre Dienstwaffe befand. Aber natürlich lag die jetzt in ihrem Spind im Präsidium in Heidelberg. Schließlich konnte sie hier in Venedig nicht einfach mit einer Waffe herumlaufen, sie war ja nicht im Dienst. Gut, dann muss es eben so gehen. Mit einem leichten Stoß des Ellbogens öffnete sie die Tür ganz. Vor ihr lag ein langer dunkler Flur, von dem alle Zimmer der Wohnung abzugehen schienen. Alle Türen bis auf eine waren geschlossen. Deswegen war es auch sehr dunkel im Gang, und Leah konnte kaum etwas sehen.

Hätte sie da schon genug erkennen können, wäre sie wahrscheinlich gar nicht weiter gegangen und hätte gleich die Polizei gerufen.

Aber so betrat sie vorsichtig die düstere Wohnung.

Zuerst vergewisserte sie sich, dass niemand hinter der Wohnungstür stand. Einer der häufigsten Fehler von Fernsehpolizisten. Die schauten nie hinter der Tür nach, und meistens lauerte da dann der Verbrecher auf sie.

Vorsichtig öffnete sie die erste Tür auf der linken Seite. Sie blickte in eine Küche, die sicher schon bessere Zeiten gesehen hatte, aber auf den ersten Blick gepflegt und sauber war. Auch hier war niemand.

Hinter der ersten Tür auf der rechten Seite war das Wohnzimmer. Ebenfalls sehr ordentlich, aber bestückt mit alten, abgenutzten Möbeln.

Auch hier keine Menschenseele.

Die Wohnung war verdächtig still, wie ausgestorben.

Die nächste Tür auf der rechten Seite stand offen, und was Leah dort zu Gesicht bekam, lies ihr den Atem stocken. Sie hatte schon einiges gesehen in ihrem Beruf. Aber jemals so etwas Bestialisches? Das kann nur ein Tier getan haben, schoss es ihr durch den Kopf. Konnte ein Mensch zu so einer Tat fähig sein?

Das ganze Zimmer war übersät mit Blut. Die Blutspritzer an den Wänden bildeten einen makabren Rorschach-Test, vor dem jeder Psychologe zurückgeschreckt wäre. Vor dem Bett hatte sich eine Blutlache gebildet, und auf dem Bett lag eine nackte Frau, deren Körper mit unzähligen Stichen übersät war. Ihre Arme und Beine waren mit abgerissenen Stoffstreifen an die Bettpfosten gefesselt und ihre Augen waren in unbändiger Angst erstarrt. Leah ließ ihren Blick durch das Zimmer schweifen. Die Kleider der Toten lagen wild verstreut im Raum. Auch sie waren blutbespritzt.

Sie spürte, wie Robertos Tramezzini versuchten, sich einen Weg nach oben zu bahnen und wich einen Schritt zurück. Aber schnell kam die Polizistin in ihr durch. Sie befand sich an einem Tatort und durfte nichts mehr anfassen und schon gar nichts vollkotzen. Sie hatte ohnehin schon genug in dieser Wohnung berührt.

Hoffentlich hatte sie keine Spuren zerstört.

Für die Frau kam jede Hilfe zu spät, das war unschwer zu erkennen, bei all dem vielen Blut im Zimmer, das langsam seinen süßlichen Geruch verbreitete. Vorsichtig zog sich Leah aus der Wohnung zurück, setzte sich im Treppenhaus auf eine Stufe und rief mit ihrem Handy die Polizei an.

Kapitel 25

»Mama, die Dame an der Rezeption hat gesagt, du hättest einen Anruf gehabt und solltest bitte zurückrufen. Sie hätte dich nicht erreichen können.«, sagte Giulia, nachdem sie durch lautes Klopfen ihre Mutter aus der Dusche geholt hatte.

»Anscheinend hab ich es im Bad nicht gehört. Danke, Schatz, ich werde gleich an der Rezeption nachfragen. Treffen wir uns dann in einer halben Stunde unten zum Essen, wie besprochen?« antwortete Sophia Zanolla.

»Ja, sicher, bis gleich, Mama.«

Eine halbe Stunde später saßen Giovanni und Sofia Zanolla mit Adoptivtochter Giulia und Schwiegersohn Claudio in ihrem Hotel am Züricher See gemeinsam beim Abendessen.

Sofia erzählte vom Anruf aus Venedig, den sie zuvor bekommen hatte.

»Ich habe dann an der Rezeption nachgefragt, und die Dame hat mir die Nummer von unserer Nachbarin Signora Liberti gegeben. Ich solle sie bitte zurückrufen, hat sie gesagt. Da bekam ich natürlich Angst, jemand hätte bei uns eingebrochen. Oder sonst was.«

»Und?« Giovanni lauschte seiner Frau gespannt.

»Nein, es hat niemand bei uns eingebrochen, und es ist alles in Ordnung mit unserer Wohnung. Sie hat uns nur dringend erzählen wollen, dass da eine junge Frau war, sie tippt dem Akzent nach auf eine Deutsche, die nach uns gefragt hat. Sie dürfte ziemlich komisch reagiert haben, als Signora Liberti ihr von Giulia erzählte. Du kennst sie ja, sie hört sich gerne reden, doch nachdem sie von unserer Tochter und ihrer Hochzeit und unserer Reise in die

Schweiz berichtet hatte, bekam sie dann anscheinend ein schlechtes Gewissen und wollte dieses nun mit ihrem Anruf bei mir erleichtern.«

»Und wie ich dich kenne, hast du es ihr sicher erleichtert«, grinste Giulia ihre Mutter an.

»Natürlich. Ich sagte ihr, dass es nicht schlimm ist, dass sie einer Fremden so viel erzählt hat. Ist es ja auch nicht. Allerdings bin ich schon neugierig, was die Frau von uns wollte. Aber wir werden das sicher irgendwann erfahren.«

»Da bin ich sicher.« Giovanni sah seine Frau verliebt an.

Vor ein paar Tagen hatten die beiden kurzerhand beschlossen, ihren Hochzeitstag nicht zuhause zu verbringen. Da ihnen ihre Tochter schon vor Wochen angeboten hatte, doch ihren Hochzeitstag gemeinsam mit ihr und ihrem Mann am Züricher See zu feiern, waren sie in das nächste Flugzeug gestiegen und hingeflogen. Auch Claudio hatte nichts gegen den Besuch der Schwiegereltern in seinen Flitterwochen. Sie hatten sich von Anfang an gut verstanden.

»Und jetzt genießen wir erst einmal unseren Urlaub.«

»Du hast recht, Schatz. Was essen wir denn heute?«

Und so war das Thema vom Tisch. Wer von ihnen konnte auch wissen, was sich zuhause in Venedig alles zutrug?

Kapitel 26

Louis und Jens hatten sich mittlerweile im Milieu der Frankfurter Unterwelt zum Verbleib von Angelo Cesaro umgehört, allerdings ohne Erfolg.

Entweder kannte ihn niemand, oder man hatte ihn seit Jahren nicht mehr gesehen und auch nichts von ihm gehört.

Ihre letzte Anlaufstelle war Willy Locke. Er hatte zwar weniger mit Drogen und stattdessen mehr mit Frauen zu tun, aber er kannte in Frankfurt Gott und die Welt, und wer etwas auf sich hielt, war Stammkunde bei ihm.

»Bin gespannt, wie groß er diesmal tut, um vor seinen Mädels nicht als Weichei dazustehen. Dabei scheißt er sich jedes Mal an, wenn wir da sind, um Fragen zu stellen.« Louis grinste in sich hinein.

»Das liegt allein daran, dass du ihn einmal so grob hergenommen hast, das hat er nie vergessen. Der hat Angst vor dir. Er hat sicher schon immer den Kürzeren gezogen. Würde mich nicht wundern, wenn er in der Schule als Sandsack für die anderen Schüler herhalten musste.«

Jens dachte an den kleinen, ziemlich dünnen Willy Locke, der wohl seine fehlende Körperkraft durch Provokation wettmachen wollte. Sogar Louis war einmal der Geduldsfaden gerissen. Was aber auch sein Positives gehabt hatte, denn Willy war seither recht unterwürfig. Und ein verlässlicher Informant mehr, war auch nicht zu verachten.

Willy Lockes Etablissement lag in der Kaiserstraße. Die verdunkelten Scheiben zur Straße hin wurden nur von bunten Neonleuchten in Pink, Blau und Gelb erhellt, die die zuckenden Silhouetten von sich bewegenden nackten Frauenkörpern zeigten.

Über der Tür prangte der Name, ebenfalls in leuchtendem Neon, diesmal in Grün: Naked.

Es war inzwischen früher Abend, und die Bar hatte schon geöffnet. Jens und Louis wussten, dass Willy ihr Besuch zu dieser Zeit am unangenehmsten war, da meist schon einige Kunden da waren.

Sie betraten den Club durch die ebenfalls abgedunkelte Tür, hinter der ein Mann mit breiten Schultern, Glatze und schwarzem Anzug vor einem Vorhang stand.

»Hallo, Tommy«, begrüßte Louis den Koloss von Türsteher fröhlich.

Der verzog keine Miene, nickte nur kurz und ließ sie eintreten. Auch mit ihm hatte Louis schon seine Kräfte gemessen und dank seiner eigenen Wendigkeit und Tommys Behäbigkeit gewonnen.

Im Gegensatz zu Willy reagierte der Türsteher allerdings nicht mit Angst und Unterwürfigkeit, sondern eher mit Ignoranz und Gleichgültigkeit. Er wollte sich nicht anmerken lassen, dass ihn diese Niederlage tief getroffen hatte und er seither sein Tagespensum im Fitnessstudio um zwei Stunden erhöht hatte, um seine Muskeln noch mehr zu stählen.

Im Lokal war es recht schummrig. Kleine, schimmernde Lampen auf etwa zwei Dutzend Tischen spendeten spärliches Licht. Die Theke bildete den Mittelpunkt des Clubs. Sie war kreisrund mit langen Stangen von der Decke herab. An den Stangen tanzten leicht bekleidete Mädchen.

Es war noch nicht viel los, und Willy stand mit einem Kunden an der Bar direkt neben einer der sich lasziv bewegenden Mädchen. Als er Louis und Jens erblickte, zuckte er zusammen. Mit einem schiefen Lächeln entschuldigte er sich bei seinem Kunden und winkte mit einer knappen Kopfbewegung eine schlanke Blondine heran, damit der Kunde beschäftigt war.

Jetzt wandte er sich an Louis und Jens, die inzwischen an die Bar getreten waren.

»Was wollt ihr denn schon wieder?«, zischelte er mit einem Seitenblick auf seine Angestellten.

»Wir müssen dir ein paar Fragen stellen«, sagte Louis.

»Ich hab euch doch schon alles gesagt, was ich weiß.«

»Es geht um etwas anderes. Sollen wir hier reden oder willst du lieber mit uns im Hinterzimmer sprechen?«, fragte Jens diplomatisch.

»Kommt mit.«

Willy führte die beiden in ein Zimmer, das er vielleicht Büro nannte, jeder andere Mensch hätte es eher als Saustall bezeichnet. Wie Willy es schaffte, hier den Durchblick zu behalten, war ihnen ein Rätsel.

Wie heißt es so schön?, dachte Louis bei sich, wer Ordnung hält, ist nur zu faul zum Suchen!

Willy schloss die Tür und sah die beiden erwartungsvoll an.

»Hast du schon mal von einem Angelo Cesaro gehört?«

»Angelo? Natürlich, aber das ist schon ewig her. Der war damals ganz dick im Drogengeschäft, bis er seine Kunden beschissen hat. Was wollt ihr denn von dem?«

»Das braucht dich nicht zu interessieren. Wir wollen nur wissen, wo wir ihn jetzt finden können«, entgegnete Louis.

»Oh, der liegt wahrscheinlich mit irgendeiner schönen Spanierin am Strand und lässt sich die Sonne auf den Pelz brennen.«

»Am Strand? Wo? Und woher weißt du das?«, fragte Jens.

»Auf Mallorca. Zumindest war das das Letzte, das ich von ihm gehört habe. Eines meiner Mädchen hatte mal kurz was mit ihm, nachdem er aus dem Knast wieder draußen war, und sie hat es beiläufig erwähnt. Er soll noch einen Drogendeal abgewickelt haben und dann mit dem Geld nach Mallorca abgehauen sein. Das Mädchen war damals ziemlich sauer, dass er sie sitzen gelassen hat, und hat sich bei mir ausgeheult.«

»Arbeitet die noch hier bei dir?« Louis wurde neugierig.

»Nein, leider, sie war echt gut und sehr beliebt bei meinen Kunden. Aber sie hat nebenher eine Ausbildung als Friseurin gemacht und nach ihrem Abschluss dem Milieu den Rücken gekehrt. Manche Kunden fragen noch heute nach ihr.«

»Wie heißt sie und wo können wir sie finden?«

»Michelle, ich glaube ihr Nachname war Kaiser oder König. Irgendwas Royales. Wo sie jetzt wohnt und arbeitet, weiß ich nicht, aber ihr könnt gleich Raffaela fragen, die war ganz dick mit ihr. Ich hole sie mal schnell, falls sie gerade frei ist.« Willy verließ den Raum.

Fünf Minuten später kam er mit einer zierlichen brünetten Frau in roten Dessous zurück ins Hinterzimmer.

»Das sind zwei Polizisten, die Michelle suchen. Kannst du ihnen sagen, wo sie ist?«

»Wieso sucht ihr sie?«, empört stemmte Raffaela ihre Hände in die Hüften. »Sie hat sicher nichts getan. Das hat sie hinter sich gelassen.«

»Sie hat nichts getan«, beruhigte sie Louis. »Wir brauchen aber Informationen über jemanden, den sie gut kannte. Angelo Cesaro. Den suchen wir.«

»Ja, das war einmal ihr Lover.«

»Was weißt du über ihn?«

»Eigentlich nicht viel. Aber fragt einfach Michelle. Sie wohnt sowieso noch in Frankfurt und arbeitet jetzt als Friseurin.« Raffaela nannte ihnen die Adresse und den Namen des Salons, in dem Michelle arbeitete.

»Weißt du ihren Nachnamen?«, fragte Louis noch.

»König.«

»Nur noch eine Frage an euch beide. Kennt ihr einen Antonio DeMarco, oder habt ihr mal von ihm gehört?« Jens hoffte, dass einer der beiden vielleicht eine Verbindung zwischen Angelo Cesaro und Antonio DeMarco herstellen würde.

»Nein. Hab noch nie von ihm gehört«, entgegnete Raffaela.

»Ich schon«, meldete sich Willy. »Ich meine, dass Angelo ihn mal erwähnt hat. Kann auch sein, dass die beiden einmal gemeinsam hier waren, kann es aber nicht mehr genau sagen. Wieso?«

»Weil wir Angelo Cesaro im Zusammenhang mit dem Mord an Antonio DeMarco suchen. Weißt du vielleicht irgendwas darüber?« Louis sah Willy forschend an.

»Nein, ich weiß nichts davon. Wie gesagt, den Namen Antonio DeMarco hab ich vor Jahren mal im Zusammenhang mit Angelo Cesaro gehört, kann aber nicht mehr sagen, worum es da ging.«

»Nun komm schon, Willy«, drängte Jens.

»Braucht ihr Raffaela noch? Hier drinnen verdient sie nichts!«, fragte Willy.

»Nein, danke, sie kann gehen.«

Erst als sich die Tür hinter Raffaela geschlossen hatte, begann Willy zu sprechen.

»So, ich kann euch nur Folgendes sagen: Angelo war damals ziemlich sauer auf Antonio und hat. Ich kann mich nur deshalb daran erinnern, weil er an dem Abend so viel getrunken hat, dass er irgendwann anfing, in meiner Bar herumzuwüten und Gläser zu werfen. Dabei schrie er immer wieder wilde Beleidigungen gegen Antonio, obwohl der gar nicht da war. Tommy musste ihn rauswerfen. Seitdem hab ich ihn hier nicht mehr gesehen.«

»Wann genau war das?«

»Kurz bevor ich gehört habe, dass er nach Mallorca ausgewandert ist. Vor einem Jahr etwa.«

»Gut, danke für die Infos. Wir lassen dich jetzt wieder deinen Geschäften nachgehen.«

»Na endlich.« Willy war erleichtert, als er die beiden zurück in den Club und zum Ausgang begleitete.

Tommy verabschiedete sich von ihnen nur mit einem kaum sichtbaren Kopfnicken.

Kapitel 27

Eine halbe Stunde lang beobachtete Leah nun schon das Treiben der Polizei. Sie saß immer noch auf der Treppe vor Sarah Trentis Wohnung. Es hatten mindestens schon zehn Polizisten und ebenso viele Spurensicherer die Wohnung betreten und wieder verlassen. Leah kam sich vor wie bei diesem Gedächtnisspiel, wo man zusah, wie viele Menschen ein Haus betraten und wieder verließen, und man am Ende sagen musste, wie viele sich noch im Haus befanden. Allerdings waren diese Personen nicht so schnell wie bei dem Spiel. Im Gegenteil, Leah kam die venezianische Polizei eher langsam und sehr gelassen vor, wenn man bedachte, was für einen grauenvollen Tatort sie da vor sich hatten.

Nachdem das erste Polizeiboot eingetroffen war, hatte man Leah gebeten, ihnen zu zeigen, was sie in der Wohnung alles angefasst hatte. Einer der Polizisten, der sich als *Commissario* Fabiani vorgestellt hatte, schaltete im Flur das Licht an, und erst da bemerkte Leah, dass auch hier alles voller Blut war. Das hatte sie vorher gar nicht gesehen, sonst wäre sie sicher nicht bis zum Schlafzimmer gegangen, sondern hätte gleich die Polizei gerufen.

Das Bild, das sich ihnen dort bot, war entsetzlich und makaber. Der Mörder hatte mit dem Blut Obszönitäten an die Flurwände geschmiert. Leah fühlte sich wie in einem gruseligen U-Bahn-Bahnhof, dessen Graffiti an den Wänden nicht mit einer Sprühdose, sondern mit dem Blut von Sarah Trenti geschrieben worden war.

Welches kranke Hirn tat so etwas?, fragte sie sich zum wiederholten Mal.

Sie war froh, dass *Commissario* Fabiani sie wieder hinausschickte.

Es war ihr wesentlich angenehmer, die polizeiliche Tätigkeit aus sicherer Entfernung zu beobachten und sich ihre eigenen Gedanken zu machen.

Was hatte das alles zu bedeuten?

Leah glaubte nicht an einen Zufall. Das konnte keiner sein oder vielleicht doch?

Sie war sich unsicher. Sie musste wieder an den Mann mit Hut und Sonnenbrille denken. Hatte er etwas damit zu tun?

»Schon wieder eine«, hatte *Commissario* Fabiani gesagt, kurz nachdem er den Tatort gesehen hatte.

Demnach gab es schon mehrere Opfer, und sie gingen anscheinend von einem Serienmörder aus. Dunkel erinnerte Leah sich an die Schlagzeile der Tageszeitung, die Matilda beim Frühstück gelesen hatte: *Graffiti-Mörder immer noch nicht gefasst. Polizei hat keinerlei Spuren.*

Heute Morgen hatte sie sich noch nicht dafür interessiert, und nun war sie mitten drin.

Doch irgendetwas sagte ihr, dass das nicht das Werk des Graffiti-Mörders war. Irgendein Gefühl, das sie aber nicht fassen oder gar beschreiben konnte.

In dem Moment läutete ihr Handy. Ihr Vater war dran.

»Hallo, Papa. Alles okay bei euch?« Leah wollte ihm nicht sagen, was sich gerade neben ihr abspielte, das hätte ihn nur verstört, und es hatte ja doch nichts mit Carla zu tun.

»Das weiß ich nicht. Ich glaube, ich hab einen Fehler gemacht.« Ihr Vater klang sehr beschämt.

»Was ist denn los?«, fragte Leah ängstlich.

»Dein Chef hat bei mir angerufen.«

»Und?«

»Er wollte wissen, wie es dir geht und wo du bist. Ich habe nicht nachgedacht und ihm gesagt, dass du in Venedig bist. Ich konnte ja nicht wissen, dass du ihm nichts gesagt hast.« Der letzte Satz klang schon ein bisschen vorwurfsvoll, väterlich eben.

»Ich habe ihm eine SMS mit meiner Urlaubsmeldung geschickt.«

»Die hat er anscheinend nicht bekommen. Nachdem du nicht zum Dienst erschienen bist, hat er sich Sorgen gemacht und zwei Kollegen zu dir nachhause geschickt. Und weil du nicht da warst, hat er sich bei mir gemeldet. Er regte sich darüber auf, dass du nichts gesagt hast. Er war stocksauer, hat ordentlich getobt und will dir kündigen.«

»Soll er nur. Ist mir egal.«

Als Luigi das Wort Kündigung aussprach, fühlte Leah eine gewisse Erleichterung. Irgendwie war sie sowieso im Augenblick nicht sehr glücklich mit ihrem Job. Sollte er sie doch kündigen. Vielleicht war das das Beste, was ihr passieren konnte. Doch darüber wollte sie sich Gedanken machen, wenn sie wieder in Deutschland war. Jetzt war für sie einzig und allein die Suche nach ihrer Schwester Carla wichtig.

»Was soll das heißen, Leah: ist mir egal?«, fragte Luigi entsetzt.

»Papa, lass uns darüber später reden. Ich kann jetzt nicht. Ich melde mich am Abend bei dir. Ich hab dich lieb.«

»Aber, Kind …«, begann Luigi einzuwenden, doch Leah hatte schon aufgelegt.

Sie wollte jetzt nicht diskutieren.

Commissario Fabiani kam mit seinem Partner aus der Wohnung und bat Leah, sie in die *Questura*, die Polizeistation, zu begleiten.

»So, erzählen Sie uns bitte noch einmal genau, was Sie von Sarah Trenti wollten und wie Sie die Leiche entdeckt haben.«

Sie saßen in einem Raum, der so anders war, als das Verhörzimmer des Reviers, in dem Leah arbeitete. Das Verhörzimmer der Heidelberger Polizei war ein kahler Raum ohne Fenster, mit grauen Wänden, einem Tisch und vier Stühlen. Also alles andere als einladend.

Im Zimmer der *Questura* strahlte die Sonne durch zwei hohe Fenster. An den Wänden hingen Schwarz-Weiß-Stiche von Venedig in früheren Zeiten.

Leah saß an einem runden Tisch. Ihr gegenüber saßen *Commissario* Fabiani und sein Kollege *Ispettore*. Fabiani war ein gutaussehender, nicht sehr großer, braunhaariger Mann. Sein Partner Perlini überragte ihn sicher um eine Kopflänge und wirkte nicht nur deswegen, sondern mehr noch seiner Fülle wegen doppelt so groß wie Fabiani.

Leah hatte ihnen das Wichtigste schon in der Wohnung Sarah Trentis erzählt, doch jetzt wollten sie Details.

Leah überlegte kurz, und dann erzählte sie ihnen alles. Dass sie auf der Suche nach ihrer verschollenen und totgeglaubten Schwester war und dass sie einen Hinweis bekommen hatte, Sarah Trenti könnte ihr vielleicht bei der Suche mit Informationen helfen.

Leider war sie zu spät gekommen.

»Das heißt, Sarah Trenti kannte den Arzt, der behauptet hat, ihre Schwester wäre tot. Sehe ich das richtig?« Perlini war der Korrekte der beiden. Leah hatte sie schnell durchschaut. Fabiani war der Typ charmanter Chaot, ein bisschen tollpatschig, aber nett. Perlini dagegen war der komplette Gegensatz seines Partners. Er nahm alles ganz genau, das hatte Leah schon bemerkt, als er die Spurensicherer instruierte.

Wie die beiden miteinander arbeiten konnten, war ihr ein Rätsel.

Aber anscheinend ging das sehr gut, da sie sich oft nur mit kurzen Gesten und Blicken verständigten.

»Ja, sie hat mit ihm gearbeitet, und laut meiner Quelle hat sie ihn ziemlich bedrängt, obwohl ihm das nicht recht war.«

»Und warum sollte gerade sie etwas über den Verbleib Ihrer Schwester wissen?«

»Ich weiß es nicht. Sie kam meiner Quelle damals suspekt vor. Könnte ja sein, dass sie Dottore Ancilotto aus irgendeinem Grund erpresst hat, damit er ihr meine Schwester gibt. Alles ist möglich.«

»Das werden Sie jetzt allerdings nicht mehr rausfinden.«

»Leider. Was glauben Sie denn, wer sie ermordet hat?«, fragte Leah nun.

»Haben Sie schon vom Graffiti-Mörder gelesen?«, entgegnete Fabiani und erntete dafür einen weniger netten Blick von Perlini.

»Er ist ein Psychopath, der das Blut seiner Opfer benutzt, um Obszönitäten wie ein makabres Graffiti an ihre Wände zu schmieren. Mehr dürfen wir dazu nicht sagen.«

Da war es wieder. Das Gefühl, dass Sarah Trenti kein Opfer dieses Graffiti-Mörders war. Aber sie hätte nicht sagen können, warum.

»Wie viele hat er schon ermordet?«

»Mit Sarah Trenti drei«, antwortete Fabiani.

»Das dürfte genügen. Wenn Ihnen noch etwas einfallen sollte, melden Sie sich bitte bei uns.«

Perlini beendete das Gespräch, das ihm zu sehr ins Detail zu gehen drohte.

»Mache ich. Viel Glück bei Ihren Ermittlungen. Ich hoffe, Sie erwischen ihn bald.«

Leah schüttelte den beiden so unterschiedlichen Polizisten die Hände und verließ die Questura.

Roberto wartete am nahe gelegenen Kanal auf sie.

»Du, Armer! Es tut mir furchtbar leid, dass du den ganzen Tag in deinem Boot auf mich warten musst«, entschuldigte sich Leah.

»Ach, Leah, meine Güte, ich bin doch nicht wichtig. Ich bin hier und warte, bis du wieder kommst, damit ich dich von A nach B bringen kann. Darum hat mich deine Großmutter gebeten und das mache ich gerne. Aber wo du überall hineingerätst, das ist wirklich unglaublich!«

Jetzt wollte Leah erst einmal zurück zu ihrer Nonna. Für heute hatte sie genug erlebt.

Leah hatte beschlossen, Matilda nichts von dem brutalen Mord zu erzählen und auch Roberto zum Schweigen verpflichtet, da sie ihre Nonna nicht beunruhigen wollte. Das mit ihrer Schwester und mit dem Mord an Antonio war schon Aufregung genug.

Matilda wartete schon mit einem wunderbaren Abendessen auf sie.

Zuerst gab es *Insalata Caprese*, Tomaten mit Mozarella, darauf folgten *Spaghetti all'arrabiata*, schön scharf. Die Hauptspeise bestand aus *Vongole al vino bianco*, Venusmuscheln im Weinsud, und als Nachspeise dienten *Pere al vino rosso*, Birnen in Rotwein mit einer *Prosecco-Zabaione*.

Leah begann sich nun doch Sorgen zu machen wegen der Hintertür zum Kanal. Ihre Großmutter brauchte gar keinen Alkohol zu trinken, es genügte schon, wenn sie solch ein Menü aß.

Leise kicherte sie in sich hinein.

»Was ist so lustig?«, fragte Matilda und schenkte ihr noch ein Mineralwasser nach.

»Nichts, Nonna. Ich hab nur kurz nachgedacht.«

»Gut. Könntest du vielleicht morgen Vormittag deine Ermittlungen einmal kurz unterbrechen und mich auf den Friedhof begleiten? Ich würde dir gerne das neugestaltete Grab deines Großvaters zeigen.«

»Sicher kann ich das. Ich möchte es auch gerne sehen.«

Kapitel 28

Louis und Jens betraten den Friseursalon »Haargenau«, kurz nachdem er am Mittwochmorgen geöffnet hatte, und fragten das junge Mädchen am Empfang nach Michelle König.

»Die trinkt hinten noch einen Kaffee. Sekunde, ich hole sie mal.« Sie verschwand in ein Hinterzimmer.

Trotz der frühen Stunde waren schon zwei Kunden da.

Das Mädchen kam zurück, gefolgt von einer kleineren Frau mit langen, braunen Haaren.

»Hallo, ich bin Michelle. Was kann ich für Sie tun?«, fragte sie freundlich.

Wenn man sie so sieht, dachte Louis, kann man sich überhaupt nicht vorstellen, dass sie einmal bei Willy im »Naked« gearbeitet hat.

»Ich bin Louis Schneider und das ist mein Kollege Jens Schröder von der Kripo Frankfurt. Wir möchten Sie gerne zu Angelo Cesaro befragen.«

Eine leichte Blässe überzog ihr Gesicht.

»Kommen Sie bitte mit vor die Tür«, sagte sie schnell und bugsierte die beiden auf den Gehsteig.

»Ich möchte nicht, dass meine Kolleginnen von meinem früheren Leben erfahren«, erklärte sie, nachdem die Ladentür hinter ihnen zugefallen war.

»Was können Sie uns zu Angelo Cesaro sagen?«, fragte Jens.

»Dass er ein Arsch ist. Er hat mich einfach ohne ein Wort sitzen lassen, obwohl wir gemeinsam auswandern wollten. Aber das ist Geschichte. Ich hab mir ein neues Leben aufgebaut, und das alte ist abgehakt.«

»Wohin wollten Sie denn auswandern?«

»Nach Mallorca. Er hatte noch einen Deal am Laufen, und mit dem Geld wollten wir abhauen. Dann hat er mich einfach am Flughafen sitzen lassen, und ich hab ihn nie wieder gesehen. Ich hab dann erfahren, dass er einen früheren Flieger genommen hat, der Wichser.«

»Kennen Sie einen Antonio DeMarco?«, fragte Jens.

Michelle überlegte kurz.

»Der Name sagt mir was, aber ich weiß nicht mehr genau, warum.«

»Angelo hat einige Zeit bei ihm als Koch gearbeitet«, klärte Louis sie auf.

»Ach ja, genau, das hat er mal erwähnt. Aber das war vor meiner Zeit und bevor er im Knast gesessen hat. Ab und zu hat er über ihn gesprochen, aber nichts Gutes. Anscheinend hatten die beiden sich nicht gerade als Freunde getrennt. Was genau da vorgefallen ist, hat er nie erzählt, und ich hab auch nicht nachgefragt.«

»Das heißt, nach Ihrer Kenntnis befindet Angelo sich zurzeit auf Mallorca? Haben Sie noch einmal etwas von ihm gehört?«, fragte Jens.

»Nein. Gehört hab ich nichts mehr von ihm, und ich wüsste nicht, dass er wiedergekommen wäre.«

»Gut, wir danken Ihnen. Falls Ihnen noch etwas einfallen sollte, melden Sie sich bitte bei uns.« Louis gab ihr seine Visitenkarte, und sie verabschiedeten sich.

Als sie zum Auto gingen, meinte Louis.

»Jetzt sollten wir uns einmal an unsere Kollegen auf Mallorca wenden. Mal schauen, ob das stimmt und er mittlerweile dort lebt. Vielleicht ist er ja auch nur hergekommen, um Antonio zu ermorden. Aber warum?«

»Wir müssen dringend noch mit Thomas Linde sprechen. Ich weiß, mit welcher Maschine er kommt und sein Flieger landet in einer Stunde. Vielleicht kann der ja ein bisschen Licht ins Dunkel bringen. Wir sollten ihn gleich am Flughafen befragen, dann verlieren wir keine Zeit. Er hat ja noch drei Tage Urlaub und wer weiß, ob er sofort nachhause fährt«, überlegte Jens.

»Wir brauchen nicht zu zweit zum Flughafen fahren. Was möchtest du machen? Im Büro mit den Mallorquiner Kollegen telefonieren oder Thomas Linde abfangen?«

»Ich weiß, dass du lieber zum Flughafen fährst, allein schon der hübschen Stewardessen wegen, und deswegen werde ich mich um Mallorca kümmern. Bring mich nur eben auf die Wache, dann kannst du gleich weiterfahren.«

»Du bist ein wahrer Freund«, lächelte Louis.

Kapitel 29

Am Mittwochmorgen ließ Roberto Leah und Matilda direkt am Haupteingang der Friedhofsinsel San Michele aussteigen, und langsam durchschritten die beiden das Eingangstor.

Unbemerkt von ihnen legte einige Meter entfernt ein kleines Motorboot an.

Leah war überwältigt von dem Blumenmeer, das sie hinter dem Tor erwartete. Sie hatte schon einige Friedhöfe gesehen, aber dieser hier war einzigartig. Hier konnte sogar sie sich vorstellen, dass dies eine angenehme letzte Ruhestätte für sie sein könnte.

Je mehr Gräber sie passierte, desto melancholischer wurde sie. Was eigentlich gar nicht ihre Art war, aber sie musste an ihren Großvater denken und daran, dass sie durch seinen Tod in die Arme von Louis getrieben worden war und ihn geheiratet hatte.

Sie hatte diese Heirat nie bereut, denn sie hatten eine wirklich lustige und angenehme gemeinsame Zeit gehabt, die ihr manchmal fehlte. Das hatte sie auch auf der Geburtstagsfeier ihrer Mutter gemerkt. Louis war ein Teil von ihr geworden, und auch wenn sie es nie offen zugeben würde, vermisste sie seinen Humor, seine Coolness, seine Freundschaft und ihre Beziehung zueinander, die sie offiziell als Ehe bezeichnet hatten.

Im Vorbeigehen wies Matilda immer wieder auf Grabsteine verstorbener Freunde und Bekannter hin, doch Leah hörte ihrem Redefluss kaum zu und hing weiter ihren Gedanken nach.

Doch dann horchte sie doch kurz auf.

»Und hier liegt deine Urgroßmutter. Luigis Nonna, Annabella DeMarco. Siehst du den Steinengel auf ihrem Grab? Den hat Luigi geliebt, er hat immer Angelo zu ihm gesagt.«

Leah betrachtete den Engel, der auf einem kleinen Podest stand und eine Harfe in Händen hielt. Angelo für Engel, dachte sie. Logisch, Papa. Und sie lächelte kurz.

Dann hatten sie das Grab Sebastianos erreicht. Auch hier prangte ein prächtiger Blumenschmuck. Allerdings schien es, als leuchteten diese Blumen kräftiger als die auf den anderen Gräbern.

Leah lächelte. Da sah man ihn wieder, den unverkennbaren, grünen Daumen ihrer Nonna. Wenn Leah Freunden von den Fähigkeiten ihrer Großmutter erzählte, beinah total verdorrte Pflanzen wieder zum Erblühen zu bringen, lächelten diese, aber im Freundeskreis ihrer Nonna nannte man die alte Dame die *Blumenflüsterin*. Matilda sprach nämlich mit ihren Blumen und vielleicht war das das ganze Geheimnis: ihr Redefluss. Lächelnd stellte sich Leah vor, dass sich die Pflanzen vor Nonnas Geplapper retteten, indem sie aufblühten, denn dann pflanzte Nonna sie ein, und die Blumen hatten endlich ihre Ruhe.

Leah half Matilda beim Gießen der Blumenpracht, und gemeinsam sprachen sie ein kurzes Gebet, bevor sie den Friedhof wieder verließen.

Auch jetzt bemerkte Leah ihren Verfolger nicht.

Kapitel 30

Luigi lag noch im Bett, während Mariella sich schon im angrenzenden Bad die Zähne putzte. Er hörte das Wasser ins Waschbecken plätschern, doch das monotone Geräusch konnte ihn nicht ablenken. Zu viele Gedanken schwirrten ihm durch den Kopf.

Seit Louis und Jens am Tag zuvor gegangen waren, zermarterte sich Luigi sein Hirn über diesen Angelo C. Irgendein Gedanke war kurz dagewesen, irgendein Gefühl löste der Name bei ihm aus, aber er bekam es nicht zu fassen.

»Denkst du immer noch über Angelo C nach?« Mariella war aus dem Bad gekommen. Sie trug noch ihr blütenweißes Nachthemd mit Spitze und setzte sich zu ihrem Mann aufs Bett.

»Ja«, antwortete Luigi.

»Du wirst eben alt«, lächelte sie.

»Falsche Zeit, mein Schatz. Ich bin alt, und du weißt, was das für dich heißt«, grinste Luigi.

Mariella gab ihrem beinahe gleichaltrigen Mann einen Klaps auf den Arm.

»Wir Frauen werden nicht alt, wir werden nur reifer, und außerdem ist unsere Lebenserwartung um einiges höher als die von euch Männern.«

Luigi gab ihr einen Klaps zurück. »Genau das war's, was ich jetzt hören wollte!«

»Lass uns jetzt aufstehen. Wenn es wirklich wichtig ist, wird es dir schon wieder einfallen«, beruhigte ihn Mariella.

»Du hast wie immer recht, mein Schatz.«

»Bekomme ich das schriftlich?«, fragte sie ihn und gab ihm einen Kuss.

»Sicher nicht. Ich stelle dir doch keinen Blankoscheck aus. So alt und senil bin ich nun auch wieder nicht.« Er erwiderte ihren Kuss und schwang seine Beine aus dem Bett.

In der letzten Nacht hatte er von seiner Großmutter geträumt, doch konnte er sich nicht mehr an den Traum erinnern.

Kapitel 31

»Was hast du herausgefunden?«, fragte Jens. Louis setzte sich an seinen Schreibtisch.

»Erzähl du mal zuerst«, entgegnete Louis.

»Gut. Angelo Cesaro ist auf Palma de Mallorca gemeldet. Er hat dort eine kleine Wohnung und arbeitet als Koch in einem Restaurant in der Schinkenstraße. Unsere Kollegen dort waren sehr nett. Zum Glück sprachen sie Deutsch. Es hat etwas gedauert, bis sie seine Adresse und seinen Arbeitsplatz herausgefunden hatten. Sie haben ihn gleich befragt. Er behauptet, das Land seit seiner Einreise nicht verlassen zu haben, und angeblich hatte er auch keinerlei Kontakt mit Antonio. Er will mit krummen Geschäften nichts mehr zu tun haben und ist unseren Kollegen dort auch nicht bekannt gewesen. Er hat ein wasserdichtes Alibi, denn zum Zeitpunkt des Mordes hat er in dem Restaurant gekocht. Das haben seine Kollegen bestätigt. Da endet die Spur also.«

Jens füllte sich zum wiederholten Mal an diesem Tag Kaffee in seinen Becher, auf dem »I'm the Boss« stand.

»Na, hast du dir so eine Tasse jetzt endlich mal für zuhause zugelegt?«, grinste Louis.

Jens überhörte die Anspielung auf seine dominante Frau und fragte: »Was gibt's bei dir?«

»Nichts, was uns weiterführt. Thomas Linde kam braungebrannt mit seiner Familie aus dem Urlaub zurück. Er war nicht sehr begeistert, dass ein Polizist sein Begrüßungskomitee bildete. Aber er hat sich kurz Zeit für ein Gespräch genommen.«

»Was hat er erzählt?«

»Erst einmal war er entsetzt über Antonios Tod. Dann hat er nur ein bisschen über Angelo Cesaro erzählt. Im Grunde nichts

Neues. War verstrickt in krumme Machenschaften und wechselte dann in die Pizzeria nach Heidelberg. Seitdem hat er nichts mehr von ihm gehört.«

»Und seine Beziehung zu Antonio?«

»Die soll nicht so gut gewesen sein. Zumindest zum Schluss. Anfangs dürften sie sogar Freunde gewesen sein. Schlussendlich war Angelo aber dann ziemlich sauer auf Antonio, und die Freundschaft zerbrach.«

»Warum?«

»Frag mich nicht so aus. Ich erzähle dir ja sowieso alles ... Antonio soll Angelo damals die Freundin ausgespannt haben, was der natürlich nicht so lustig fand.«

»Aber wieso sollte er ihn dann jetzt erst wegen dieser alten Weibergeschichte umbringen? Das ergibt keinen Sinn.«

»Stimmt!«

»Also muss dieses Angelo C etwas anderes bedeuten oder jemand anderen meinen.«

»Das denke ich auch. Angelo Cesaro hat ein Alibi, lebt auf Mallorca und wird nicht herkommen, um Antonio umzubringen, weil der ihm irgendwann in grauer Vorzeit die Frau ausgespannt hat.«

»Wie kriegen wir nun heraus, was es dann bedeuten soll?«

Louis blickte seinen Partner ratlos an.

»Ich weiß es nicht, Jens.«

Kapitel 32

Zuvorkommend half Roberto Leah und Matilda beim Besteigen des Bootes, löste mit der linken Hand das Seil, mit dem es an dem kleinen Steg festgemacht war, und schob mit der rechten schon den Gashebel nach vorn. Elegant lenkte er das Boot in die Kanalmitte. Ein netter Kerl, dachte Leah, schade, dass er nie die richtige Frau gefunden hat. Sie genoss die Fahrt und plauderte mit Matilda über dies und das, über Venedig und das Aqua-Alta-Problem und über die restaurierten Gebäude rechts und links des Kanals.

»Schau mal, Leah!« Matilda hob den Arm. »So baut man hier ein Gerüst an die Fassade. Man kann es ja nicht ins Wasser stellen.«

Tatsächlich schien das Gewirr aus blanken Metallstangen, auf dem ein paar Männer standen und arbeiteten, knapp über dem Wasser aus der Hausmauer heraus bis zum Dach gewachsen zu sein. Während Leah noch fasziniert zurückblickte, bemerkte sie aus den Augenwinkeln in einiger Entfernung eine Gestalt mit Hut und Sonnenbrille in einem Boot, das ihnen zu folgen schien. Schnell drehte sie den Kopf wieder nach vorne.

»Leihst du mir kurz deinen Schminkspiegel?«, bat sie Nonna.

Matilda schaute sie verwundert an. Leah schminkte sich nie. Aber weil Leah ihr schon auffordernd die Hand hinhielt, fragte sie nicht weiter nach und kramte den kleinen Spiegel aus ihrer Handtasche.

Leah tat, als wollte sie sich die Frisur richten, beobachtete aber unauffällig im Spiegel das Boot hinter ihnen. Es wurde tatsächlich von einem Mann mit Hut und Sonnenbrille gelenkt. Sieh einmal an, dachte Leah, mein alter Bekannter vom Beerdigungsinstitut! Ihr nächster Gedanke war, Nonna aus der Sache herauszuhalten.

»So was Dummes«, rief sie und schlug sich mit der flachen Hand an die Stirn, »Roberto, ich muss ja noch was Wichtiges besorgen, lass mich bitte da vorne aussteigen. Fahrt ihr nur vor«, sagte sie dann, »ich komme zu Fuß zu dir nach Hause!«

»Essen wir zusammen?«, fragte Matilda.

»Klar, es dauert ja nicht lange. Freu mich schon drauf. Nur eines, Nonna, bitte nicht zu Mittag so viel Alkohol im Essen! Ich will am Nachmittag noch Nachforschungen machen und nicht besoffen auf dem Sofa liegen!«

Roberto legte an einem kleinen Holzsteg an, und Leah sprang vom Boot. Gleich am Ende des Stegs begann eine schmale *Calle*, einen anderen Weg gab es nicht. Leah war gespannt, wie ihr Verfolger jetzt reagieren würde. Sie warf sich ihren Rucksack über die Schulter und winkte Matilda und Roberto kurz hinterher, bevor sie zwischen den hohen Hauswänden verschwand. Mit einem kurzen Blick zurück sah sie noch, wie das andere Boot am Steg anlegte. Also verfolgte er sie wirklich!

Sie rief sich den Stadtplan ins Gedächtnis und versuchte, sich zu orientieren. Ungefähr wusste sie die Richtung zu Nonnas Haus, aber wollte den Verfolger auf keinen Fall dorthin lotsen, also schlug sie einen etwas anderen Weg ein. An der nächsten Einmündung bog sie links ab, blieb hinter der Ecke stehen und schaute vorsichtig zurück, ob der Mann mit Hut ihr noch folgte.

Er kam bereits schnellen Schrittes die schmale *Calle* entlang. Er will mich einholen, schoss es ihr durch den Kopf, und ihr Puls beschleunigte sich. Sie wandte sich um und ging die menschenleere Gasse hinunter, jetzt etwas schneller. Ihre Schritte hallten zwischen den Hauswänden. Vom Verfolger war nichts zu hören, wahrscheinlich trug er Sportschuhe, aber Leah spürte, dass er näher kam.

Sie überlegte fieberhaft. Sollte sie einfach davonrennen? Das zumindest riet ihr die Vernunft, denn sie wusste nicht, wer der Mann war und was er vorhatte. Aber genau das wiederum wollte die Polizistin in ihr herausfinden, also verlangsamte sie ihren Schritt wieder etwas, damit er aufholen konnte. Sie musste vorbereitet sein. Sie spannte jeden Muskel ihres Körpers für einen möglichen Kampf an und war froh über die Nahkampfausbildung an der Polizeischule. Sie nahm den Rucksack von der Schulter, holte unauffällig das Pfefferspray heraus und hielt es in der rechten Hand, während sie weiterging. Den Rucksack hielt sie mit der linken Hand. Jetzt führte ihr Weg um eine weitere Ecke, hinter der ein dunkler *Sotoportego* begann. Leah lief hinein, und ihr Herz klopfte bis zum Hals. Sie hatte kaum ein paar Meter zurückgelegt, als sie hinter sich eine Bewegung spürte. Er griff sie an! Leah wirbelte herum, wobei sie ihren Rucksack mit herumschwang, um den Angreifer damit am Kopf zu treffen.

Mist! Die Sonnenbrille!, dachte sie im nächsten Moment, seine Augen sind geschützt! Doch dann traf der Rucksack den Kopf des Verfolgers und riss die Sonnenbrille herunter, die an die Wand des Sotoportego klatschte. Für Sekundenbruchteile sah Leah die Augen ihres Verfolgers, dann das Aufblitzen eines Messers. Sie riss die rechte Hand mit dem Pfefferspray hoch und drückte den Auslöseknopf. Das Messer klirrte auf das Pflaster, der Getroffene stieß einen gurgelnden Schrei aus und schlug beide Hände vors Gesicht. Leah sah noch, wie er zusammenbrach und sich vor Schmerzen auf dem Boden krümmte, dann drehte sie sich um und rannte davon, so schnell sie konnte.

Während ihres wilden Sprints dachte sie nur: Verdammt, das war knapp. Sie spürte etwas Feuchtes an ihrem Hals und tastete danach. Blut klebte an ihrer Hand. Hatte er sie doch erwischt? Aber schlimm konnte es nicht sein, darum würde sie sich später kümmern. Sie rannte weiter. Atemlos kam sie an Matildas Haus an und läutete Sturm. Nonna öffnete sofort, gerade so, als hätte sie direkt hinter der Tür auf sie gewartet.

»Was ist passiert?«, fragte sie entsetzt. »Kind, um Himmels willen! Du blutest ja.«

»Lass mich erst einmal rein und schließ die Tür.«

Leah schaute sich noch einmal nach allen Richtungen um, bevor sie ins Haus trat, aber ihr Verfolger war nirgends zu sehen.

»Kind, was ist geschehen?«, drängte Matilda, während sie Leah in die Küche schob und den Medikamentenschrank öffnete. Vorsichtig tupfte sie mit einem alkoholgetränkten Mull die Wunde ab.

»Ist ja zum Glück nur ein Kratzer!«, stellte sie fest, während sie ein kleines Pflaster auf die Wunde klebte. »Leah, erzähl, was ist geschehen?«

»Ich bin überfallen worden«, antwortete Leah knapp.

»Wollte er deine Tasche?«

»Nein, ich glaube, das hängt mit meiner Suche nach Carla zusammen! Seit ich in Venedig bin, werde ich von einem Mann mit Hut verfolgt und der hat mich vorhin angegriffen. Aber ich habe ihn schon bemerkt, als wir im Boot waren. Daher war ich vorbereitet.«

»Ach, deshalb bist du vorzeitig ausgestiegen?«

»Na, klar. Meinst du, ich will, dass dir auch noch was geschieht?«

Matilda schüttelte ungläubig den Kopf.

Na, dachte Leah, die steckt das ja alles gut weg.

»Da ist doch noch mehr dahinter. Hast du mir die letzten Tage alles erzählt?«

Nonna konnte man nichts vormachen. Leah lachte in sich hinein: Von irgendwoher muss ja mein Spürsinn kommen, offenbar hab ich den von ihr.

Und so berichtete sie vom Mord an der Krankenschwester. Alles was vorher passierte, Schwester Anna und ihre Suche nach den Zanollas hatte sie schon am Abend zuvor beim Essen erzählt.

Matilda Tozzi war hart im Nehmen und brauchte nicht geschont werden, das stellte nun auch Leah fest. Nein, mehr noch, sie hasste es, wenn man sie wie eine alte, gebrechliche und schwache Frau behandelte.

»Weißt du, Nonna, die Krankenschwester, das war sicher dieser Mann mit Hut und Sonnenbrille auch wenn der Mord im ersten Moment so aussieht, als ginge er auf das Konto des Graffiti-Mörders.«

»Du bist in dem Fall der Profi und ich glaube beinah auch, dass das alles zu viele Zufälle auf einmal sind!«

»Eben! Irgendjemand will anscheinend mit allen Mitteln verhindern, dass ich herausfinde, was mit Carla passiert ist. Und ich werde diesen jemand sicher finden. Genauso wie ich Carla finden werde.«

Kapitel 33

Damit hatte er nicht gerechnet. Er hatte die Frau eindeutig unterschätzt. Eigentlich sollte es wie ein Raubmord an einer Touristin aussehen. Er wollte ihr die Kehle durchschneiden und dann mit ihrer Tasche verschwinden. Leider hatte es nicht ganz so funktioniert, wie er es geplant hatte, besser gesagt, es war gründlich schief gegangen.

Er musste also andere Methoden anwenden.

Seinen Auftraggeber konnte er jetzt nicht anrufen. Was hätte er ihm sagen sollen?

Dass er gepatzt hatte? Das brauchte sein Boss nicht zu wissen. Der ging davon aus, dass er der perfekte Profikiller war. Was leider nicht ganz stimmte. Er war einfach nicht kaltblütig genug für diesen Job. Wäre der Paketbote nicht reingeplatzt, hätte er gleich alle drei, den Bestatter, dessen Frau und die Deutsche umgebracht. Aber einen vollkommen Unbeteiligten töten, ging ihm einfach gegen den Strich. Das wurmte ihn und noch mehr, dass er diese Deutsche eindeutig unterschätzt hatte. Nein, das ging auf keinen Fall. Das durfte ihm nicht noch einmal passieren. Er musste jetzt überlegen, wie er weiter vorgehen würde.

Wenigstens das mit der Krankenschwester war perfekt gelaufen. Die war allerdings auch sehr leichtgläubig gewesen und hatte ihn schnell in ihre Wohnung gelassen. Und dann hatte er ja noch die Vorlage aus der Zeitung. Zum Glück hatte die Presse einiges über diesen Graffiti-Mörder geschrieben.

Bevor er jetzt aber seine weiteren Schritte planen konnte, musste er erst einmal abwarten, bis die Schmerzen in den Augen nachließen. Die taten ihm immer noch höllisch weh.

Kapitel 34

Warum blieb sein Telefon stumm? Es konnte doch nicht so schwer sein, eine junge Frau umzubringen.

Die Krankenschwester hatte sein Mann ja auch ohne Probleme erledigt. Und das zu seiner vollsten Zufriedenheit, denn die Polizei ging noch immer davon aus, dass sie diesem Graffiti-Mörder zum Opfer gefallen war. Besser konnte es ja gar nicht laufen!

Und jetzt kam diese kleine Polizistin aus Deutschland daher und machte Probleme. Das konnte er nicht zulassen.

Er ging in den Salon seines Palazzos und setzte sich auf die Ledercouch. Von der aus hatte schon sein Vater die Geschäfte des Familienimperiums geleitet. An manchen Stellen war das Leder schon speckig, was es ein bisschen wie das Fell einer schwarz-braun-gefleckten Kuh aussehen ließ. Er schwenkte das schwere Kristallglas in seiner Hand und roch an der bernsteinfarbenen Flüssigkeit. Scotch war eindeutig sein Lieblingsgetränk.

Er dachte an die Anfänge seiner Geschäfte.

Man kann sich nicht aussuchen, in dieser Art von Geschäft tätig zu werden, da musste man hineingeboren werden. Schon sein Vater war ein ganz großer in der Branche gewesen. Er hatte einen ganzen Stab von Auftragnehmern, die ohne zu fragen bereit waren, die Aufträge ihres Bosses auszuführen. Schutzgelder, Waffen, Rauschgift waren die Quellen seines Reichtums und die Garanten seines Erfolges. Er war schon von klein auf in die Machenschaften der Familie involviert, er wuchs sozusagen damit auf, und da er der einzige Sohn seines Vaters war, wurde er schon früh in die genauen Abläufe der Geschäfte miteinbezogen.

Er war kein typischer Mafiaboss, wie er oft in Filmen dargestellt wurde, groß, stark, dunkle Haare und leicht furchteinflößend. Er war nicht besonders groß, hatte blonde Haare und blaue Augen, eigentlich graublaue. Diese Augen hatten etwas Magisches, Kaltes und Furchteinflößendes. Er konnte allein mit seinem Blick so manchen Gegner in die Knie zwingen. Nur durch seine Statur und sein Äußeres hätte er nie den Respekt erlangen können, die er inzwischen genoss. Doch der gnadenlose Blick seiner Augen hatte ihm den Beinamen »*il Falco*«, »der Falke« eingebracht.

Der Palazzo in Venedig war sein Rückzugsort. Hier ahnte niemand etwas von der Beschaffenheit seiner Firma, von seinen Geschäften. Er traf bei Festen oder bei den Premieren im Teatro La Fenice die Honoratioren der Stadt. Als seine Frau noch lebte, wurde einmal im Jahr ein Sommerfest im Palazzo gefeiert, doch als sie starb, war er fast erleichtert, denn diese Feste waren nie nach seinem Geschmack gewesen. Er wollte einfach keinen zu engen Kontakt zu anderen Menschen.

Denn seit einiger Zeit wusste er, dass er im Visier der venezianischen Polizei war, aber wozu hat man Freunde an allen wichtigen Stellen in Politik und Verwaltung?

Während ihm diese Gedanken durch den Kopf gingen, stand er von seiner Couch auf, ging zur Bar, goss sich etwas Scotch nach und wartete auf den Anruf seines Mannes. Blöd, dachte er, dass der nur auf dieser Leitung anrufen konnte, die er eigens hatte installieren lassen. Ich werde mir doch zusätzlich ein Mobiltelefon für solche Zwecke anschaffen, dann muss ich nicht immer daheim darauf warten. Er hoffte jedenfalls, dass die Sache mit Leah DeMarco endlich erledigt war. Er ahnte nicht, dass sein Mann Mist gebaut hatte. Und wusste noch nichts vom Kampfgeist und Durchhaltevermögen Leah DeMarcos.

Kapitel 35

Es nieselte leicht. Zuerst war Sightseeing in der Züricher Innenstadt angesagt, dann wollten Giulia und Sofia noch shoppen.

Die Männer waren daran weniger interessiert. Sie gingen auf ein Bier in ein kleines Café, während die Frauen einen Schaufensterbummel machten.

Giulia nutzte die Zeit mit ihrer Mutter allein, um mit ihr über etwas zu sprechen, dass ihr schon seit ihrem Gespräch kurz vor ihrer Hochzeit zu schaffen machte.

Sie hatte den Gedanken an ihre Adoption wegen der Hochzeitsvorbereitungen beiseitegeschoben. Doch jetzt in den Flitterwochen hatte sie oft mit Claudio darüber gesprochen. Er hatte in ihr den Wunsch geweckt, zu erfahren, wie es zu ihrer Adoption gekommen war.

»Darf ich dich mal etwas fragen, Mama?«, begann sie vor dem Schaufenster eines Porzellanladens.

»Sicher, du darfst mich alles fragen, mein Schatz«, entgegnete Sofia Zanolla.

»Als ihr mich damals adoptiert habt … Wie ist das genau abgelaufen?«

Damit hatte Sofia nicht gerechnet. Nicht jetzt. Nicht bei einem Schaufensterbummel in Zürich. Aber sie wusste, was sie darauf antworten würde. Giovanni und sie hatten sich schon vor Langem eine glaubwürdige Geschichte zurechtgelegt. Sie konnte ihrer Tochter unmöglich die Wahrheit sagen. Auch wenn es ihr mehr als widerstrebte, ihre Tochter anzulügen, sie musste es tun. Sie würde sonst alle in Gefahr bringen.

Und so erzählte sie Giulia folgende Geschichte:

»Drei Jahre hatten wir versucht, ein Kind zu bekommen. Doch ich habe jedes Baby in den ersten Schwangerschaftswochen verloren. Das war eine schlimme Zeit und ich war ziemlich am Ende meiner Kräfte. Nach drei Jahren habe ich die Hoffnung, noch ein Kind zu bekommen, aufgegeben. Ich konnte und wollte nicht mehr. Giovanni war meiner Meinung. Es hatte keinen Sinn, etwas krampfhaft herbeiführen zu wollen, was Gott uns anscheinend nicht zugedacht hatte. Aber dann wurde ich doch noch mal schwanger.

Die Freude und die Angst, dieses Baby ebenfalls zu verlieren, hielten sich die Waage. Ich konzentrierte mich auf die Schwangerschaft und tat wirklich alles, um das ungeborene Leben in meinem Bauch zu schützen.

Anfangs verlief alles gut. Ich hatte davor schon drei Babys verloren, einmal in der achten, einmal in der zehnten und einmal in der 14. Schwangerschaftswoche. Als ich die 16. Woche überstanden hatte und es dem Baby gut ging, spürte sie schon eine gewisse Erleichterung. Die Schwangerschaft verlief auch weiter ohne Probleme, und ich habe wirklich auf mich aufgepasst. Dann, eines Morgens, Anfang Dezember, wachte ich auf einer nassen Matratze auf. Ich war panisch und weckte Giovanni, der sofort die Ambulanz rief. Im Krankenhaus Ospedale Civile stellte man fest, dass die Fruchtblase geplatzt und das Baby nicht mehr am Leben war. Für mich brach eine Welt zusammen. Ich war völlig verzweifelt und lag apathisch in meinem Bett im Krankenhaus und Giovanni wusste nicht mehr, was er machen sollte.

Doch dann hatte Gott plötzlich ein Einsehen mit uns. Er hatte wohl beschlossen, dass wir genug gelitten hatten. Er schickte uns eine Krankenschwester, die uns von einer Frau erzählte, die gerade ein Kind geboren hatte, dieses jedoch zur Adoption freigeben wollte. Es war wie ein Wink des Schicksals.

Wir bekamen deine leibliche Mutter nie zu Gesicht und erfuhren auch ihren Namen nicht. Schon nach einer Woche konnten wir mit dir das Krankenhaus verlassen.«

Giulia hörte ihrer Mutter aufmerksam zu, bis diese ihre Erzählung beendete.

Dann herrschte kurzes Schweigen. Sofia unterbrach die unangenehme Stille und erklärte nochmals:

»Weißt du, Giulia, ich war am Boden zerstört, weil ich schon wieder ein Kind verloren hatte. Da kam diese Krankenschwester wie gerufen. Unser sehnlichster Wunsch sollte also doch endlich in Erfüllung gehen. Dann ging alles sehr schnell. Eine Freundin der Krankenschwester arbeitete bei der Adoptionsagentur und machte die Papiere fertig. Eine Woche später, nachdem dein Vater alle nötigen Unterlagen vorgelegt hatte, waren wir schon eine glückliche Familie.«

Es war ja nicht alles gelogen, dachte Sofia bei sich und blickte kurz beschämt zu Boden.

»Und meine leibliche Mutter? Habt ihr sie später kennengelernt oder wisst ihr inzwischen ihren Namen?«

»Nein, wir haben sie nie gesehen und wissen auch nicht, wie sie heißt. Das war eine der Bedingungen.«

Sofia schaute ihre Adoptivtochter an.

»Möchtest du sie suchen?«, fragte sie besorgt. Sie befürchtete, dass dann alles herauskommen würde, und das musste sie unbedingt verhindern.

»Nein, im Augenblick nicht. Aber vielleicht irgendwann später einmal.«

Sofia war erleichtert. Sie wollte nicht mehr über das Thema sprechen und lenkte ihre Tochter ab, indem sie auf ein Schaufenster mit Antiquitäten zuging und auf eine Madonnenfigur zeigte.

Als sie am Abend im Hotelzimmer ihre Koffer packten, um mit der letzten Maschine zurück nach Venedig zu fliegen, erzählte Sofia Giovanni von ihrem Gespräch mit Giulia.

»Irgendwann musste sie ja fragen«, meinte dieser. »Zum Glück haben wir damit gerechnet, und so hattest du gleich die passende Geschichte parat. Hat sie sie dir abgekauft?«

»Natürlich, was glaubst du denn? Aber ich mache mir trotzdem Sorgen.«

»Worüber denn?«

»Ich habe irgendwie das komische Gefühl, dass die Vergangenheit uns langsam einholt. Ich muss immer an diese junge Frau denken, von der Signora Liberti erzählt hat. Was wollte sie von uns, und warum reagierte sie so komisch, als sie von Giulia erfuhr? Je mehr ich darüber nachdenke, umso mehr mache ich mir Sorgen.«

»Früher oder später werden wir schon herausfinden, was sie wollte.«

Er konnte ja nicht wissen, dass das eher früher als später der Fall sein sollte.

Kapitel 36

»Das heißt, wir stehen mit unseren Ermittlungen jetzt wieder am Anfang.« Jens seufzte.

Es war inzwischen Donnerstagmorgen, und die beiden saßen sich im Büro an ihren Schreibtischen gegenüber. Nachdem weder die Befragung von Thomas Linde noch Jens Recherchen etwas erbracht hatten, hatten sie sich den restlichen Tag freigenommen.

Jens hatte sich um seine Frau und seine zwei Kinder gekümmert, während Louis in das Frankfurter Nachtleben eingetaucht war.

»Scheint wohl so«, entgegnete Louis mürrisch.

»Du siehst alles andere als frisch aus«, bemerkte Jens.

Louis fühlte sich auch nicht gerade ausgeschlafen. Was wohl an der Frau lag, mit der er die halbe Nacht sein Bett zum Quietschen gebracht hatte. Louis dachte an den gestrigen Abend zurück.

Wie immer, wenn er bei Ermittlungen nicht mehr weiter wusste, genehmigte er sich ein paar Drinks in seiner Stammkneipe »Ums Eck«. So auch gestern Abend.

Seine Wohnung lag nur fünf Gehminuten entfernt, und er kannte die Besitzerin schon seit Jahren. Sie war inzwischen eine gute, fast mütterliche Freundin für ihn geworden.

Ihr Name war Ella, und sie leitete die Bar seit über sechs Jahren. Sie war ein Frankfurter Urgestein mit roten Haaren und derbem Humor. Ihr machte so schnell niemand etwas vor. Auch nicht Louis.

Als Louis am späten Mittwochnachmittag eintrat, sah sie ihm gleich an, dass etwas nicht stimmte.

»Wie immer, Louis? Ein Weizen und einen Rama?«, nickte sie ihm zu, als er sich an die Bar gesetzt hatte.

»Ja, danke, Ella.«

Sie stellte ihm ein Glas Ramazotti auf Eis vor die Nase und schenkte ihm dann ein Weizenbier ein.

»Was ist los?«

»Nichts, Ella.«

»Versuch jemand anderen anzulügen, aber nicht mich. Erzähl.«

Auch das Bierglas landete vor seiner Nase. Den Ramazotti hatte er schon in einem Zug geleert.

»Noch einen?«

»Ja, bitte.«

»Nun erzähl schon.«

»Was soll ich dir sagen? Leahs Onkel wurde ermordet, und ich weiß nicht, wer es getan hat.«

»Ich hab davon gehört.«

Louis schaute sie fragend an.

»Ja, auch in Frankfurt gibt es noch Buschtrommeln und die funktionieren bestens, glaub mir. Hast du schon mit Leah gesprochen?«

Irgendetwas schien ihre Bemerkung bei ihm auszulösen. Sie wusste nur nicht genau, was sie davon halten sollte.

»Hast du Leah seit eurer Trennung überhaupt schon einmal gesehen oder gesprochen?«

Louis erzählte ihr von ihrem Zusammentreffen am letzten Wochenende.

»Jetzt kann ich nicht mit ihr sprechen, weil sie gerade in Venedig ist.«

Ella hörte eine gewisse Wehmut in seiner Stimme.

»Täuscht es mich, oder vermisst du sie?«

»Vermissen? Wieso? Wir leben seit einem halben Jahr getrennt.

Da kann sie herumspringen, wo sie will.« Louis wirkte empört oder vielleicht eher ertappt? Ella glaubte Letzteres.

»Ich kenne dich jetzt lang genug, Louis, um zu merken, wenn dir etwas zu schaffen macht. Und wenn du mich fragst, ist das nicht der Mord an Antonio, den wirst du schon noch aufklären. Ich glaube, es liegt an deinem Wiedersehen mit Leah.«

»Dich fragt aber keiner!«, gab Louis patzig zur Antwort, nahm seine Getränke und setzte sich an einen Tisch.

Ella grinste, sie hatte also ins Schwarze getroffen.

Kurz darauf betrat eine langbeinige Blondine die Kneipe, um Ella nach dem Weg zu einem nahe gelegenen Restaurant zu fragen.

Louis mischte sich in das Gespräch ein und schlug der Frau vor, ihr den Weg persönlich zu zeigen. Der Abend endete damit, dass Louis und die Blondine leicht angeheitert, mit einem Taxi, zu ihm nachhause fuhren. Mit wilden Ritten über seine Bettlaken verbrachten sie die Zeit bis zum frühen Morgen.

»Louis? Louis?« Jens wedelte mit einem Block vor seinem Gesicht herum.

Louis schreckte aus seinen Gedanken auf.

»Ja?«

»War die Maus wenigstens hübsch?«

»Ich glaube schon.«

Jens schüttelte den Kopf.

»Also, was machen wir jetzt – außer ausnüchtern?«

»Wir müssen noch mal von vorne anfangen«, überging Louis die Anspielung auf seine Alkoholfahne »und kümmern uns einmal um das Privatleben von Antonio.«

»Vielleicht solltest du Leah anrufen. Eventuell kann sie uns einen Tipp geben?«

Wieder durchfuhr es Louis. Er wollte jetzt nicht an sie denken, war sie doch indirekt an seinem Kater schuld.

»Das mache ich später«, brummte er. Wenn überhaupt, dachte er.

Kapitel 37

Leah hatte entschieden, weder der Polizei noch ihren Eltern von dem Überfall zu erzählen.

Das würde nur weitere unnötige Fragen aufwerfen.

Nachdem Matilda sie verarztet hatte, fuhr Leah mit Roberto nochmals zum Haus der Zanollas, um herauszufinden, wann genau sie heimkommen würden.

Zum Glück traf sie wieder auf die auskunftsfreudige Nachbarin.

Signora Liberti brachte gerade den Müll hinaus, als sie Leah vor dem Haus bemerkte. Da sie mit Signora Zanolla gesprochen hatte und es dieser nichts auszumachen schien, dass sie der Fremden so viel erzählt hatte, ging sie freudestrahlend auf Leah zu.

»Die Zanollas sind noch nicht zurück«, sagte sie gleich.

»Können Sie mir sagen, wann genau sie kommen werden?«, fragte Leah höflich.

»Ja, ich habe gestern noch mit Signora Zanolla gesprochen. Sie werden heute Nacht eintreffen.«

»Vielen Dank für die Auskunft.«

Leah freute sich über diese gesprächige Nachbarin. Die Zanollas brauchten sicher keine Tageszeitung zu abonnieren. Ein Gespräch am Tag mit dieser Nachbarin und sie waren auf dem neuesten Stand, was das Geschehen in der Nachbarschaft und in der Stadt anging.

»Eine Frage hätte ich noch«, Leah drehte sich nochmals zu Signora Liberti um.

»Ja?«, sagte diese neugierig.

»Können Sie mir den Namen der Tochter sagen?«

»Sicher. Sie heißt jetzt Giulia Bertani und lebt mit ihrem Mann, einem stinkreichen Venezianer, im Stadtteil San Marco in einer ganz tollen Wohnung gleich neben dem *Torre dell'Orologio.*« Dann wurde sie doch wieder misstrauisch. »Wieso wollen Sie das wissen?«

»Ach, ich suche eine alte Schulfreundin von mir und bin mir nicht sicher, ob sie das vielleicht ist«, log Leah.

»Sie können sie ja morgen fragen.«

»Das werde ich machen. Vielen Dank noch mal. ArrivederLa.«

»ArrivederLa.«

Morgen würde sie also endlich mit den Zanollas sprechen können.

Nun fuhr sie zurück, weil sie Nonna versprochen hatte, den Rest des Tages mit ihr zu verbringen. Sie hatte irgendetwas vor, was sie Leah aber nicht verraten hatte.

Misstrauisch hielt Leah auch auf der Rückfahrt wieder nach ihrem Verfolger Ausschau. Doch sie sah ihn nirgends.

Kapitel 38

Der Anrufbeantworter sprang an und die Stimme einer jungen Frau klang durch den Raum.

»Hallo, Papa, ich bin's, Isabella. Ich wollte dir nur sagen, dass ich schon am Samstagvormittag kommen werde und nicht erst am Montag. Hab hier alles erledigt, und freue mich auf eine Auszeit bei dir. Melde dich, wenn du Zeit hast. *Baci*!«

Isabella Costello drückte auf die rote Taste ihres Handys, steckte es zurück in ihre Handtasche und wandte sich wieder ihrer Freundin zu, die ihr an dem kleinen Tisch in einem Café in Padua gegenübersaß. Sie waren beide guter Laune, denn die ersten Prüfungen für den Abschluss ihres Medizinstudiums hatten sie erfolgreich hinter sich gebracht.

Hätte man Isabella noch vor ein paar Jahren gesagt, dass sie einmal Ärztin sein würde, hätte sie wahrscheinlich nur gelacht. Doch nun würde es nicht mehr lange dauern bis zum Abschluss des Studiums. Dann fehlte ihr nur noch die Facharztausbildung zur Kinderärztin.

Isabella war gebürtige Venezianerin und Tochter aus reichem Haus. Ihr Vater war im Einzelhandel tätig und hatte großes Geld gemacht, ihre Mutter war schon vor Jahren bei einem Autounfall gestorben. Isabella war damals zwar traurig gewesen, überwand das aber schnell, da sie zu ihrer Mutter nie so eine enge Beziehung hatte wie zu ihrem Vater.

Ihre Mutter hatte ihr immer das Gefühl gegeben, den Ansprüchen der Familie nicht zu genügen. Nichts hatte sie in den Augen ihrer Mutter richtig machen können.

Isabellas Vater hingegen liebte seine Tochter abgöttisch.

Vor ihrem Medizinstudium in Padua hatte sie eine Ausbildung als Kindergärtnerin abgeschlossen. Nach ein paar Jahren in einem venezianischen Kindergarten merkte sie, dass ihr das nicht reichte, und so verließ sie Venedig und ihren Vater, um in Padua Medizin zu studieren.

Der war anfangs nicht sehr begeistert, dass sie Venedig verlassen wollte. Aber letztlich wollte er seiner Tochter nicht im Wege stehen und gab klein bei. Sie musste ihm allerdings versprechen, ihn regelmäßig, mindestens aber jedes zweite Wochenende zu besuchen.

Sie freute sich immer auf diese kurzen Aufenthalte in Venedig.

Ihr Vater war dann nur für sie da und sie gingen gemeinsam in Museen oder einfach nur durch die verwinkelten Gassen. Sie unterhielt sich mit ihm über ihr Studium und ihre neuen Freunde.

»Du freust dich schon auf Venedig, stimmt's?«, fragte ihre Freundin.

»Ja. Zum Glück hab ich nächste Woche keine wichtigen Vorlesungen und kann schwänzen.«

Isabella freute sich wirklich. Sie konnte nicht wissen, dass dieser Besuch ihr ganzes Leben verändern würde.

Kapitel 39

»Nonna, was hast du mit mir vor?«

Matilda stand schon fix und fertig angezogen mit ihrer riesigen Handtasche bewaffnet im Flur.

»Wir gehen jetzt einkaufen, meine Süße.«

Leah hasste Einkaufen. Sie war keine dieser Frauen, die gerne mal einen Schaufensterbummel machten und dann mit sechs Paar neuen Schuhen heimkamen. Nein, sie liebte ihre bequemen Todds, dazu eine Jeans oder lockere Stoffhose und ein Oberteil. Billig durfte es allerdings nicht sein. Leah trug lieber Designersachen. Nicht wegen des Namens, sondern wegen der Qualität. In einem Markenpullover fühlte sie sich eben wohler, als in einem No-Name-Produkt vom Wühltisch. Auch ihr Rucksack, den sie als Handtasche nutzte, war ein Designerstück.

»Ich mag nicht einkaufen gehen«, schmollte sie wie ein trotziges Kind.

»Ach, komm einfach mit. Ich muss hinüber nach Mestre«, sagte Nonna und schob sie zur Hintertür, wo Roberto schon auf sie wartete. Nach kurzer Fahrt gelangten sie zum Piazzale Roma und stiegen aus dem Boot.

»Holst du uns bitte in zwei Stunden wieder ab, Roberto?«, rief Matilda noch zurück.

»Na, klar«, entgegnete Roberto und gab Gas.

Leah ging davon aus, dass sie jetzt ein Taxi nehmen würden, doch da täuschte sie sich.

Matilda Tozzi ging zielstrebig auf ein riesiges Parkhaus zu, fuhr mit Leah hinauf auf die dritte Ebene und holte einen Autoschlüssel aus ihrer Handtasche.

»Du hast ein Auto?« Leah war baff.

»Wieso nicht?«

Matilda steuerte auf einen kleinen Fiat zu und schloss die Tür auf.

»Ich bin davon ausgegangen, dass man in Venedig kein Auto braucht«, sagte Leah, während sie auf dem Beifahrersitz Platz nahm.

»Braucht man in Venedig auch nicht! Ich empfinde es immer als Privileg, in einer Stadt zu wohnen, wo keine Autos fahren, aber auf dem Festland braucht man eines«, antwortete Matilda.

Leah wusste, dass Nonna einen Führerschein hatte, denn sie war bei ihren Besuchen in Heidelberg ab und zu mit dem Familienauto gefahren, aber Leah hatte nicht damit gerechnet, dass sie ein eigenes Auto besaß.

»Wohin fahren wir jetzt?« Leah wurde langsam neugierig.

»Das wirst du schon sehen«, sagte Matilda geheimnisvoll.

Sie startete das Auto, trat sofort das Gaspedal durch und brachte den Motor so auf 4000 Touren. Dann setzte sie aus der Parklücke heraus und fuhr entgegen der Fahrtrichtung der Ausfahrt zu.

»Nonna, du fährst gegen die Einbahn«, rief Leah entsetzt aus.

»Weiß ich, aber dieser Weg ist kürzer.«

Na, das kann ja heiter werden, dachte Leah, die in ihrem Sitz immer tiefer rutschte.

Normalerweise hasste sie Anschnallen, doch jetzt bedauerte sie, dass das Auto nicht zwei Gurte am Beifahrersitz hatte. Wider Erwarten brachte Matilda den Wagen heil aus dem Parkhaus heraus und fuhr über die lange Brücke nach Mestre.

Sie war quietschvergnügt, Leah dagegen überlegte gerade, wie sie das Mittagessen am besten bei sich behielt. Wie hätte sie ahnen sollen, dass Nonna genauso schnell Auto fuhr, wie sie redete und außerdem ganz nach dem Prinzip »Wer bremst, verliert«. Sie hupte lieber und fuhr anscheinend nach ihren eigenen Verkehrsregeln.

»*Nonna, e rosso!*«, rief Leah, als Matilda wieder einmal glaubte, die Ampelregelung gelte nicht für sie.

»*No, no, e solo quasi rosso!*«, antwortete Nonna stoisch.

Leah hatte einen Pulsschlag von 150, als sie nach einer halben Stunde Fahrt endlich am Ziel ankamen.

Sie dankte Gott, dass nichts passiert war und überlegte kurz, ob Nonna beleidigt wäre, wenn sie auf dem Rückweg das Steuer übernehmen würde.

Es reichte ihr, dass dieser geheimnisvolle Verfolger sie umbringen wollte, nun war sie nicht sicher, ob Nonna das nicht vor ihm erledigen würde.

Erst jetzt bemerkte sie, wo sie waren.

Matilda hatte ihren kleinen Flitzer direkt vor einem riesigen Blumenmarkt geparkt.

Damit konnte Leah leben.

»So, da sind wir!«, verkündete Nonna überflüssigerweise. »Ich brauche dringend frische Blumen für meine Dachterrasse, und ich dachte, so kannst du wenigstens mal ein wenig abschalten. Morgen kannst du weiter nach Carla suchen. Nach dem Vorfall heute Vormittag brauchst du ein bisschen Erholung.«

Erholung? Ich komme von einer Aufregung in die andere, dachte Leah.

»Und du brauchst sicher jemanden, der dir beim Tragen hilft«, entgegnete sie nur, denn sie hatte Nonna sofort durchschaut.

»Stimmt! Also komm.«

Innerhalb der nächsten Stunde fegte Matilda Tozzi durch den Markt und schaffte es, den Fiat bis unters Dach mit Pflanzen vollzupacken. Leah hatte sich die ganze Zeit gefragt, wie Nonna das alles in das kleine Auto reinbringen wollte. Doch Matilda war anscheinend geübt darin.

»Leah, ich denke, du musst eine Palette Geranien auf deinen Schoß nehmen«, überlegte Matilda.

»Nonna, ich wollte eigentlich schon immer einmal einen Fiat fahren! Kann ich zurückfahren?«

»Ich durchschaue dich, du Feigling! Deine ganze Diplomatie nützt dir nichts, ich fahr und du hältst die Blumen!«

Wenig später waren sie schon wieder auf dem Rückweg nach Venedig.

Leah hielt sich krampfhaft an den Geranien fest.

Roberto erwartete sie schon am Piazzale Roma. Matilda stellte den kleinen Fiat unbekümmert auf einem Taxistandplatz ab und stieg aus.

»Bekommen wir hier keinen Ärger, Nonna?«, fragte Leah.

»Ach, was!«, winkte Matilda ab und öffnete die Heckklappe. Wenig später hielt ein Taxi hinter ihnen.

»Na, Matilda, wieder mal Blumen gekauft?«, rief ihnen der Taxifahrer fröhlich zu.

»Leah, bring doch die ersten Pflanzen schon mal zu Roberto und sag ihm, dass er uns beim Umladen helfen soll.«

Als das Auto leergeräumt war, sagte Matilda schmunzelnd: »So, jetzt kannst du einmal ausprobieren, wie sich ein Fiat fährt. Bring das Auto doch auf meinen Dauerparkplatz. Aber bitte, mach keine Kratzer!«

Auf der Bootsfahrt zurück wurden sie von Touristen fotografiert.

Sie gaben aber auch ein perfektes Motiv ab. Robertos Boot sah aus wie ein schwimmender Garten, an einigen Stellen hingen die Blumen sogar über den Bootsrand bis fast ins Wasser.

Leah blickte sich immer wieder um, immer noch auf der Suche nach ihrem Verfolger. Der hatte jedoch für heute anscheinend genug. Sie sah ihn nirgends. Aber sie musste weiterhin auf der Hut sein.

Roberto half ihnen noch, die Pflanzen auf den Dachgarten zu tragen und verabschiedete sich dann. Während Matilda die Blumen auf der Dachterrasse sorgfältig sortierte, kochte Leah Kaffee. Sie zögerte einen Moment, dann holte sie Zimt aus dem Küchenschrank und gab einen halben Teelöffel davon auf das Kaffeepulver. Das wird Nonna schmecken, dachte sie.

»Es gibt Pflanzen, die vertragen sich nicht miteinander. Die brauchen zum Gedeihen unterschiedliche Erde, und wenn man die dann zusammenpflanzt, hat man keine Freude daran«, dozierte Matilda.

Sie pflanzte einen weißen Rhododendron in eine große Wanne, in der schon mehrere rosafarbene waren.

»Da gehört eine Abwechslung rein, sonst ist es zu eintönig«, stellte sie fest.

»Wenn du es sagst!«

Sie hatten Glück mit dem Wetter. War es am Vormittag noch bewölkt gewesen, so hatten sich die Wolken inzwischen verzogen und die Sonne kam zum Vorschein. Sie hatte noch nicht ihre volle Kraft, doch reichte die Wärme aus, dass sie in kurzärmeligen Oberteilen arbeiten konnten.

Leah hörte Matilda schon gar nicht mehr zu, bis ihr auffiel, dass in ihrem Redefluss eine Pause eingetreten war.

Während Leah noch überlegte, was das wohl zu bedeuten habe, fragte Matilda plötzlich: »Sag, mal, warum hast du dich eigentlich von Louis getrennt?«

Matilda bemerkte ein kurzes Zögern.

»Weil wir uns auseinander gelebt haben«, kam die einstudierte Antwort.

»Erzähl keinen Unsinn, was ist wirklich los?« Leah zuckte zusammen und biss sich auf die Lippe. Nonna hatte wohl gespürt, dass sie was verschwieg.

»Siehst du? Ich hab's gewusst.«

»Was hast du gewusst, Nonna?« Leah versuchte, Zeit zu schinden.

»Dass du lügst. Dein Zusammenzucken konnte man noch drüben von der Kirchturmspitze sehen.«

»Wie meinst du das?« Leah fühlte sich in die Enge gedrängt.

»Das weißt du genau. Du lügst, was deine Trennung von Louis angeht, und ich weiß es. Ich hatte gehofft, dass du wenigstens mir die Wahrheit erzählst.«

»Das ist nicht so einfach.«

»Wieso nicht? Was soll denn passieren, wenn du mir die Wahrheit sagst? Wir wissen alle, dass Louis nicht gerade der treueste Ehemann war, und ich hab dich immer bewundert, wie du damit umgegangen bist. Ich hätte das nicht gekonnt. Aber zum Glück war Sebastiano nie so. Er hätte das nicht getan.« Matilda blickte verträumt in den Himmel.

»Erzähl mir von eurer Ehe«, versuchte Leah abzulenken.

»Erst wenn du mir den wahren Grund für eure Trennung genannt hast!« Sie fiel nicht auf das Ablenkungsmanöver rein.

»Okay, auf die Gefahr hin, dass ich nebenan im Hotel ein Zimmer nehmen muss, weil du mich ausquartierst!« Sie holte tief Luft. »Ich hab mich von Louis getrennt, weil ich festgestellt habe, dass ich lesbisch bin.«

Nun war es raus, und Leah blickte Matilda erwartungsvoll an. Sie wartete auf Entsetzen, Erstaunen oder gar Ablehnung.

Doch nichts dergleichen geschah.

Matilda strahlte sie weiterhin liebevoll an und sagte:

»Das nenne ich mal einen plausiblen Grund.«

Leah begann zu lachen. Erleichterung machte sich in ihr breit. Mit dieser Reaktion hatte sie nicht gerechnet, anscheinend kannte sie Nonna doch nicht so gut.

»Stimmt.« Leah grinste.

»Erzähl, Leah.« Matilda sah sie erwartungsvoll an.

Und Leah erzählte. Endlich war da jemand, mit dem sie offen reden konnte. Jemand, der sie nicht gleich verurteilte, denn davor hatte sie große Angst.

Im Augenblick stand sie noch zwischen zwei Welten und passte in keine der beiden wirklich hinein. Sie hatte Eigenschaften, die man dem Klischee nach einer »richtigen Lesbe« zuschrieb. Sie konnte ihre Bierflasche mit einem Feuerzeug öffnen, sie war stark und konnte sich wehren. Und vor allem, sie war keine Tussi.

Sie war eine sportliche, attraktive Frau und keines dieser Weibchen, die drei Stunden brauchten, um sich für den Gang zum Bäcker herzurichten. Das Einzige, was sie an Schminke besaß, war ein Lippenbalsam. Sie sah gut aus. Auf der Straße drehten sich sowohl Männer als auch Frauen nach ihr um. Doch war ihr das seit jeher gleichgültig.

Sie war eine eigenständige Persönlichkeit und ließ sich ungern in eine Schublade stecken. All das erzählte sie nun ihrer Nonna.

Leah fiel ein Stein vom Herzen, denn Nonna verstand sie und ihre Ängste.

»Wovor hast du Angst? Sei wie du bist. Wer damit nicht zurechtkommt, den brauchst du nicht. Wieso solltest du dich nicht ausprobieren? Louis hat das während eurer Ehe und davor bis zum Abwinken betrieben. Dann kannst du das auch. Finde heraus, wohin du gehörst«, sagte Matilda ermutigend.

»Vielleicht war das alles nur eine Flucht. Eine Flucht vor einem Mann, mit dem ich zurzeit lieber befreundet als verheiratet bin. Ich weiß es nicht.«

»Dann finde es heraus, indem du es einfach probierst. Irgendwann wirst du wissen, was du willst, glaub mir. Du musst nur für dich kämpfen, für niemanden sonst.« Sie machte eine Pause und klopfte die Erde um den Rhododendron fest. »Weißt du, dass wir seit einem Jahr eine Gondoliera in Venedig haben?«

Leah blickte Matilda fragend an.

»Sie ist die erste und einzige Frau, die die Prüfung geschafft hat und nun Touristen in einer Gondel über die Kanäle fahren darf. Seit Jahrhunderten ist dieser Beruf in Männerhand und sie hat es als einzige Frau geschafft, weil sie es von klein auf so wollte, da schon ihr Vater und ihre Onkel Gondolieri waren. Also kannst du es auch schaffen, deinen Platz zu finden. Entweder an der Seite einer Frau oder, wenn es das doch nicht sein sollte, dann eben an der Seite eines Mannes oder vielleicht auch einfach allein. Alles steht dir offen, und keiner zwingt dich zu etwas oder verurteilt dich.«

Leah fühlte sich erleichtert und ermutigt. Nonna war der erste Mensch nach Louis, mit dem sie darüber gesprochen hatte.

Sie war allerdings auch die Allererste, der sie ehrlich und aufrichtig von ihren Gefühlen und Ängsten erzählte.

Die Bestätigung Matildas tat ihr gut. So würde sie sich morgen noch besser auf die Suche nach ihrer Schwester konzentrieren können.

Den Rest des Nachmittages verwandelten die beiden die Dachterrasse in eine grüne Oase, die zum Ausruhen, Nachdenken, Entspannen und Genießen einlud. Leah war vor allem zum Schleppen da, schließlich mussten die großen Oleander vom Keller, ihrem Winterquartier, hinauf in den Dachgarten gebracht werden.

Nachdem alles zu Matildas Zufriedenheit erledigt war, begann Matilda, wie versprochen, von ihrer Ehe zu erzählen. Lange saßen die beiden beisammen und redeten. Als Matilda merkte, dass Leah gerne allein sein wollte, ging sie mit einem Vorwand hinunter ins Wohnzimmer. Leah saß noch bis zum Sonnenuntergang auf einem der Teakholzstühle und grübelte.

Eine Zeit lang dachte sie an Louis und wie sehr sie seine Hilfe und Unterstützung bei ihren Ermittlungen brauchen könnte. Dann dachte sie wieder an die Geburtstagsfeier ihrer Mutter. War das wirklich erst ein paar Tage her? Ihr war die Zeit viel länger vorgekommen. Eigentlich hatte sie sich wirklich gefreut, Louis auf dem Fest zu sehen. Sie hatte seine Späße und sein offenes Ohr sehr vermisst. Louis kannte sie, wie kein anderer sie je kennen würde. Und genauso gut kannte sie ihn.

Genug von Louis, rief sie sich zur Ordnung.

Sie schob die Gedanken beiseite und plante den nächsten Tag.

Kapitel 40

»Schneider und Schröder, sofort in mein Büro!«, tönte eine barsche Stimme durch das Großraumbüro. Louis und Jens zuckten zusammen. Das konnten sie nun gar nicht brauchen, eine Audienz beim Chef. Sie wollten doch gerade noch einmal neu anfangen mit ihren Ermittlungen, um endlich zu einem Ergebnis zu kommen.

Wie die Schafe zur Schlachtbank trotteten die beiden ins Büro, denn sie kannten schon das Ergebnis des Gespräches mit dem Big Boss, wie ihn alle nannten: Er würde sie um einen Kopf kürzer machen.

Ihr Chef, Martin Kohl, war ein kleiner, dicker Mann mit Glatze, dessen ganzer Ehrgeiz darauf ausgerichtet war eine 99-prozentige Aufklärungsquote bei Mord zu erreichen. Die würde er sich von Louis und Jens sicher nicht versauen lassen.

Sie betraten sein Büro, das sich wie ein geschlossener Verschlag in einer Ecke des Großraumbüros befand. Ihr Chef bot ihnen keinen Platz an, und so blieben sie unschlüssig vor seinem großen Holzschreibtisch stehen.

Dahinter ging Martin Kohl an der Fensterfront wie ein Tiger auf und ab.

»Warum habe ich noch keinen Bericht vom Fall DeMarco?«, bellte er.

»Weil wir in den Ermittlungen feststecken«, entgegnete Jens und trug sich damit einen bösen Blick von Louis ein.

Doch Jens ignorierte seinen Partner und brachte Martin Kohl auf den neuesten Stand der Ermittlungen im Mordfall Antonio DeMarco.

»Und was gedenkt ihr jetzt zu tun?«, fragte Kohl, nachdem Jens geendet hatte.

»Wir werden uns das Privatleben von Antonio DeMarco mal genauer anschauen«, sagte Louis, bevor Jens antworten konnte, dass sie nicht wüssten, was sie nun tun sollten.

»Gut. Ich erwarte allerdings bis heute Abend einen vorläufigen schriftlichen Bericht über den aktuellen Ermittlungsstand.«

Louis hätte am liebsten gefragt wozu, doch Jens trat ihm unauffällig auf den Fuß und hielt ihn davon ab, einmal mehr seinen Job aufs Spiel zu setzen.

»Machen wir, Chef«, sagte Jens und schob Louis zur Tür hinaus.

»Wie kannst du bei dem nur so ruhig bleiben?«, fragte Louis, als sie wieder an ihren Schreibtischen saßen.

»Ich habe Frau und Kinder und brauche den Job. Deswegen halte ich es aus«, entgegnete Jens.

»Ich scheiß langsam auf den Job, und du weißt, dass mir das nicht leicht fällt, weil ich es liebe, Polizist zu sein. Aber ich hasse diesen elendigen Papierkram, und ich hasse solche Sesselfurzer wie Martin Kohl, die nur an ihre Quote denken und daran, wie sie vor ihrem Chef gut dastehen. Der will einfach nicht sehen, dass hinter dieser Quote etliche gute Polizisten stehen, die sich tagtäglich den Hintern aufreißen, um Frankfurt ein wenig sicherer zu machen.« Louis kochte innerlich.

»Amen!«

»Sehr witzig, Jens.«

»Hören wir doch auf damit. Es hat sowieso keinen Sinn sich aufzuregen. Wir machen es wie immer. Ich bleibe hier und schreibe den Bericht, und du ermittelst weiter«, sagte Jens, wie immer der Diplomat.

»Gut. Danke. Ich werde mir einmal Antonios Wohnung vornehmen. Vielleicht hat dieser Angelo C gar nichts mit dem Mord zu tun, und wir haben uns da in etwas verrannt.«

»Aber Antonio hat den Stift noch in der Hand gehalten und die lag direkt neben dem Namen«, warf Jens ein.

»Wer weiß, vielleicht wollte er sich nur selbst eine Notiz machen, dass er Angelo C. einmal wieder anrufen sollte.«

»Blödsinn, dann wär die Schrift doch nicht so krakelig gewesen!«

»Was weiß denn ich. Aber wir müssen unsere Ermittlungen dringend ausweiten. Sonst übersehen wir am Ende noch was. Eigentlich hätten wir uns die Wohnung schon viel früher anschauen sollen, doch wir haben uns zu sehr auf diesen Angelo C. konzentriert. Das hat uns ganz schön aufgehalten.«

»Okay, Louis. Dann machen wir es so. Melde dich, falls du in der Wohnung etwas Interessantes findest.«

»Mache ich.«

Kapitel 41

»An der Sache ist irgendwas faul, wenn du mich fragst«, sagte Commissario Fabiani zu seinem Kollegen Perlini, während sie mit dem Polizeiboot auf dem Weg zurück zur Questura waren.

»Was meinst du?«, fragte Perlini.

»Ich glaube nicht, dass Sarah Trenti unserem Graffiti-Mörder zum Opfer gefallen ist«, antwortete Commissario Fabiani.

»Sag nicht *unser* Graffiti-Mörder. Und nun erklär mir, warum du nicht glaubst, dass er auch Sarah Trenti ermordet hat.«

»Mich stört, dass gewisse Merkmale fehlen. Ihre Kleidung lag nicht akkurat gefaltet auf einem Stuhl im Schlafzimmer, und auch die Schrift an der Wand war anders. Der Graffiti-Mörder hat immer nur in Großbuchstaben geschrieben, und nun sind auf einmal alle kleingeschrieben, und nur die Anfangsbuchstaben groß. Warum hat er das geändert?« Fabiani sah Perlini fragend an.

»Vielleicht hat er einfach nur seine Methode geändert. Du weißt, dass Serienmörder sich weiterentwickeln.«

»Ja, Perlini, aber das ist keine Weiterentwicklung, sondern eher ein Rückschritt. Er hat nichts Neues dazu gemacht, sondern etwas weggelassen und seine Schrift geändert, was doch eine sehr persönliche Sache ist. Bei allen anderen Opfern hat er akribisch die Kleidung im Schlafzimmer gefaltet. Wenn wir unseren Polizeipsychologen fragen, wird der mir sicher zustimmen, dass es untypisch für einen Serienmörder ist, eine solche Handlung einfach zu unterlassen. Und deshalb glaube ich nicht, dass er Sarah Trenti ermordet hat.«

»Du meinst also, dass da jemand herumläuft und den Graffiti-Mörder imitiert?« Perlini schüttelte den Kopf.

»Kann sein, muss aber nicht«, entgegnete Fabiani geheimnisvoll.

»Und was willst du jetzt damit sagen? Sprich! Was denkst du?« Perlini kannte sich nicht mehr aus.

»Entweder haben wir es mit einem Nachahmungstäter zu tun, wie du es gesagt hast, oder mit einem sehr schlauen Mörder, der seinen Mord einfach dem Graffiti-Mörder anhängen möchte, indem er seinen modus operandi, der ja in allen bekannten Zeitungen breitgetreten wurde, einfach kopiert.«

»Das klingt logisch. Verdammt, das heißt, wir haben also hier zwei Fälle, die wir bearbeiten müssen. Was schlägst du vor?«

»Am besten teilen wir uns auf. Ich kümmere mich um den Fall Sarah Trenti und du arbeitest weiter mit dem Team an den Graffiti-Morden.«

»Ja, ich glaube, das ist das Beste«, stimmte Perlini zu.

»Ich hab da nämlich so ein unbestimmtes Gefühl, dass der Mord an der Krankenschwester etwas mit der Suche dieser Leah DeMarco nach ihrer Schwester zu tun haben könnte. Und dem werde ich zuerst einmal nachgehen.«

»Das kommt dir doch sicher gelegen, denn die Kollegin gefällt dir. Treib deine Recherchen nur nicht zu weit«, grinste Perlini seinen Freund und Vorgesetzten an.

»Unsinn!«

Kapitel 42

Gerade als Leah am Donnerstagmorgen zu Giulia Bertani und den Zanollas aufbrechen wollte, klingelte ihr Handy.

»Buon giorno!«, hörte sie die Stimme von *Commissario* Fabiani. »Können Sie bitte noch einmal in die Questura kommen?«

»Warum?«, fragte sie zurück.

»Das sage ich Ihnen dann schon!«, war seine knappe Antwort.

Leah war davon gar nicht begeistert, doch sie musste sich wohl oder übel fügen. So schluckte sie ihren Groll hinunter und ließ sich von Roberto abermals zur Questura fahren.

Ihr Verfolger war wieder nirgends zu sehen.

Sie ahnte ja nicht, dass der, nachdem der Schmerz in seinen Augen nachgelassen hatte, im Schutze der Nacht einen winzigen Peilsender an Robertos Boot angebracht hatte. So konnte er sie aus gebührendem Abstand weiter verfolgen, ohne dass sie es merkte.

Diesmal strahlte keine Sonne durch die Fenster des Verhörraums. Waren die Tage vorher freundliche Apriltage gewesen, so sah es jetzt eher nach Februar aus.

Leah kam der Spruch in den Sinn:

»Der April, der macht was er will.«

Commissario Fabiani stellte vor Leah eine Tasse mit dampfendem Kaffee auf den Tisch und setzte sich ihr gegenüber.

»Ich habe Ihnen schon alles gesagt, was ich weiß, und mir ist auch nichts mehr eingefallen«, sagte sie gleich.

»Das weiß ich. Allerdings hat sich die Situation etwas geändert«, entgegnete *Commissario* Fabiani.

»Inwiefern?« Leah trank einen Schluck Kaffee. Sie stellte fest, dass nicht nur das Verhörzimmer der venezianischen Polizei um einiges schöner war als das in Heidelberg, auch der Kaffee war um Längen besser. Das war allerdings bei der braunen Brühe, die der Automat ihres Reviers ausspuckte, keine Kunst.

»Unsere Ermittlungen haben ergeben, dass Sarah Trenti nicht vom Graffiti-Mörder ermordet wurde.«

Ich hab's gewusst, dachte Leah triumphierend, sagte aber nichts.

»Derzeit müssen wir davon ausgehen, dass wir es mit einem Nachahmungstäter zu tun haben. Und mein Gefühl sagt mir, dass dieser Täter vielleicht verhindern wollte, dass Sie mit Sarah Trenti sprechen. Sie muss also irgendetwas gewusst haben, was mit dem Verschwinden Ihrer Schwester zu tun hat. Was könnte das Ihrer Meinung nach sein?« Commissario Fabiani sah Leah fragend an.

»Wenn ich das wüsste, hätte ich Sarah Trenti nicht aufsuchen müssen. Ich weiß es leider nicht«, antwortete Leah ausweichend.

Sie überlegte fieberhaft. Sollte sie ihm jetzt von ihrem Verfolger erzählen, der wahrscheinlich sein gesuchter Nachahmungstäter war? Nein, dachte sie. Das behalte ich vorerst noch für mich. Wenn erst einmal die Polizei da mitmischt, merkt er das sicher ganz schnell, und dann verliere ich meine Chance, ihn doch noch irgendwann zu erwischen, um herauszubekommen, wer sein Auftraggeber ist.

Zum Glück war der kleine Schnitt an ihrem Hals nur ein unscheinbarer Kratzer und sie brauchte kein Pflaster mehr, das vielleicht aufgefallen wäre.

»Wenn Sie mit uns zusammenarbeiten«, unterbrach Fabiani ihre Gedanken, »können wir vielleicht gemeinsam Ihre Schwester und somit dann auch den Mörder von Sarah Trenti finden.« Doch Leah wollte keine gemeinsame Sache mit der venezianischen Polizei machen, sie wollte ihre Schwester finden und verdammt noch mal keinen Mord aufklären!

Leah schüttelte den Kopf. »Ich wüsste nicht, wie ich mit der venezianischen Polizei zusammenarbeiten sollte.«

»Ich aber schon, erzählen Sie mir einfach, was Sie wissen!«, forderte er sie auf.

Aber sicher nicht alles, dachte Leah, und so erzählte sie ihm, was er hören wollte. Allerdings nur das Nötigste.

Sie berichtete vom Beerdigungsinstitut und von Schwester Anna. Doch von den Zanollas sagte sie nichts, denn die waren im Augenblick ihr Joker. Sie hatte die starke Vermutung, dass die Eheleute irgendetwas mit der ganzen Sache zu tun hatten, und da musste sie behutsam herangehen. Das wollte sie allein machen. Außerdem hatte sie Schwester Anna versprochen, nicht zu verraten, dass sie Name und Adresse der Zanollas von ihr hatte.

»Das ist wirklich alles?«, fragte Fabiani, als wüsste er, dass sie etwas zurückhielt.

»Ja, das ist alles«, meinte Leah.

»Gut!« *Commissario* Fabiani legte die Fingerspitzen aneinander und blickte zur Decke des Verhörraums. »Das heißt, Sie können sich jetzt zurücklehnen und wir werden weiterermitteln. Ich werde mich mal im Bekannten- und Verwandtenkreis Sarah Trentis umhören. Vielleicht wissen die etwas von damals, als Ihre Schwester geboren und anscheinend gestohlen wurde. Sobald ich etwas Neues weiß, melde ich mich bei Ihnen. Ich möchte Sie wirklich bitten, nicht mehr weiterzusuchen. Wir werden Ihre Schwester schon finden.«

Leah nickte.

Das mach ich ganz sicher nicht, dachte sie. Der geht doch nicht wirklich davon aus, dass ich jetzt zuhause bei meiner Nonna vor dem Telefon die Hände in den Schoß lege und auf seinen Anruf warte.

Sie dankte Fabiani und verließ die Questura.

Commissario Fabiani wartete einen Moment, dann griff er zum Telefonhörer und beauftragte einen seiner Leute, Leah zu beschatten und nicht aus den Augen zu lassen. Er traute ihr nicht, und Leah sollte ihm für dieses Misstrauen noch sehr dankbar sein.

Kapitel 43

Louis sperrte die Wohnungstür mit dem Schlüssel auf, den sie in der Pizzeria von Antonio DeMarco sichergestellt hatten.

Auf der Fahrt an den Stadtrand von Frankfurt hatte er sich über zwei Dinge geärgert. Erstens über seinen Chef. Er trauerte noch immer dem vorherigen Leiter der Mordkommission nach, der leider inzwischen in Rente war. Das war einer vom alten Schlag gewesen, der wirkliche Polizeiarbeit noch zu schätzen gewusst hatte.

Und zweitens regte er sich darüber auf, dass sie sich zu sehr auf die Suche nach Angelo C. versteift hatten und die Wohnung des Opfers noch nicht durchsucht und sein Privatleben noch nicht durchleuchtet hatten.

Das durfte einem guten Polizisten nicht passieren. Und so begann er wieder an seinem Polizistendasein zu zweifeln. War er wirklich richtig in dem Job, fragte er sich oft. Doch eigentlich machte ihm die Arbeit Spaß, wenn nur die Bürokratie und der ganze Papierkram nicht wären. Er war wirklich der geborene Ermittler und deshalb schämte er sich umso mehr, dass er erst jetzt, etliche Tage nach dem Mord, die Wohnung des Opfers aufsuchte.

Er schob diese Nachlässigkeit auf sein Zusammentreffen mit Leah und darauf, dass das Mordopfer ihr Onkel Antonio war.

Dass Jens nicht darauf gekommen war, die Wohnung zu durchsuchen, lag einfach daran, dass er sich schon immer an Louis orientierte und sich auf dessen Spürsinn verließ.

Vor der Wohnungstür blieb Louis überrascht stehen. Sie war aufgebrochen.

Mist, dachte er. Jetzt würden sie irgendwie erklären müssen, warum sie das nicht früher festgestellt hatten.

Noch ein Grund mehr, sich zu ärgern.

Die Nachbarn hatten wahrscheinlich nichts bemerkt, weil die Wohnung im obersten Stock lag und es dort keine weitere Wohnung gab.

Louis rief die Spurensicherung und zog sich Latexhandschuhe über. Langsam betrat er die Wohnung.

Antonio hatte anscheinend ein Faible für schlichte schwarze und graue Möbel. Auf den ersten Blick sah die Wohnung sehr steril aus. Und sicher war sie normalerweise sauber und ordentlich. Jetzt allerdings nicht. Dafür hatte der Einbrecher gesorgt. Alles war verwüstet. Anscheinend hatte da jemand dringend etwas gesucht, aber gestohlen war auf den ersten Blick nichts, der große Flachbildfernseher, der Computer und der Laptop standen unversehrt an ihren Plätzen.

Was hatte der Einbrecher gesucht, und hatte er es gefunden? Und vor allem: War der Einbrecher auch Antonios Mörder? Alles Fragen, die sich Louis stellte, während er sich erst einmal einen Überblick über das Chaos verschaffte.

Die Polster des grauen Sofas waren aufgeschlitzt, und ihre Füllung war im ganzen Wohnzimmer verteilt. Vor einem Regal lagen wild verstreut Bücher und Zeitungen. Sämtliche Schubladen waren ausgeleert, und ihr Inhalt lag auf dem Boden verstreut. Louis wusste kaum, wo er hintreten sollte, ohne Spuren zu vernichten.

Da soll die Spurensicherung zuerst einmal Fotos machen, dachte er.

Um sich die Wartezeit zu verkürzen, setzte er sich an den Esstisch und betrachtete kurz den Laptop, der darauf stand. Er öffnete ihn und schaltete ihn an. Er hatte keine Lust, untätig herumzusitzen, bis seine Kollegen kamen.

Die Startmaske erschien und Louis war erleichtert, dass der Zugang nicht mit einem Passwort geschützt war. Wahrscheinlich hatte Antonio nur Belangloses auf dem PC gespeichert und ihn deswegen nicht gesichert.

Aber es konnte ja trotzdem nicht schaden, dachte Louis, mal nachzuschauen, was sich auf dem Computer so alles befand. Sie durften sich jetzt keinen Fehler mehr erlauben. Sie hatten schon genug gemacht, deshalb informierte er Jens telefonisch über seine Entdeckung. Der war ebenso entsetzt wie Louis und versprach, so schnell wie möglich den blöden Bericht fertig zu machen und dann ebenfalls zur Wohnung zu kommen.

Als endlich die Spurensicherung kam, war Louis gerade mit der Durchsuchung des Fotoordners fertig geworden, hatte jedoch außer ein paar Fotos einer ihm unbekannten Frau in Antonios Alter nichts Interessantes gefunden.

Nur Bilder vom Restaurant, von der Wohnung und einige wenige von Luigi und dessen Familie. Und nur eines von Leah, auf dem sie wahnsinnig attraktiv aussah. In ihrer schwarzen Designerhose und dem gestreiften Wollpullover stand sie im Garten der Familie De-Marco und hielt ein Glas Rotwein in der Hand. Louis wusste nicht, wann das aufgenommen worden war. Wollte es jetzt auch gar nicht wissen.

Er gab den Kollegen von der Spurensicherung die notwendigen Informationen, dann nahm er sich den Ordner »Eigene Dateien« vor. Auch da fand er nichts Ungewöhnliches. Ein paar Speisekarten, Bewerbungsschreiben von Kellnern und Köchen, ein paar persönliche Briefe, doch nichts, was in dem Mordfall weitergeführt hätte.

»Wollen doch mal sehen, mit wem er so in Kontakt stand«, sagte Louis leise zu sich selbst und öffnete das Mailprogramm.

»Wie bitte?« Die blonde Kollegin, die gerade neben ihm am Regal Fingerabdrücke nahm, sah ihn fragend an.

»Ach nichts. Ich führe nur Selbstgespräche. Aber jetzt wo ich sehe, dass eine hübsche Frau neben mir steht, muss ich mich selbst fragen, warum ich nicht mit ihr rede, und sie um ihre Telefonnummer bitte«, grinste er die Kollegin charmant an.

»Weil die Frau verheiratet ist«, konterte sie und wedelte mit ihrer rechten Hand, an der ein Ehering blitzte.

Ich werde alt, dachte Louis. Noch vor ein paar Jahren hätte ich sofort sagen können, welche Frau des Spurensicherungsteams verheiratet war und welche nicht. Und jetzt habe ich nicht einmal bemerkt, dass eine attraktive Frau hier gleich neben mir arbeitet. Ich lasse wirklich nach.

»Glückwunsch«, sagte er nur und wandte sich wieder dem Laptop zu.

»Danke«, entgegnete sie und nahm ihre Arbeit wieder auf.

Louis sah sich die Mails durch, die Antonio bekommen hatte. Da fiel ihm eine italienische Mailadresse auf, von der Antonio sicher hundert Mails erhalten und, wie der Ordner »Gesendete Mails« zeigte, auch an diese gesendet hatte.

Louis dachte wieder an den Anruf nach Venedig, den Antonio kurz vor seinem Tod getätigt hatte, und an Leah, die sich gerade dort aufhielt.

Im Ordner »Gesendete Mails« öffnete sich gleich die letzte Mail, die Antonio am Sonntagnachmittag an die italienische Adresse verschickt hatte, mit folgendem Wortlaut:

Liebes,
der Arzt ist tot und hat ausgepackt. Bitte sieh dich vor.
Melde mich morgen früh.
Ich liebe dich.
A.

Interessant, dachte Louis. Vielleicht eine Spur! Luigi hatte ihnen erzählt, dass Antonio seines Wissens, seit er in Deutschland lebte, keine enge Beziehung mehr mit einer Frau gehabt hatte. Zumindest erzählte er nichts davon jemals seiner Familie.

Antonio hatte somit anscheinend eine Freundin in Italien. Leider bestand die Mailadresse nicht aus dem Namen der Frau, und so würden sich die Computerspezialisten der Frankfurter Polizei darum kümmern müssen, ihren Namen und ihren Wohnort herauszufinden. Er telefonierte gleich mit einem Kollegen von der EDV und bat ihn nachzuforschen.

Dann begann er, auch die anderen Mails durchzuschauen.

Eine halbe Stunde später war die Spurensicherung mit Antonios Wohnung fertig, und im gleichen Moment trat Jens durch die Tür.

Louis hatte seine Lektüre beendet und berichtete Jens von seinem Fund.

»Es sieht so aus, als hätten die beiden schon seit etlichen Jahren eine Beziehung miteinander gehabt. Die Mails lesen sich ein bisschen wie ein Liebesroman. Voller Schmalz und Gefühl.« Louis schüttelte sich, das war nicht seine Welt. »So wie es aussieht, lebt sie wahrscheinlich in Venedig, oder zumindest in der Nähe, denn sie beschreibt immer wieder bekannte Plätze.«

»Das wird mir langsam ein bisschen viel Venedig. Warum ist

sie nicht mit ihm nach Deutschland gegangen?«, fragte Jens neugierig.

»Sie schreibt davon, dass sie sich um ihre Eltern und nach deren Tod um ihre Schwester kümmern musste. Ich denke, das war der Grund. Obwohl deutlich herauskommt, dass die beiden sich schon über dreißig Jahre lieben und sehr vermissen. Ich denke, dass das mit Angelo Cesaros Freundin ein Ausrutscher von Antonio gewesen ist. Er erzählt seiner italienischen Freundin sogar davon.«

»Wenn wir dich nicht hätten, bräuchten wir glatt einen Dolmetscher. Da war's doch gut, in eine italienische Familie hineingeheiratet zu haben! Der Big Boss sollte eigentlich erfahren, dass du dem Revier dadurch Kosten einsparst«, witzelte er.

»Italienisch ist auch eine wunderschöne Sprache, und wenn man sie regelmäßig hört, gar nicht so schwer zu erlernen!«

»Wie heißt die Frau? Wir sollten sie informieren, dass Antonio tot ist. Oder hatte sie vielleicht einen Grund, ihn umzubringen und hat es selbst getan? Haben sie sich in den Mails auch mal gestritten?« Jens schaute Louis fragend an.

»Nein, keinerlei Streitereien. Nichts. Nur *Amore, Amore* und Friede, Freude, Eierkuchen. Sie lieben sich über alles. Aber trotzdem sollten wir das als Möglichkeit in Betracht ziehen. Ihren Namen schreibt er leider nie, er nennt sie immer nur Liebes. Und auch sie selbst, unterzeichnet ihre Mails nie mit ihrem Namen. Aber ich hab unsere Computerfreaks schon darauf angesetzt, Namen und Adresse der Frau herauszufinden. Natürlich hab ich auch sein Telefon gecheckt. Sie hat den ganzen Montag versucht, ihn zu erreichen. Mails hat sie auch geschrieben. Am Dienstag dann nichts mehr. Finde ich auch irgendwie komisch, dass sie es dann so einfach aufgibt, wenn ihr Geliebter gar nicht mehr reagiert. Nicht auf ihre Anrufe und auch nicht auf ihre Mails.«

»In der Pizzeria hat sie aber auch nicht angerufen, denn da war ja nur eine venezianische Nummer auf dem Rufnummernnachweis.« Jens wunderte sich.

»Antonio hat ihr in einer Mail geschrieben, dass er nicht möchte, dass sie dort anruft. Aber vielleicht ist die Geheimnummer ja ihre? Dann sollten wir uns fragen, warum er auf einmal seine eigenen Regeln gebrochen hat«, meinte Louis.

»Außerdem sollten wir auch nochmals mit Luigi sprechen, wenn wir den Namen der Frau haben. Vielleicht kennt er sie ja«, sagte Jens.

»Dann lass uns mal loslegen.« Louis war jetzt voller Tatendrang. Er wollte seine Fehler unbedingt wieder gutmachen.

Kapitel 44

Leah wollte eigentlich heute zuerst Giuila Bertani, die Tochter der Zanollas in ihrem neuen Zuhause in San Marco aufzusuchen. Selbst ohne genaue Adresse musste die Wohnung leicht zu finden sein, denn es gab nur den einen Uhrturm in Venedig. Falls die Zanollas Dreck am Stecken hatten, würden sie nicht mit ihr darüber reden, und Leah ging davon aus, dass die Tochter nichts von irgendwelchen Machenschaften wissen würde und deswegen vielleicht etwas auskunftsfreudiger wäre.

Denn wenn sie adoptiert war, dann wusste sie das vielleicht, und genau das war es ja, was Leah zuerst einmal wissen wollte.

Allerdings hatte *Commissario* Fabiani ihre Planung ein wenig über den Haufen geworfen. Als sie endlich die Questura verließ, hatte sich davor eine große Touristengruppe versammelt, die andächtig das alte Gebäude betrachtete. Leah musste sich durch die Menge drängeln und wurde dabei von einem Mann mit einer Glatze angerempelt. »Sorry«, entschuldigte er sich auf Englisch. Leah nickte und eilte weiter.

Sie hatte nicht bemerkt, dass der Mann einen Peilsender in ihre Jackentasche geschoben hatte. Jetzt hatte ihr Verfolger ganze Arbeit geleistet. Nun konnte er Leah nicht mehr verlieren. Es war völlig egal, ob sie zu Fuß oder mit dem Boot unterwegs war. Er war stolz auf seine Leistung, zog sich wieder grinsend den Hut über seine Glatze und setzte seine Sonnenbrille auf.

Leah bat Roberto, sie nach *San Marco* zum *Riva degli Schiavone* zu fahren. Den kurzen Weg zu Giulia Bertanis neuem Zuhause konnte sie dann nicht mehr verfehlen. Ihr Schatten war nirgends zu sehen.

Leah war jedoch nicht so blauäugig zu glauben, er hätte es schon aufgegeben, sie zu beobachten. Anscheinend hatte er die Methode geändert, dachte sie und fragte sich, was er wohl ausgeheckt hatte, um ihr unauffälliger zu folgen. Von den Peilsendern am Boot und in ihrer Jacke ahnte sie nichts.

Allerdings fiel ihr ein anderes Boot auf, das sie zu verfolgen schien. Sie ließ Roberto, einen Umweg fahren, damit sie sich vergewissern konnte.

Ja, sie hatte einen neuen Schatten. War der Mann mit Hut vielleicht ersetzt worden?

Sie musste sich wirklich vorsehen. In was für ein Wespennest hatte sie da nur hineingestochen?

Auf dem Weg zur Wohnung von Giulia Bertani, die in der Nähe des Markusplatzes lag, bemerkte Leah abermals ihren neuen Verfolger.

Er war von seiner Statur her und auch von seinem Auftreten ein ganz anderer Typ als der Erste.

Je länger sie darüber nachdachte, desto mehr überkam sie das Gefühl, dass das ein Polizist sein musste. Sie wusste, wie man Leute beschattete, und dieser Mann hielt sich genau an die Regeln. Gebührend Abstand halten, wenn die Zielperson sich umdreht, interessiert irgendetwas, zum Beispiel ein Schaufenster, betrachten und so tun als hätte man zufälligerweise den gleichen Weg.

Ihr Verfolger von gestern hatte sich nicht an diese Regeln gehalten. Aber der hatte sie ja auch nicht unauffällig beschatten, sondern umbringen wollen.

Leah war sich jetzt ziemlich sicher, dass es sich um einen Polizisten handelte. Anscheinend traute ihr Fabiani nicht über den

Weg und ließ sie beschatten. Soll er doch, dachte sie, solange er sich nicht in meine Ermittlungen einmischt.

In einer kleinen Seitengasse stand ein Mann mit Hut und Sonnenbrille und betrachtete konzentriert einen kleinen Monitor, auf dem sich ein blinkender roter Punkt fortbewegte. Er merkte sich den Weg, den Leah ging, denn irgendwann musste sie ja wieder zu ihrem Boot zurückkehren. Dann würde er ihr an einer geeigneten Stelle auflauern und sie endlich erledigen. Hier am Markusplatz war das nicht so einfach, denn da waren zu viele Menschen, aber es würde sich schon eine Möglichkeit ergeben.

Den zweiten Verfolger bemerkte er nicht.

Leah fand die Wohnung der Bertanis schnell und nach kurzem Suchen auch das Namensschild. Sie drückte auf den Klingelknopf. Nach dem zweiten Läuten wurde ihr geöffnet. Durch ein prunkvolles Treppenhaus stieg Leah die Stufen zum dritten Stock hinauf, wo ihr aus einer offenen Wohnungstür eine junge Frau mit verschlafenen Augen entgegenblickte.

»Hallo, sind Sie Giulia Bertani?«, fragte Leah.

»Ja. Wer sind Sie? Und was wollen Sie?«, fragte Giulia Bertani.

»Ich bin Leah DeMarco, und ich muss mit Ihnen über eine private Angelegenheit sprechen. Es ist wirklich wichtig und dringend.«

»Was für eine private Angelegenheit? Da kann ja jeder kommen. Ich kenne Sie nicht. Ich kaufe nichts und ich lasse auch keinen Fremden in unsere Wohnung«, sagte Giulia bestimmt.

»Das verstehe ich. Lassen Sie mich nur eine Frage stellen. Vielleicht ändern Sie dann Ihre Meinung«, bat Leah.

»Von mir aus.«

»Kann es sein, dass Ihre Eltern, Sofia und Giovanni Zanolla, Sie adoptiert haben?« Leah beobachtete die Augen der jungen Frau und sah den Schrecken darin.

»Woher wissen Sie das?« Leah triumphierte, sie hatte ins Schwarze getroffen.

»Vielleicht sollten wir das doch lieber in der Wohnung besprechen und nicht hier im Treppenhaus, wo alle Nachbarn es hören können«, schlug sie vor.

Giulia zögerte kurz. Da stand eine vollkommen fremde Frau vor ihrer Tür und wusste von der Adoption, obwohl sie es selbst doch erst vor Kurzem erfahren hatte.

Zum Glück war Claudio noch zuhause und konnte ihr notfalls helfen. Daher ließ sie Leah schließlich eintreten.

Sie führte sie in ein geräumiges, gemütlich eingerichtetes Wohnzimmer. Die Wände waren in warmen Farben gestrichen. Giulia deutete auf das Sofa, und Leah setzte sich.

»Ich hole nur schnell meinen Mann.« Giulia verschwand aus dem Zimmer und gab Leah damit Zeit zum Nachdenken.

Könnte das Carla sein, ihre Schwester?

Sie hatte gehofft, dass sie beim ersten Treffen, so etwas wie geschwisterliche Bande, so was wie eine heimliche Verbundenheit spüren würde oder zumindest eine gewisse äußerliche Ähnlichkeit feststellen könnte. Doch nichts davon.

Giulia war ihr fremd.

Hatte sie sich getäuscht? War Giulia doch nicht ihre Schwester Carla? Sie hatte es so sehr gehofft!

Warte einfach einmal ab, rede mit ihr, sie muss dir ja nicht ähnlich sehen, um deine Schwester zu sein, beruhigte Leah sich, als

Giulia mit einem dunkelhaarigen Mann südländischen Typs den Raum betrat. Ein wenig erinnerte er Leah an Louis.

»Das ist mein Mann Claudio. Das ist Leah DeMarco«, stellte sie die beiden vor. Anscheinend hatte sie ihm schon berichtet, dass Leah von ihrer Adoption wusste, denn er sagte sofort:

»Reden Sie. Worum geht es?«

Leah erzählte ihnen die ganze Geschichte. Die grausigen Einzelheiten ihrer Ermittlungen ließ sie jedoch vorerst aus.

Je mehr Leah erzählte, desto weißer wurde das Gesicht von Giulia. Als Leah dann schließlich geendet hatte, sagte diese:

»Das kann nicht sein. Meine Eltern würden so etwas nie machen. Nie im Leben.«

»Vielleicht wussten sie nicht, woher das Kind kam und haben einfach nur dafür bezahlt, und Dottore Ancilotto hat es wegen des Geldes gemacht«, mutmaßte Leah.

»Nein, das kann nicht sein«, wiederholte Giulia sich. »Ich habe meine Mutter gefragt, wie die Adoption abgelaufen ist, und sie hat mir alles erzählt.«

Giulia schilderte Leah kurz, was sie von ihrer Mutter erfahren hatte. Bei der Erwähnung der Krankenschwester wurde Leah hellhörig.

Also doch, dachte sie. Ich muss den beiden unbedingt von Sarah Trentis Tod berichten, grausam oder nicht. Das war ihr inzwischen egal. Sie wollte endlich ans Ziel kommen.

»Vor zwei Tagen wollte ich mit einer Krankenschwester sprechen, die damals auf der Geburtsstation gearbeitet hat, auf der meine Schwester geboren wurde und wo auch Ihre Mutter lag, weil sie ihr Kind verloren hatte. Aber die Krankenschwester wurde ermordet, bevor ich mit ihr reden konnte. Ich nehme an, dass das die

Krankenschwester war, die Ihre Mutter erwähnte«, berichtete Leah.

»Sie glauben also, dass diese Krankenschwester umgebracht wurde, weil sie Ihnen vielleicht wichtige Informationen hätte geben können?«, brachte Claudio den Sachverhalt auf den Punkt.

Der ist gar nicht blöd, dachte Leah. »Ja, davon gehe ich aus.«

Giulia starrte Leah entsetzt an. »Das würde ja dann heißen, dass meine Eltern was mit dem Mord zu tun hätten, um etwas zu vertuschen. Das ist doch vollkommener Blödsinn.« Giulia wehrte sich gegen diesen Gedanken.

»Das muss es bei Gott nicht heißen. Wahrscheinlich hängt da noch jemand mit drinnen, der irgendwas vertuschen will. Ich denke allerdings, dass wir das nur herausfinden können, wenn wir mit Ihren Eltern sprechen«, sagte Leah.

»Sie können davon ausgehen, dass ich so schnell wie möglich mit meinen Eltern sprechen werde«, sagte Giulia bestimmt.

»Darf ich Sie dabei begleiten? Ich habe draußen ein Boot. Wir können gleich fahren, wenn Sie wollen.«

Leah wollte bei diesem Gespräch unbedingt dabei sein. Denn genau das hatte sie mit ihrem Besuch bei Giulia bezweckt. Sie wollte diese dazu bringen, dass sie ihre Eltern zur Rede stellte. Nun konnte sie nur noch hoffen, dass die Eltern nicht eisern bei ihrer Geschichte bleiben würden, denn sonst wüsste sie nicht mehr weiter.

»Lass uns gehen, Liebling. Ich muss das sofort wissen, sonst habe ich keine ruhige Minute mehr.« Giulia sah ihren Mann drängend an. »Ich mach mich sofort fertig.«

»Ja, gehen wir. Lassen wir deine Eltern das alles erklären.«

Kapitel 45

Während Leah sich mit Giulia und Claudio auf den Weg zu den Zanollas machte, hatten die Computerspezialisten der Frankfurter Polizei über die Mailadresse den Namen von Antonios Freundin ermittelt und gaben Jens Bescheid.

»Die Frau heißt Sarah Trenti und lebt in Venedig. Wie du es schon anhand der Mails vermutet hast«, sagte Jens, nachdem er das Telefonat beendet hatte. »Sie haben uns auch gleich ihre Telefonnummer herausgesucht, schließlich können wir ja nicht mal eben bei ihr vorbeifahren und sie befragen.«

»Was?« Louis hatte seit der Nennung des Wohnortes nicht mehr zugehört.

»Was ist mit dir? Warum hörst du mir nicht zu? Ich sagte, wir haben ihre Telefonnummer.«

»Dann sollten wir sie anrufen«, meinte Louis.

»Du bist wirklich ein genialer Polizist. Auf die Idee wäre ich alleine nie gekommen.« Jens klang verärgert.

»Entschuldige. Ich hab nur daran denken müssen, dass es schon ein riesiger Zufall ist, dass in unseren Ermittlungen ständig die Stadt Venedig auftaucht. Erst die geheime Telefonnummer auf dem Rufnummernnachweis von Antonios Pizzeria und jetzt noch die unbekannte Freundin, die dort lebt. Und dann kommt noch dazu, dass Leah sich zurzeit dort aufhält und nach ihrer verschollenen Schwester sucht. Wir dürfen nicht vergessen, dass sie die Nichte unseres Mordopfers ist«, erklärte Louis sein Verhalten.

»Stimmt. Du hast recht. Bist doch ein guter Polizist.« Jens grinste versöhnlich.

»Danke. Ruf doch gleich einmal diese Sarah Trenti an. Ich höre mit.«

Jens nahm den Hörer seines Telefons wieder auf und wählte die lange italienische Nummer.

Plötzlich drückte Louis auf die Gabel und beendete so das Gespräch bevor es überhaupt zustande kommen konnte.

»Wir sind echte Hornochsen!«, brach es aus ihm heraus.

»Was ist jetzt schon wieder los?« Jens war perplex.

»Das frage ich mich langsam auch. Was ist nur los mit uns? Wenn der Big Boss von all dem wüsste, würde er uns sicher befangen nennen.« Louis schüttelte den Kopf. Dazu durfte es nicht kommen, dachte er. Das war ihnen noch nie passiert.

»Könntest du mir jetzt bitte erklären, wovon du sprichst? Wieso sollten wir denn befangen sein?«, bat Jens.

»Denk doch einmal nach. In dem Moment als du die lange italienische Nummer gewählt hast, fiel mir ein, dass wir ja schon am Anfang unserer Ermittlungen auf eine solche Nummer gestoßen sind. Und kannst du mir bitte erklären, warum wir nicht einfach dort angerufen haben, um herauszufinden, wem sie gehört? Geheimnummer hin oder her.«

Jens schlug sich gegen die Stirn.

»Verdammt! Man sollte uns beide auf der Stelle entlassen. Wie konnten wir das nur vergessen?«

»Das ist uns passiert, weil wir Leah kennen und unser Mordopfer nun mal ihr Onkel ist. Wir sind befangen. Oder bist du vielleicht auf die Idee gekommen, Luigi und Mariella nach ihrem Alibi zu fragen?«, fragte Louis seinen Partner, der ihn immer noch fassungslos ansah.

»Nein, sicher nicht. Du etwa?«

»Nein, ich eben auch nicht. Aber das wäre das normale Procedere gewesen. Zuerst sucht man in der Familie nach möglichen Verdächtigen.«

»Vielleicht sollten wir den Fall abgeben«, schlug Jens nun vor.

»Bist du wahnsinnig? Dann können wir gleich unseren Hut nehmen und gehen. Nein, wir müssen unbedingt den Mörder finden, bevor der Big Boss von unseren Fehlern Wind bekommt«, sagte Louis.

»Stimmt. Aber Luigi und Mariella frage ich trotzdem nicht nach ihrem Alibi.« Auch Jens kannte die beiden schon lange, war er doch als Leahs Partner oft bei ihnen zum Essen eingeladen gewesen, und sie waren ihm sehr ans Herz gewachsen.

»Ich sicher auch nicht.« Für Louis waren sie die einzige wirkliche Familie, die er je hatte.

»Sie sind es sicher nicht gewesen«, stellte Jens fest.

»Lass uns lieber jetzt die beiden Nummern in Venedig anrufen und sehen, was dabei herauskommt«, schlug er vor.

»Gut. Ich rufe zuerst die Geheimnummer an und du dann Sarah Trenti«, teilte Louis sie ein.

»Okay.«

Louis wählte. Am anderen Ende läutete es.

Der Mann blickte wie immer auf das Display seines läutenden Telefons. Eine deutsche Nummer. Da hat die Polizei aber lange gebraucht, dachte er und ließ es läuten. Einen Anrufbeantworter gab es für diesen Anschluss nicht.

»Es geht niemand ran. Probieren wir es einfach später noch einmal. Jetzt du«, sagte Louis.

Jens nahm wieder seinen Telefonhörer auf und drückte auf Wahlwiederholung.

Doch auch er hatte kein Glück, denn in der verlassenen und blutbeschmierten Wohnung von Sarah Trenti läutete das Telefon für niemanden. Aber das wussten die beiden nicht.

»Niemand da«, sagte Jens und legte auf.

»Am besten bitten wir unsere venezianischen Kollegen um Hilfe.« Doch damit war Louis wenig einverstanden.

»Ich würde dieser Dame lieber persönlich ein paar Fragen stellen«, meinte Louis.

»Du willst nach Venedig fliegen?«

»Klar, warum nicht? Sie ist unsere Hauptverdächtige oder Hauptzeugin, wie man es sehen will und sonst haben wir nichts. Außer einer weiteren Telefonnummer, die auch aus Venedig ist, und einen Namen, der italienisch klingt, Angelo C. Gute Gründe für mich, in Venedig weiterzuermitteln«, rekapitulierte Louis den Stand der Dinge.

»Ob das auch gute Gründe für unseren Boss sind, wage ich zu bezweifeln«, wandte Jens ein.

»Das ist mir ziemlich egal. Am besten nehme ich mir Urlaub und ermittle privat weiter. Ist mir sowieso viel lieber.«

»Und was ist mit mir? Was soll ich inzwischen machen?«, fragte Jens.

»Du hältst hier die Stellung. Sag dem Big Boss einfach, dass du in der Familie ermittelst und dann gehst du zu Mariella essen«, grinste Louis.

»Wie willst du jetzt Urlaub bekommen? Wir sind mitten in einem Fall.«

»Ich werde einfach sagen, dass irgendwer in meiner Familie gestorben ist und ich dringend zur Beerdigung muss. Er weiß ja nicht, dass ich keine Familie mehr habe.«

»Damit setzt du deinen Job aufs Spiel.« Jens hatte kein gutes Gefühl dabei. »Du kannst nicht einfach in Venedig ermitteln ohne Zustimmung des Chefs und der dortigen Polizei.«

»Und ob ich kann! Der Big Boss lässt mich sicher nicht nach Venedig fliegen. Der ruft unsere Kollegen an und lässt sie die

Arbeit erledigen. Ich will aber selbst mit Sarah Trenti sprechen und nicht einem Kollegen erklären müssen, was er fragen soll, um dann alle Informationen aus zweiter Hand zu bekommen. Dabei geht einfach zu viel verloren.« Louis hatte sich entschieden. Er würde nach Venedig fliegen, ob ihn das den Job kostete oder nicht, interessierte ihn nicht.

»Also gut, wenn du meinst. Aber du musst mich auf dem Laufenden halten. Ich werde hier so tun, als hätte ich unendlich viel Arbeit und werde nochmals mit Luigi sprechen, was diese Sarah Trenti angeht. Vielleicht kennt er sie ja.«

»Gut, Jens. Dann gehe ich jetzt mal zum Big Boss und heule ihm was vor von meinem toten Patenonkel.«

Kapitel 46

Inzwischen hatten sich Giulia und Claudio mit Leah auf den Weg gemacht. Auf dem Markusplatz waren um diese Zeit viele Touristen unterwegs, und um schneller durchzukommen, wählten sie einen kleinen Umweg durch die schmalen Gassen hinunter bis zum Riva degli Schiavoni, wo Roberto auf sie warten würde. Zu Fuß wäre es von hier zwar auch nur ungefähr eine halbe Stunde bis zur Wohnung der Zanollas gewesen, aber mit dem Boot waren sie viel schneller. Und keiner der drei wollte jetzt noch Zeit verlieren.

Nebeneinander gingen sie die Gassen entlang in Richtung Bootsanlegeplatz. Sie sagten nichts, alle drei hingen ihren eigenen Gedanken nach.

Giulia dachte daran, wie sie am Tag zuvor noch ihre Flitterwochen genossen hatte, und nun war sie auf dem Weg zu ihren Eltern, um diese zu fragen, ob sie in krumme Machenschaften verwickelt waren. Was war nur los mit dieser Welt? Es konnte doch nicht wirklich sein, dass diese junge Frau aus Deutschland ihre Schwester und sie selbst ihren richtigen Eltern unrechtmäßig weggenommen worden war. Wenn das alles stimmte, was würde sie dann tun? Die anderen waren doch vollkommen fremde Leute für sie. Sofia und Giovanni Zanolla hatten Giulia großgezogen und waren ihre Eltern. Daran würde sich auch nichts ändern, wenn sie wirklich etwas Illegales getan hatten, denn sie hatten sie immer geliebt. Giulias Kindheit war erfüllt gewesen von Liebe und Geborgenheit. Was hätte sie sich mehr wünschen können?

Auch Leah grübelte, welche Wendungen ihr Leben jetzt vielleicht nehmen würde. Wie würde es sein, wenn Giulia ihre Schwester war? Wie war das überhaupt, eine Schwester zu haben? Sie müssten sich ja kennenlernen. Würden sie das schaffen? Würden sie sich vertragen? Sie wusste es nicht, aber sie freute sich darauf, es auszuprobieren.

Claudio wiederum hoffte für seine Frau, dass sich das Ganze als Irrtum herausstellen würde, denn er hatte Giulias Eltern als liebe und ehrliche Menschen kennengelernt, und war sich sicher, dass so ein Verhalten überhaupt nicht zu ihnen passte.

Um zu Robertos Anlegestelle zu kommen, mussten sie noch durch eine schmale *Calle*, die direkt zum Kanal führte. Dort konnten sie nur hintereinander gehen, und Giulia schob sich nach vorn und übernahm die Führung der kleinen Gruppe. Sie waren kaum um die Ecke, als Giulia einen kurzen Schmerzensschrei ausstieß, wie ein Taschenmesser zusammenklappte und zu Boden fiel. Im nächsten Augenblick spürte Leah einen Schlag an der Schulter und gleichzeitig einen stechenden Schmerz. Sie reagierte instinktiv.

»Da schießt jemand! Auf den Boden!«, schrie sie und zog Claudio hinunter zu seiner Frau auf das Pflaster. Fieberhaft versuchte sie, die Situation zu erfassen, als unmittelbar hinter ihr ein Schuss fiel. Erschrocken fuhr sie herum und sah einen Mann in einer Lederjacke stehen, der wie auf einem Schießstand mit beiden Händen seine Waffe hielt und über ihre Köpfe in die enge Gasse zielte.

Leah brauchte einen kurzen Moment, dann erkannte sie ihren neuen Verfolger. Also doch ein Polizist! Und als sie in die Richtung blickte, in die der Mann immer noch zielte, sah sie dort ihren alten Bekannten, den Mann mit Hut und Sonnenbrille, regungslos auf dem Boden liegen.

»Polizei, alles in Ordnung«, ertönte es hinter ihr. Dann lief ihr Retter an ihnen vorbei, wobei er weiterhin die Waffe auf den Angreifer gerichtet hielt. Er schob dessen Pistole mit dem Fuß beiseite, zog ein Handy aus der Tasche und sprach hinein, wobei er den Mann immer im Blick behielt.

Claudio war inzwischen zu seiner Frau gekrochen, die bewusstlos dalag, und hielt ihren Kopf mit beiden Händen. »Giulia, Giulia«, weinte er, »was ist los? Sag doch etwas!«

Jetzt hatte sich Leah wieder im Griff. »Ganz ruhig«, sagte sie zu Claudio, »alles in Ordnung, ich helfe ihr, ich kenne mich aus.« Vorsichtig öffnete sie den Reißverschluss von Giulias Jacke, auf der sich seitlich ein Blutfleck gebildet hatte, dann schob sie auch ihre Bluse nach oben. Das kleine Einschussloch am rechten Rippenbogen war nicht zu übersehen.

»Oh mein Gott, sie stirbt, Giulia stirbt«, schrie Claudio und begann, den Kopf seiner Frau wie wild zu schütteln.

»Nicht, wenn Sie sie ruhig liegen lassen!«, fuhr ihn Leah an. »Sie wird das überleben. Ich glaube nicht, dass lebenswichtige Organe verletzt sind«, fügte sie hinzu, um ihn, aber auch sich selbst zu beruhigen. Dann zog sie ihre Jacke aus und presste sie auf die Wunde, um die Blutung zu stillen.

Inzwischen hatte sich auch der Polizist über Giulia gebeugt. »Ich habe schon die Ambulanz gerufen«, sagte er, »sie wird in wenigen Minuten hier sein. Sie bluten ja auch«, stellte er dann fest, wobei er auf Leahs Schulter zeigte.

»Halb so wild«, meinte Leah, die überhaupt keinen Schmerz spürte, »wird wohl nur eine Schramme sein. Ist er tot?«, fragte sie dann mit einer kurzen Kopfbewegung in Richtung Mann mit Hut und Sonnenbrille.

»Ja, keine Gefahr mehr. Übrigens, ich bin Sergente Rossini. Commissario Fabiani hat mich beauftragt, Sie zu beschatten.«

»Das habe ich mir schon gedacht«, sagte Leah.

»Sie haben mich bemerkt?« Sergente Rossini schien überrascht.

»Sicher. Ich bin selbst Polizistin und sehr wachsam. Aber das hätte hier nichts genützt, denn ohne Sie wären wir wahrscheinlich alle tot. Ich weiß gar nicht, wie ich Ihnen danken soll.«

Leah war froh, dass Commissario Fabiani sie durchschaut und ihre Beschattung angeordnet hatte, denn mit ihrem Pfefferspray hätte sie dieses Mal keine Chance gehabt.

Hoffentlich habe ich recht mit meiner schnellen Diagnose bei Giulia, dachte sie, ich würde mir mein Leben lang Vorwürfe machen, wenn sie stirbt. Egal, ob Schwester oder nicht.

Keine fünf Minuten später war das Ambulanzboot da und brachte Giulia zusammen mit ihrem Mann, der ihr nicht von der Seite wich, ins Krankenhaus. Leah weigerte sich, ebenfalls ins Krankenhaus zu gehen, und ließ sich von einem Sanitäter die Schulterwunde behandeln, die sich tatsächlich nur als Streifschuss herausstellte. »Ich komme nach«, rief sie Claudio noch hinterher, aber der hatte in diesem Moment nur Augen für seine Frau.

Kurz darauf traf Commissario Fabiani mit einem Ermittlungsteam ein. Leah blieb nun nichts anderes übrig, als völlig ehrlich zu ihm zu sein und alles zu erzählen, was sie wusste. Schließlich hatte sie seinem Spürsinn und seiner Umsicht ihr Leben zu verdanken.

Sie berichtete ihm von den Zanollas. Auch die Beschattung und den ersten Angriff ihres Verfolgers ließ sie jetzt nicht mehr aus und schilderte sie in allen Einzelheiten. Der Commissario hörte sich alles geduldig an und nickte nur ab und zu.

Dann trat einer seiner Mitarbeiter zu ihnen und hielt zwei Plastiktüten hoch. In der einen befand sich eine Pistole mit Schalldämpfer, in der anderen ein kleiner Peilempfänger. »Das hatte der

Tote bei sich, Commissario, eine .22er Ruger«, sagte er, »aber keine Papiere, nichts.«

Jetzt wurde Leah alles klar. Der Mann hatte ihr irgendwo einen Peilsender verpasst, ohne dass sie es bemerkt hatte. So hatte er ihr auflauern können, und sofort angefangen zu feuern, als sie um die Ecke kamen. Allerdings hatte er zunächst Giulia getroffen, erst sein zweiter Schuss hatte Leah an der Schulter gestreift. Weiteres Unheil hatte dann der gezielte Schuss von Sergente Rossini verhindert, der den Angreifer offenbar auf der Stelle getötet hatte.

Commissario Fabiani nahm die Tüte mit dem Peilempfänger und bewegte sie an Leahs Körper entlang, wobei er aufmerksam den kleinen Bildschirm beobachtete. Er schüttelte den Kopf und ging dann zu Leahs Jacke, die immer noch am Boden lag. »In der Jacke, dachte ich's mir«, murmelte er zufrieden, nachdem er aus der Brusttasche ein kleines elektronisches Bauteil zutage gefördert hatte.

»Wieso haben Sie mich beschatten lassen?«, fragte Leah.

Fabiani lächelte. »Sie haben mir nur das erzählt, was ich wissen sollte, nicht das, was ich wissen wollte. Glauben Sie, ich habe das nicht bemerkt, Frau Kollegin aus Deutschland?«

Jetzt lächelte auch Leah. »Ich muss mich bei Ihnen bedanken. Ohne Sie würde man mich jetzt wegtragen.« Sie warf einen kurzen Blick über die Schulter und sah, wie der Tote gerade in einen schwarzen Leichensack gehoben wurde. »Guter Schuss, übrigens«, meinte sie dann.

Fabiani nickte. »Mein bester Mann. Und ein hervorragender Schütze. Hat seine ganze Wohnung voller Pokale stehen.«

Dann bat er Leah, mit Roberto zu ihrer Großmutter zu fahren und dort auf ihn zu warten. Er wollte am Tatort noch einiges erledigen und sie dann aufsuchen.

»Wir müssen jetzt unbedingt zusammenarbeiten und unsere weitere Vorgehensweise besprechen!«

Leah schüttelte den Kopf.

»Nein, ich werde jetzt sicher nicht nachhause fahren. Ich muss dringend ins Krankenhaus und dort mit den Zanollas sprechen. Sie müssen mir jetzt, nach diesem Vorfall, unbedingt sagen, was damals wirklich passiert ist.«

»Gut. Dann warten Sie bitte auf mich. Ich werde Sie gleich begleiten.«

Warten war allerdings keine von Leahs Stärken. Unruhig ging sie die Gasse auf und ab und beobachtete mal wieder die Arbeit der venezianischen Kollegen. Sie wollte so schnell wie möglich mit Sofia und Giovanni Zanolla sprechen. Außerdem wollte sie wissen, wie es Giulia ging.

Kapitel 47

Sofia und Giovanni Zanolla verstauten gerade die letzten Reste ihres Reisegepäcks im Schrank, als Claudio sie aus dem Krankenhaus anrief.

»Ihr müsst dringend kommen. Giulia wurde angeschossen«, platzte er heraus.

Giovanni traute seinen Ohren nicht.

»Was? Um Himmels Willen«, rief er entsetzt.

Sofia sah ihren Mann angsterfüllt an. »Was ist geschehen?«

Doch Giovanni blickte nur starr an die Wand und hielt weiter den Hörer ans Ohr. Er schien seine Frau nicht einmal zu bemerken.

»Ihr müsst schnell ins Ospedale Civile kommen. Giulia wurde angeschossen, mehr weiß ich auch nicht! Bitte beeilt euch!« Claudio legte auf.

Giovanni ließ langsam den Telefonhörer sinken und legte ihn auf die Gabel.

»Liebling, was ist los?« Sofia spürte panische Angst in sich aufsteigen. So hatte sie Giovanni noch nie erlebt.

»Giulia … Sie ist … sie ist im Krankenhaus«, stammelte Giovanni. Die Stimme seiner Frau hatte ihn aus seiner Erstarrung geholt.

»Im Krankenhaus? Was ist passiert? Wie geht es ihr?« Sofias Angst steigerte sich.

»Sie wurde angeschossen, hat Claudio gesagt. Wir sollen sofort kommen.« Giovanni blickte seine Frau an. Ihre Augen spiegelten seine Furcht wieder.

»Angeschossen? Wie kann das sein?«

»Ich weiß es auch nicht, Sofia. Lass uns schnell fahren.«

Zitternd zogen sich die beiden Schuhe und Mäntel an und machten sich auf den Weg zu ihrer Tochter. Zum Glück, hatten sie zum Ospedale Civile nicht weit zu laufen.

Giovanni konnte immer noch nicht fassen, was mit seiner Tochter passiert sein sollte. Einen Unfall, eine plötzliche Krankheit, das konnte er sich vorstellen, aber angeschossen? Auch wenn Venedig kein allzu ruhiges Pflaster war, musste man sich doch nicht ständig Sorgen machen, dass jemand auf einen schießen könnte!

Auch Sofia gingen die wildesten Gedanken durch den Kopf. Hatte die Vergangenheit sie nun doch noch eingeholt? Nein, das konnte nicht sein, beruhigte sie sich. Niemand hatte einen Grund, Giulia zu töten. Und doch setzte sich der Gedanke fest, dass es mit der Adoption zu tun hatte. Wenn, dann sie und Giovanni, da sie die Mitwisser waren, aber nicht Giulia! Oder dachte derjenige vielleicht, sie hätten Giulia von den Geschehnissen erzählt? Ihre Angst stieg weiter.

Endlich waren sie im Ospedale Civile angelangt und rannten zur Notaufnahme.

Schon von Weitem sahen sie Claudio, wie er nervös den Flur auf und ab ging.

»Claudio!«, rief Sofia aufgeregt.

Claudio drehte sich zu seinen Schwiegereltern um, und Giovanni sah ein wenig Erleichterung in seinen Augen. Jetzt war er nicht mehr allein.

Sofia nahm ihren Schwiegersohn in den Arm.

»Was ist passiert? Wo ist sie? Wie geht es ihr?« Sofia wusste nicht, was sie zuerst fragen sollte.

»Giulia ist gerade im Operationssaal«, erklärte Claudio atemlos. »Der Schuss hat wahrscheinlich ihre Lunge gestreift, und die Ärzte tun, was sie können.« Claudio zitterte am ganzen Körper.

»Oh, mein Gott!« Das war das Einzige, was Giovanni sagen konnte. Seine Beine versagten ihren Dienst, und er musste sich auf einen der Plastikstühle setzen, die an der Wand aufgereiht standen. Sofia und Claudio setzten sich rechts und links neben ihn.

Claudio knetete ein Taschentuch in seinen Händen und begann zu erzählen, was geschehen war. Er fing an mit dem Besuch Leah DeMarcos und dem, was sie ihnen berichtet hatte.

Als Claudio geendet hatte, herrschte völlige Stille. Die Gesichter von Sofia und Giovanni waren weiß wie die Wand hinter ihnen. Nun hatte sie die Vergangenheit wirklich eingeholt, dachte Sofia und zitterte. Was würde noch alles auf sie zukommen?

In ihren Gedanken und ihre Sorge um Giulia versunken, bemerkten die drei Leah und Commissario Fabiani erst, als diese direkt vor ihnen standen.

»Commissario Fabiani von der venezianischen Polizei«, stellte sich Fabiani vor.

Claudio sprang auf und stellte Leah seinen Schwiegereltern vor.

»Ich habe meinen Schwiegereltern schon alles erzählt«, stammelte er.

»Darüber können wir gleich sprechen«, beruhigte ihn Fabiani. »Wie geht es Ihrer Frau?«

»Sie ist immer noch im OP. Wir wissen noch nichts Genaues. Wie geht es Ihrem Arm?«, wandte er sich an Leah.

»Nicht der Rede wert«, winkte Leah ab und wandte sich dann an die Zanollas.

»Signor und Signora Zanolla, Commissario Fabiani ermittelt im Mordfall der Krankenschwester Sarah Trenti. Ich vermute, dass deren Tod unmittelbar mit meiner Suche nach meiner Schwester zusammenhängt. Ich weiß nicht, was Claudio ihnen alles erzählt hat.«

»Alles was Sie uns erzählt haben, auch von dem Mord an Sarah Trenti«, warf Claudio ein.

»Gut. Es tut mir wirklich leid, dass Ihre Tochter angeschossen wurde. Und ich weiß, dass es der unpassendste Moment ist, aber ich muss Sie fragen: Kann es sein, dass Giulia meine Schwester ist?« Sie sah die Zanollas fragend an. »Sie müssen mir helfen die Wahrheit herauszufinden, damit der Wahnsinn ein Ende hat und nicht noch mehr unschuldige Menschen verletzt oder gar getötet werden!«

Giovanni und Sofia waren entsetzt. Doch war Sofia die Erste, die sich wieder so weit im Griff hatte, dass sie Leah antworten konnte.

»Wir werden Ihnen alles sagen, Signora DeMarco. Wir müssen endlich darüber reden, sonst verfolgt uns die Vergangenheit noch ein Leben lang. Und vielleicht ist sie schuld daran, dass unsere Tochter jetzt im Operationssaal liegt und um ihr Leben ringt.« Sie schlug die Hände vors Gesicht und brach in haltloses Schluchzen aus.

»Ich sehe das genauso«, meldete sich ihr Ehemann. »Ich werde ihnen alles erzählen, was damals war.« Er holte tief Luft. »Wir wissen von Claudio, wie Sie auf uns gekommen sind. Ich kann mich sehr gut an Ihren Vater erinnern, ich glaube er hieß Luigi«, Leah nickte. »Ein sehr netter Mann. Wir hatten damals großes Mitleid, als wir erfuhren, dass ihr neugeborenes Kind nach der Geburt verstorben war. Wir selbst hatten das ja auch soeben und einige Male zuvor erleben müssen. Doch dann kam unser persönlicher Engel in Form von Schwester Sarah Trenti. Wir könnten ein neugeborenes Kind adoptieren, deren Mutter es nicht wollte, sagte sie uns. Nach dem, was wir schon alles erlebt hatten, schoben wir alle Bedenken beiseite. Sie wollte uns das Kind verkaufen. Alles müsse allerdings streng geheim ablaufen. Sie kannte jemanden, der Adoptionspapiere fälschen könne und sie hätte ein Kind, das sie uns geben könne. Sofia war so verzweifelt und ich hatte Angst um sie, dass sie sich was antun könnte. Wir sagten Sarah Trenti noch am selben Tag, dass wir das Kind nehmen würden.

Sie verlangte eine Menge Geld dafür, doch das war uns damals egal. Ich wollte nur, dass meine Frau wieder glücklich war, und ich wollte ja auch selbst ein Kind haben. Eine Woche später verließen wir das Krankenhaus und Giulia sowie die gefälschten Adoptionspapiere wurden uns übergeben.

Bis heute wissen wir nicht, woher Sarah Trenti das Baby hatte, und es war uns auch all die Jahre völlig egal. Sie wurde unsere Tochter und wir dachten nicht mehr daran, dass wir uns strafbar gemacht hatten. Wir konnten ja nicht wissen, dass unser Baby vielleicht einem anderen Paar gestohlen worden war. Wir redeten uns immer ein, dass die Mutter des Kindes wahrscheinlich ebenfalls etwas von dem Geld bekommen hatte und so alle glücklich mit dem Geschäft waren. Denn etwas anderes war es ja nicht.«

Giovanni wischte sich mit einem Taschentuch den Schweiß von der Stirn. Es strengte ihn an, endlich die Wahrheit zu sagen.

»Können Sie mir sagen, wann genau Sie Giulia bekommen haben und wie alt sie da war?«, fragte Leah, für die es am wichtigsten war, zu wissen, ob Giulia nun ihre Schwester sein konnte oder nicht.

»Wir bekamen sie am 5. Dezember und da war sie eine Woche alt. So sagte es zumindest Sarah Trenti, die uns Giulia am Hinterausgang des Krankenhauses heimlich übergab. Nach den Adoptionspapieren ist Giulia am 27. November geboren worden.« Giovanni konnte sich an jedes kleine Detail erinnern.

»Das muss auch stimmen«, mischte sich Sofia nun ein, »denn, als wir sie bekamen, war auch die Nabelschnur schon gänzlich abgefallen!«

Leah war enttäuscht.

Wenn das stimmte, dass Giulia bei der Übergabe am 5. Dezember eine Woche alt gewesen war, dann konnte sie unmöglich Carla sein, die ja erst am 3. Dezember geboren worden war.

Wo sollte sie jetzt weitersuchen?

»Dann kann Giulia nicht meine Schwester sein, denn die wurde am 3. Dezember geboren. Aber wissen Sie vielleicht etwas über einen Dottore Ancilotto?« Leah wollte nicht aufgeben.

»Ja, das war doch damals der behandelnde Arzt auf der Geburtsstation«, entgegnete Sofia.

»Stimmt's, Giovanni?«, wandte sie sich an ihren Mann. Der nickte nur zur Bestätigung.

Jetzt meldete sich Commissario Fabiani zu Wort, der bis dahin konzentriert zugehört hatte:

»Hatte der etwas damit zu tun? Wissen Sie vielleicht, ob er mit der Krankenschwester Sarah Trenti gemeinsame Sache gemacht hat?«

»Nein«, antwortete Sofia, »soweit wir wissen nicht. Allerdings sprach die Krankenschwester immer wieder von ihrem Freund, der sich um die Papiere kümmern würde. Ob das der Arzt war, weiß ich leider nicht.«

»Nein, das glaube ich eigentlich auch nicht«, warf Leah ein.

»Laut dem Brief an meine Eltern hat Dottore Ancilotto alleine gearbeitet. Sarah Trentis damaliger Freund muss ein anderer gewesen sein!«, sagte Leah mehr zu sich selbst als zu den anderen.

Ein Chirurg in grüner Operationskleidung kam über den Flur der Notaufnahme zielstrebig auf die kleine Gruppe zu.

»Signor Bertani?«, fragte er Claudio, der aufgesprungen war.

»Ja, der bin ich. Wie geht es meiner Frau?« Claudio knetete noch immer mit zittrigen Händen sein Taschentuch.

»Sie hat den Eingriff gut überstanden und es geht ihr den Umständen entsprechend gut. Es war ein glatter Durchschuss, der zum Glück weder die Rippen noch innere Organe verletzt hat. Sie wird, soweit wir das bereits sagen können, keine bleibenden Schäden davontragen. Sie liegt jetzt im Aufwachraum und wenn Sie wollen, können Sie zu ihr. Aber nur die Familie und bitte nicht zu lange.«

Sofia und Giovanni nahmen einander in den Arm und Sofia begann bitterlich zu weinen. Jetzt aber vor Erleichterung.

»Danke, Herr Doktor«, sagte sie und wischte sich über die Augen.

Leah freute sich für die Zanollas, auch wenn sie mit ihren Gedanken schon wieder ganz woanders war. Sie reichte Claudio die Hand.

»Es tut mir wahnsinnig leid, dass ich Sie und Ihre Frau in Gefahr gebracht habe. Es wird sicher alles gut werden. Bitte sagen Sie mir Bescheid, wann ich Giulia besuchen kann. Ich möchte auch mit ihr nochmals kurz sprechen und mich vor allem bei ihr entschuldigen.« Dann wandte sie sich an die Zanollas: »Vielen Dank für Ihre Offenheit. Sie haben mir sehr geholfen. Ich hoffe für Sie, dass alles gut wird.« Sie schüttelte ihnen die Hände und blickte ihnen dann nach, wie sie dem Arzt den Gang entlang zum Aufwachraum folgten.

Dann drehte Leah sich zu Commissario Fabiani um.

»Wir müssen unbedingt herausfinden, mit wem Sarah Trenti damals zusammen war. Ich gehe davon aus, dass Giulia nicht das einzige Kind war, das die beiden verkauft haben. Und meine Schwester war sicher auch eines der verkauften Kinder, wenn ich auch nach wie vor glaube, dass das ein Alleingang von Dottore Ancilotto war.«

»Genau in diese Richtung werden wir nun ermitteln!«, stimmte ihr Commissario Fabiani zu. Er freute sich, dass Leah ab jetzt, zumindest inoffiziell, mit ihm zusammenarbeiten würde, denn inzwischen hatte er tatsächlich auch persönlich Gefallen an der Kollegin aus Deutschland gefunden.

Auch Leah war zufrieden. Denn sie brauchte Commissario Fabiani für diese Nachforschungen, da er als Vertreter des Gesetzes natürlich schneller an die Informationen heran kam, als sie. Und das war Grund genug, eine Zusammenarbeit vorzutäuschen. Doch sie musste geschickt vorgehen, denn der Commissario war alles andere als dumm und hatte sie ja schon einmal durchschaut.

Sie verließen das Krankenhaus.

Kapitel 48

Sein Informant bei der venezianischen Polizei berichtete ihm vom Tod seines Auftragskillers.

Mist, dachte er. Was war das nur für ein Trottel? Erst patzte er bei den Tresinas, dann bei der kleinen Deutschen, und jetzt ließ er sich auch noch von der Polizei erschießen.

Das hieß also, dass Leah DeMarco nun mit der Polizei gemeinsame Sache machte. Er musste sich etwas einfallen lassen.

Er hatte genug Mitarbeiter, die das für ihn erledigen konnten, doch ab jetzt musste er besonders vorsichtig sein, sonst hätte ihn die Polizei ganz schnell im Fadenkreuz, was er bisher immer erfolgreich vermieden hatte. Er musste jetzt die richtige Entscheidung treffen. Weitere Fehler konnte er sich nicht mehr leisten!

Nach einigen Minuten des Nachdenkens wusste er, wen er mit dem Fall beauftragen würde, und tätigte einen Telefonanruf. Danach goss er sich einen Schluck Scotch ein und setzte sich auf seine Couch.

Wann hatte das endlich ein Ende? Wann konnte er sich wieder ungehindert auf sein Tagesgeschäft konzentrieren?

Er hoffte bald.

Kapitel 49

Louis verbrachte den Donnerstagabend damit, ein paar Sachen für seine Reise nach Venedig einzupacken.

Sein Chef hatte ihm die Geschichte mit dem toten Patenonkel tatsächlich mit etwas Stirnrunzeln abgekauft und ihm sofort Urlaub gewährt. Allerdings nicht gerade sehr freudig. Doch Louis hatte das Gefühl, dass Martin Kohl mehr auf die Ermittlungsarbeit von Jens vertraute, als auf die von Louis, und es ihm deshalb nicht schwerfiel, ihn gehen zu lassen und Jens allein mit dem Fall zu betrauen. Letztlich war das Louis aber egal. Er scherte sich nicht viel darum, was andere von ihm hielten und schon gar nicht, was Martin Kohl von ihm hielt.

Gleich nach seinem Gespräch hatte er ein Ticket für den ersten Flug am Freitagmorgen nach Venedig gebucht. Während des Packens hing er seinen Gedanken nach.

Was würde Leah sagen, wenn er auf einmal in Venedig auftauchte? Er brannte darauf, ihre Reaktion zu sehen.

Dann dachte er wieder an die gravierenden Ermittlungsfehler, die Jens und er gemacht hatten.

Wie war es nur möglich, dass eine einzige Frau und ihre Familie gleich zwei gestandene Polizisten so betriebsblind machen konnten? Weil wir die Familie so gut kennen? Oder was war es sonst? Sonderbar, wo er doch Leah gar nicht mehr liebte. Oder vielleicht doch? Den Gedanken fegte er schnell beiseite und packte noch zwei Pullis in seinen Koffer. Es könnte ja kühl sein in Venedig.

Er holte sich noch ein Bier aus dem Kühlschrank und schaute einen Film im Fernsehen an, an den er sich später nicht mehr erinnern konnte, weil seine Gedanken immer wieder abschweiften.

Erst als der Abspann lief, bemerkte Louis wieder den Fernseher. Er schaltete ihn aus, nahm sich noch ein Bier aus dem Kühlschrank und ging ins Schlafzimmer.

Kapitel 50

Leah war vom Krankenhaus direkt zu Matilda gefahren. Roberto, der die Aufregungen und Geschehnisse mitbekommen hatte, hatte die ganze Zeit vor dem Ospedale Civile auf sie gewartet. Nun saß Leah bei Matilda im Wohnzimmer. Sie hatten sich ein Glas Rotwein eingeschenkt.

Matilda war über Leahs Bericht so schockiert, dass sie doch tatsächlich einige Minuten stumm war.

Leah konnte es kaum glauben, doch dann sprudelte Nonna schon wieder los: »Meine Güte, mein Kind. Du hättest tot sein können! In was bist du da nur hineingeraten? Wer will unbedingt verhindern, dass du Carla findest? Wir müssen dringend deine Eltern anrufen. Du musst ihnen erzählen, was alles passiert ist.« Leah wollte schon widersprechen, doch Matilda ließ ihr keine Chance. »Keine Widerrede. Sie haben ein Recht darauf, alles zu erfahren. Es ist immerhin ihre Tochter, nach der du suchst und du bist ihre Tochter, um die sie sich Sorgen machen.«

»Du hast mit Mama telefoniert«, stellte Leah fest.

»Stimmt. Ruf sie bitte gleich an.« Matilda gab ihrer Enkelin das Telefon.

»Ich werde unterdessen noch Wein holen.« Matilda verließ den Raum.

Leah wählte die Nummer ihrer Eltern und wartete.

»DeMarco«, meldete sich ihr Vater.

»Hallo, Papa.«

»Leah, endlich. Warum hast du nicht auf meine Anrufe reagiert?«, fragte Luigi vorwurfsvoll.

»Weil ich nicht mit dir streiten wollte. Mein Job ist mir im

Augenblick egal. Aber darüber können wir später sprechen. Ich muss dir dringend was erzählen.« Und so berichtete Leah von ihren Ermittlungsergebnissen, vom Tod von Sarah Trenti, von ihrem Verfolger, der sie am Mittwoch angegriffen hatte und von dem zweiten Angriff, bei dem Giulia angeschossen worden war.

Eine Weile hörte sie gar nichts mehr vom anderen Ende der Leitung. Sie glaubte schon, dass es ein Problem mit der Verbindung gab.

»Papa?«

»Ja, ich bin noch da. Ich versuche nur gerade, mich wieder zu beruhigen. Wieso rufst du erst jetzt an und hast uns nicht schon früher erzählt, dass dich jemand verfolgt und anscheinend umbringen will?« Seine Stimme klang wieder vorwurfsvoll.

»Papa, ich wollte euch einfach nicht beunruhigen. Ihr solltet euch keine Sorgen machen. Ich wollte euch nicht mit hineinziehen. Du hast genug um die Ohren, jetzt wo Onkel Antonio umgebracht wurde!«, entgegnete Leah.

»Nicht mit hineinziehen? Leah, es geht um unsere Töchter, um dich und um Carla. Wir sind mitten drinnen. Außerdem machen wir uns Sorgen, das kannst du gar nicht verhindern. Am Samstag war unsere Welt noch in Ordnung und jetzt? Du bist in Venedig und suchst nach Carla und hier suchen Louis und Jens nach Antonios Mörder. Ich kann es immer noch nicht fassen, was da alles geschehen ist. Und dann gibt es da noch einen kranken Mörder, der dich umbringen will.«

»Papa, der ist ja jetzt tot«, versuchte ihn Leah zu beruhigen.

»Du denkst doch nicht, dass das der Einzige war, oder? Derjenige, der ihn geschickt hat, wird dir morgen einen anderen auf den Hals hetzen, glaub mir.«

Darüber hatte Leah noch gar nicht nachgedacht. Sie hatte einfach zu wenig Zeit zum Nachdenken gehabt.

Sie musste schleunigst zur Ruhe kommen, nachdenken und ihre weitere Vorgehensweise planen. Wie konnte sie Commissario Fabiani für ihre eigenen Zwecke nutzen und was würde sie selbst tun müssen? Alles Fragen, die es zu beantworten galt.

Sie verabschiedete sich von Luigi, nachdem sie ihm noch versprechen musste, auf sich aufzupassen und ihn auf dem Laufenden zu halten.

Luigi legte den Hörer auf und blickte seine Frau an, die über Lautsprecher alles mitgehört hatte. Sie war blass und ihre Augen groß vor Schreck.

»Liebling, mach dir keine Sorgen. Du kennst doch unsere Leah, die beißt sich durch und lässt sich nicht so schnell unterkriegen. Keine Angst«, versuchte Luigi Mariella zu beruhigen. Das ging jedoch voll daneben. Denn jetzt kam Leben in Mariella und sie schimpfte auf Italienisch, was das Zeug hielt.

Sie schimpfte auf Dottore Ancilotto, auf Leahs Angreifer, auf den Mörder von Antonio. Sie schrie ihren Ärger hinaus, und so schnell, wie er gekommen war, war er auch schon wieder verschwunden.

Das war Mariellas Methode, mit ihrer Angst umzugehen, sie wandelte sie in Wut um und ließ dieser dann freien Lauf. Luigi kannte das und reagierte gelassen. Während ihrer Schimpftirade war sie im Wohnzimmer auf- und abgelaufen. Nun setzte sie sich wieder neben ihren Mann.

»Entschuldige«, sagte sie nur.

»Kein Problem. Bin ich ja gewohnt von dir«, sagte Luigi und grinste.

In solchen Momenten verglich er seine Frau immer mit Rumpelstilzchen, das durchs Wohnzimmer wütete. Doch eigentlich glich sie da nur ihrer Mutter, der eine solche Schimpftirade einmal sogar eine Nacht in einer Heidelberger Zelle eingebracht hatte, als sie mit einem Polizisten stritt, der sie aufgehalten hatte, weil sie zu schnell gefahren war.

Leah konnte einen solchen Auftritt auch perfekt hinlegen. Das war das Temperament der Frauen der Tozzi Linie.

Mariella überlegte jetzt wieder völlig ruhig: »Sollten wir nicht Louis informieren, was da passiert? Vielleicht kann er ihr irgendwie helfen?«.

»Wir können ihm alles erzählen, aber er wird nicht viel tun können, er muss doch arbeiten und in Frankfurt nach dem Mörder meines Bruders suchen«, meinte Luigi.

»Ich finde, wir sollten es ihm trotzdem sagen.« Mariella hatte immer noch die leise Hoffnung, dass Leah und Louis wieder zusammenfinden würden. Wo ging das besser als in Venedig?

»Dann ruf ihn einfach an.«

Mariella zögerte nicht lange und wählte Louis' Nummer.

Louis hatte sich gerade mit seinem zweiten Bier aufs Bett gelegt und starrte in die Luft, als das Telefon klingelte.

»Schneider«, meldete er sich.

»Hallo Louis, ich bin's, Mariella.«

»Hallo, Mariella. Was gibt es denn, dass du so spät noch anrufst?« Er schaute auf seine Uhr, es war inzwischen kurz vor Mitternacht.

»Ich muss dir dringend etwas wegen Leah sagen.«

»Was denn? Ist etwas passiert? Geht es ihr nicht gut?« Louis richtete sich auf.

Dann dachte er daran, dass er ja morgen nach Venedig und so auch zu Leah fliegen würde.

»Es geht ihr gut, aber passiert ist schon etwas«, sagte Mariella und erzählte Louis alles, was Leah ihnen erzählt hatte. Sie erwähnte auch die Ermordung der Krankenschwester Sarah Trenti.

»Wie hieß die Krankenschwester?«, fragte Louis nach.

»Sarah Trenti, wieso?«

»Scheiße.« Mehr konnte Louis dazu nicht sagen.

»Louis, was ist los? Kennst du die etwa?« Mariella kannte sich nicht mehr aus.

»Oh ja, aber nur dem Namen nach. Sie war Antonios Freundin, schon seit etlichen Jahren.«

»Antonios Freundin? Das kann nicht sein. Wir kennen die Frau nicht. Antonio hätte uns sicher von ihr erzählt«, wandte Mariella ein.

»Sie war es trotzdem, glaub mir.« Louis erzählte ihr von den Mails, die Antonio und Sarah sich seit Jahren geschrieben hatten.

»Antonio und diese Krankenschwester? Warte, Louis, ich schalte nur schnell auf Lautsprecher, damit Luigi mithören kann.« Louis hörte, wie Mariella Luigi kurz berichtete, dann hörte er Luigi sagen:

»Was? Ich kann das nicht glauben, warum hat er mir nie von ihr erzählt?«

»Das kann ich dir nicht sagen, Luigi. Aber die beiden waren sicher schon über dreißig Jahre zusammen oder zumindest befreundet.«

Louis dachte nach. Wenn Sarah Trenti umgebracht wurde, weil sie etwas über das Verschwinden von Carla wusste, und sie damals schon mit Antonio zusammen gewesen war, dann lag die Vermutung nahe, dass auch Antonio etwas mit der ganzen Sache zu tun hatte, und ebenfalls deswegen ermordet wurde.

Nur, wie hing das alles zusammen?

Plötzlich dachte er wieder an Angelo C. Das musste einfach eine Bedeutung haben. Es konnte nicht sein, dass Antonio das nur so geschrieben hatte. Nein, es war ein Hinweis. Wenn nicht auf eine Person, dann vielleicht auf etwas anderes. Nur was?

»Luigi, wir müssen unbedingt wissen, was dieses Angelo C. bedeutet. Fällt dir zu dem Namen gar nichts ein?«, fragte Louis.

»Nein, leider. Da war ein kurzer Gedankenblitz, als du den Namen sagtest, aber ich komme nicht mehr darauf. Ich zerbreche mir schon seit Tagen den Kopf darüber«, sagte Luigi und griff sich an die Stirn, als wollte er den Gedanken mit Gewalt herausziehen.

»Sobald du dich erinnerst, musst du mich sofort anrufen. Um Leah braucht ihr euch keine Sorgen mehr zu machen. Ich werde morgen nämlich nach Venedig fliegen.«

»Was? Wirklich? Wieso?« Mariella freute sich.

»Ja, weil wie gesagt, Sarah Trenti in unseren Ermittlungen aufgetaucht ist und ich eigentlich mit ihr reden wollte. Das kann ich ja leider nicht mehr, aber jetzt brenne ich darauf herauszufinden, was damals mit eurer zweiten Tochter passiert ist. Ich gehe nämlich davon aus, dass Antonio etwas damit zu tun hatte.« Louis hatte ganz vergessen, mit wem er sprach und dass er von den Ermittlungen eigentlich nichts preisgeben durfte. Die Nachricht von Sarah Trentis brutalem Tod hatte ihn schockiert, und so nahm er kein Blatt vor den Mund.

»Wie bitte, mein Bruder?« Luigi traute seinen Ohren nicht. »Du glaubst doch nicht wirklich, dass mein Bruder etwas mit dem Verschwinden von Carla zu tun hat. Das kann einfach nicht sein.«

»Luigi, es tut mir leid. Aber der Gedanke liegt einfach nahe. Zumindest, dass er etwas davon wusste, er muss ja nicht dafür verantwortlich sein. Aber dein Bruder und seine langjährige Freundin wurden im Abstand von ein paar Tagen in Frankfurt und in Venedig umgebracht, und ich kann einfach nicht glauben, dass das ein Zufall sein soll. Noch dazu, wo Sarah Trenti umgebracht wurde, kurz bevor Leah sie über Carla befragen konnte. Kannst du das verstehen?« Louis ärgerte sich inzwischen, dass er gegenüber Luigi so offen gewesen war und ihm von einem Zusammenhang von Sarah Trenti und Antonio erzählt hatte.

»Ja, ich kann deine Logik verstehen«, antwortete Luigi ungewohnt scharf, »muss das alles aber noch längst nicht glauben.« Er war sauer auf Louis. Wie konnte sein Schwiegersohn einfach behaupten, dass sein Bruder für all das verantwortlich sein sollte?

Mariella griff schlichtend in das Gespräch ein. »Beruhige dich, Luigi. Louis hat es sicher nicht so gemeint. Er muss eben alles in Betracht ziehen.« »Louis, wir danken dir, dass du nach Venedig fliegst und Leah unterstützt. Bitte melde dich bei uns, wenn es etwas Neues gibt«, bat Mariella.

»Mache ich. Und nochmals Luigi, es tut mir wirklich leid. Ich war gedankenlos.«

»Ist schon in Ordnung«, sagte Luigi.

»Bring Leah heil zurück und finde einfach den Mörder meines Bruders. Und am besten finde auch noch unsere Tochter Carla.« Luigis Stimme klang jetzt wieder versöhnlich.

»Ganz schön viel auf einmal, aber ich werde mir Mühe geben.«

»Danke.« Mariella verabschiedete sich von Louis und legte auf.

Sie sah ihren Mann an, der vor sich hin starrte.

»Rede mit mir«, bat sie ihn.

Und sofort redete er darauf los, wenn auch mehr zu sich selbst als zu seiner Frau.

»Ich weiß, dass Antonio nicht immer legal unterwegs war. Er hatte früher ziemlich viele zwielichtige Freunde, die ihn in einige unangenehme Sachen hineingezogen haben. Doch unsere Tochter stehlen und dann verkaufen? Das traue ich ihm einfach nicht zu. Wer ist nur diese Sarah Trenti? Warum hat er nie von ihr gesprochen? Ich kann mir das nicht erklären.«

»Lass uns abwarten, was Leah und Louis herausfinden. Dann sind wir schlauer.«

Luigi schreckte zusammen, er hatte die Anwesenheit seiner Frau fast vergessen.

»Du hast recht, Liebling. Gehen wir schlafen.«

In dieser Nacht träumte Luigi wieder von seiner Großmutter.

Kapitel 51

Leah verbrachte den Rest des Donnerstagabends in ihrem Bett und dachte angestrengt nach.

Sie musste herausfinden, mit wem Sarah Trenti zusammen gewesen war. Wer hatte ihr bei dem Deal geholfen? Wie viele Kinder hatten Sarah Trenti und ihr Freund an kinderlose Paare verkauft, und waren sie an alle Kinder auf dieselbe Weise gekommen wie an ihre Schwester Carla? Gab es da etwa mehrere Eltern, die davon ausgingen, dass ihr Kind bei der Geburt gestorben war, obwohl das gar nicht stimmte? Dann müsste Dottore Ancilotto tief in der Sache mit drinnen hängen. Aber das konnte sie sich irgendwie nicht vorstellen. Sie hatte ihn nie kennengelernt, aber das Bild, das seine Frau und Schwester Anna von ihm gezeichnet hatten, zeigte einen anderen Dottore Ancilotto. Einen, der aus Verzweiflung einem Ehepaar erzählt, ihre Tochter sei bei der Geburt gestorben und diese dann an Sarah Trenti übergibt, damit sie sie verkaufen kann.

Was war der Grund für diese Verzweiflung? Wie sollte sie jetzt vorgehen? Fragen über Fragen. Als beste Möglichkeit schien ihr, sich einfach mit Commissario Fabiani zusammenzutun. Es ging nicht anders, auch wenn ihr das überhaupt nicht gefiel. Sie wollte nicht nach den Spielregeln der Polizei spielen. Sie hatte ihre eigenen Regeln, und die waren deutlich weniger einschränkend als die der venezianischen Polizei.

Sie würde also zuerst einmal mit Commissario Fabiani sprechen, der mittlerweile herausgefunden haben müsste, wer ihr Verfolger war. Vielleicht kam sie so an dessen Auftraggeber heran, aber daran glaubte sie nicht wirklich. Leah schmunzelte. Wie sagt man so schön, dachte sie: Die Hoffnung stirbt zuletzt. Aber sie arbeitete lieber mit Fakten und weniger mit Hoffnung. Nur – dieses Mal blieb ihr nichts anderes übrig. Mit diesem Gedanken schlief sie endlich ein.

Am Freitagmorgen wollte sie gleich nach dem Frühstück Commissario Fabiani in der Questura aufsuchen, als ihr Vater ihre gesamte Planung über den Haufen warf. Nonna kam ins Zimmer und hielt ihr das Telefon hin.

»Dein Vater. Er ist total aufgelöst. Ich habe keine Ahnung, was los ist. Bitte rede mit ihm.«

Leah nahm den Hörer.

»Hallo, Papa.«

»Leah, du musst mir jetzt einfach zuhören. Bitte unterbrich mich nicht. Es ist wirklich wichtig. Wir haben gestern Abend mit Louis telefoniert …« Leah wollte schon Luft holen, doch Luigi kannte sie. »Unterbrich mich nicht! Louis hat uns erzählt, dass Onkel Antonio schon seit über dreißig Jahren eine enge Beziehung zu Sarah Trenti hatte. Und so ungern ich das sage, liegt die Vermutung nahe, dass Antonio etwas mit Carlas Verschwinden zu tun haben könnte. Nun hat er, kurz bevor er starb, noch einen Hinweis hinterlassen, und bis heute Morgen wusste ich nicht, was er uns damit sagen wollte. Doch auf einmal fiel es mir blitzartig wieder ein …« Er machte eine kurze Pause.

Leah kannte sich überhaupt nicht mehr aus. »Papa, wovon sprichst du da?« Sie konnte nicht fassen, was sie da hörte. Onkel Antonio sollte der Freund von Sarah Trenti gewesen sein, sollte mitgeholfen haben, Bruder und Schwägerin das Neugeborene wegzunehmen und falsche Papiere für seine eigene Nichte organisiert haben? Das klang alles so unwirklich, und doch, es passte irgendwie alles zusammen.

»Antonio konnte vor seinem Tod noch einen Namen aufschreiben«, fuhr Luigi fort, »doch leider nicht vollständig. Er schrieb nur Angelo C, und ich versuchte die ganze Zeit herauszufinden, warum mir der Name so bekannt vorkam. Heute Nacht habe ich wieder einmal von meiner Großmutter geträumt, und als ich aufwachte, wusste ich es: Er meinte Angelo Cherubino. Auf dem Grab unserer Großmutter steht doch ein kleiner Steinengel.«

»Ja, den habe ich am Mittwoch gesehen, als ich mit Nonna dort war. Sie meinte, Antonio und du, ihr habt ihn immer Angelo genannt«, unterbrach ihn Leah. Langsam begann sie zu verstehen.

»Genau. Aber wir nannten ihn nicht nur Angelo, sondern Angelo Cherubino. Cherubino heißt ja auch Engel, und wir gaben dem Engel diesen Namen, weil unsere Großmutter für uns immer ein doppelter Engel war und Antonio und ich uns nicht auf einen Namen einigen konnten. Er war für Angelo und ich war für Cherubino, und so gaben wir dem Engel den Namen Angelo Cherubino. Ich bin mir sicher, genau das war Antonios letzter Hinweis, und es muss irgendwie mit diesem Steinengel zu tun haben. Vielleicht finden wir durch ihn heraus, was genau passiert ist.«

Leah überlegte fieberhaft und fasste dann einen Entschluss.

»Papa, ich werde jetzt sofort zum Friedhof fahren. Ich melde mich dann bei dir.« Sie legte auf, ohne die Reaktion ihres Vaters abzuwarten.

Schnell packte sie ihren Rucksack, erklärte Nonna kurz, wohin sie wollte, und stieg in Robertos Boot, das schon wie jeden Morgen an der Hintertür auf sie wartete.

Kapitel 52

Louis wachte zehn Minuten vor der an seinem Wecker eingestellten Alarmzeit auf. Sein Flug ging um 7 Uhr, und er hatte sich den Wecker auf halb 5 gestellt, damit er früh genug am Flughafen war. Zum Glück hatte er es nicht sehr weit dorthin.

Er stieg unter die Dusche, zog sich schnell an und verließ die Wohnung. Das Einchecken und der Start verliefen reibungslos und vor allem pünktlich, und hoch über den Wolken dachte Louis nochmals über den Stand der Ermittlungen nach. Gleich nach der Landung musste er unbedingt Jens anrufen, um ihm von den neuesten Entwicklungen zu berichten. Letzte Nacht wollte er ihn nicht mehr aus dem Bett klingeln und so früh am Morgen schon überhaupt nicht. Louis grinste in sich hinein. Jens' Frau Tamara hätte wegen dieser Störung zur Unzeit zuerst ihm und dann ihrem Mann die Hölle heiß gemacht.

Louis konnte es immer noch nicht glauben, dass es zwischen dem Mord an Antonio und Leahs Suche nach ihrer Schwester einen Zusammenhang geben sollte. Was war damals bloß geschehen? Was hatten Antonio und Sarah Trenti gemacht? Er musste unbedingt mit Leah sprechen. Sie mussten ihre Ermittlungsergebnisse zusammenbringen. Nur so konnten sie das Puzzle vielleicht zusammensetzen.

Der Flieger landete mit etwas Verspätung in Venedig. Noch in der Fluggastbrücke schaltete Louis sein Mobiltelefon wieder ein und hörte die Mailbox ab. Luigi hatte angerufen und seine Stimme klang aufgeregt. »Louis, ruf mich sofort an, ich weiß, was Angelo C bedeutet.« Louis blieb so überrascht stehen, dass der Fluggast, der direkt hinter ihm lief, ihn beinahe umrannte. Der Mann blickte ihn böse an, schimpfte etwas auf Italienisch und ging dann an ihm vorbei.

Um nicht wieder im Weg zu stehen, wartete Louis, bis er an den Gepäckbändern war, und rief Luigi an, der schon nach dem zweiten Läuten abhob, als hätte er am Telefon gewartet.

»Was bedeutet Angelo C?«, fragte Louis gleich, ohne auch nur Hallo zu sagen.

Luigi erzählte ihm die gleiche Geschichte wie schon eine halbe Stunde zuvor Leah. »Du musst gleich zum Friedhof fahren. Leah ist schon unterwegs, und ich habe Angst um sie. Da will sie jemand unbedingt loswerden, und der schreckt vor nichts zurück. Bitte, beeil dich!«

»Macht euch keine Sorgen, Luigi, ich kümmere mich schon darum«, beruhigte ihn Louis und legte auf.

Auf dem Weg zum Wassertaxistand rief Louis Jens an und brachte ihn auf den neuesten Stand.

»Meine Güte. Das ist ja der Wahnsinn!« Jens konnte es nicht glauben, welche Wendung der Fall genommen hatte. »Mit wem oder was haben wir es da bloß zu tun? Bitte, sieh dich vor und melde dich, wenn du Leah gesprochen hast.«

»Klar, mach ich«, versprach Louis. Am Anlegesteg mit den Wassertaxis suchte er sich absichtlich einen jüngeren Fahrer aus. Er hoffte, dass der keine Angst haben würde, ein wenig mehr aufs Gas zu drücken, als erlaubt.

Er hatte Glück, denn der junge Taxibootfahrer hatte – außer an dem 100-Euro-Schein – auch sichtlichen Spaß an der Geschwindigkeit, und so kam Louis zwar durchnässt vom Wasser der Lagune, aber nur kurze Zeit später an der Friedhofsinsel San Michele an. Er sprang vom Boot und rannte durch das Eingangstor. Zum Glück hatte ihm Luigi die ungefähre Lage des Grabes beschrieben, sonst hätte Louis sich hier nie zurechtgefunden. So folgte er den Wegen zwischen den Gräbern, als wäre er schon ein paar Mal dort gewesen.

Bereits von Weitem sah er Leah vor einem Grab stehen, und gleichzeitig fiel ihm eine Bewegung zwischen den Grabmälern hinter ihr auf. Ein Arm mit einer Schusswaffe! Louis schaltete augenblicklich.

»Leah, auf den Boden!«, schrie er und warf sich hin. Leah drehte sich überrascht um, lag aber schon im nächsten Moment bäuchlings auf dem Boden. Nur den Bruchteil einer Sekunde später klatschte eine Kugel gegen den Grabstein hinter ihr und sirrte als Querschläger weiter.

Ein Schalldämpfer, schoss es Louis durch den Kopf, und dann bedauerte er, dass seine Dienstwaffe in Frankfurt geblieben war.

Auf Knien und Ellbogen robbte Louis auf Leah zu. Der Schütze hatte es anscheinend noch nicht aufgegeben, denn immer wieder rissen seine Kugeln kleine Splitter aus dem Marmor der umliegenden Grabmale. Endlich war er bei Leah angekommen.

»Was machst du hier?«, zischte sie zur Begrüßung, war aber erleichtert, dass er da war. Nur zeigen wollte sie ihm das nicht.

»Dir deinen hübschen Hintern retten«, gab Louis trocken zurück.

Leah hob vorsichtig den Kopf, »Wo ist der Mistkerl?«

Louis deutete zu einem großen Grabmal. »Ich glaube, er steckt dahinter. Und nimm den Kopf runter!« Er zog Leah weiter hinter das Grab ihrer Urgroßmutter. »Wir müssen sehen, dass wir hier wegkommen. Was gäbe ich jetzt für eine Waffe! Hast du schon den Hinweis deines Onkels gefunden?«

»Woher weißt du? Ach, egal, ja, hab ich. In der kleinen Statue war eine Messinghülse versteckt. Ich wollte sie gerade öffnen, als du was von Hinlegen gebrüllt hast. Es gab einmal Zeiten, da hat das von dir romantischer geklungen.« Nicht einmal hier konnte Leah es lassen, Louis zu ärgern.

»Wieso?«, ätzte Louis zurück. »hat doch prompt funktioniert. Wenn ich bedenke, was ich früher kostbare Zeit mit Vorspiel vertan habe …«

»Okay, touché!«, kicherte Leah. »Aber jetzt lass uns versuchen, diesen Kerl zu schnappen. Wir können uns hinterher weiter Nettigkeiten an den Kopf werfen, sofern wir dann noch Köpfe haben. Ohne Löcher darin, meine ich.«

»Wir sollten einfach abhauen«, meinte Louis, wissend, dass sein Vorschlag kein Gehör finden würde.

»Und wie bitte schön willst du das machen? Wir geben doch ein perfektes Ziel ab. Die meisten Grabsteine sind zu niedrig für eine Deckung. Und wer weiß, wie viel Munition der Typ hat. Wir machen es so: Ich lenke seine Aufmerksamkeit auf mich, und du versuchst, an ihn heranzukommen. Siehst du dort die Urnengräber? Ich versuche, in den Gang dazwischen zu kommen. Sieh zu, dass du ihn von hinten erwischst!«

»Jawohl, Frau General«, brummte Louis, dem gar nicht wohl bei der ganzen Sache war. Er machte sich weniger Sorgen um sich selbst als um Leah. Er würde den Mann schon überwältigen können, aber war Leah schnell genug, um den Kugeln auszuweichen?

»Eins, zwei, drei!«, zählte Leah noch, schoss wie ein Blitz hinter dem Grabstein hervor und hinein in die Nische zwischen den Urnengräbern. Der Angreifer wurde vollkommen überrascht und brauchte einige Sekunden, bis er wieder einen Schuss abfeuerte, der eine Vase in tausend Splitter zerlegte. Seine nächste Kugel traf eines der Urnengräber. Louis nutzte diesen Moment der Ablenkung und rannte ebenfalls geduckt los, um hinter den Schützen zu gelangen. Dieser hatte sich jetzt auf die Urnengräber eingeschossen, wohin Leah verschwunden war. Langsam bewegte er sich in Leahs Richtung. Louis schlug einen Bogen um ein paar

Grabsteine, bis er unmittelbar hinter dem Schützen war, der immer noch auf Leah zielte. Louis schlich sich nahe an ihn heran, griff mit der rechten Hand den Arm, der die Waffe hielt, und nahm den Mann gleichzeitig mit dem linken Arm in den Schwitzkasten. Der Angreifer wurde völlig überrumpelt. Louis schlug ihm die rechte Hand kräftig auf den Grabstein, worauf der Mann einen Schmerzensschrei ausstieß und seine Waffe fallenließ. Er versuchte, sich aus dem Klammergriff zu befreien, aber gegen Louis kam er nicht an. Je mehr er sich wehrte, desto fester drückte Louis zu.

Dann war auch schon Leah da, hob die Waffe des Angreifers vom Boden auf und hielt sie ihm an die Schläfe. »So, Bursche. Leg dich auf den Bauch, Hände hinter den Kopf und keinen Mucks!«, befahl sie und wiederholte die Worte zur Vorsicht noch einmal auf Italienisch. »He, Louis«, meinte sie dann, »lass ihn mal kurz Luft holen. Er ist ja schon krebsrot.«

Louis zögerte einen Moment, dann lockerte er seinen Griff ein wenig und drückte den Mann auf den Boden. Mit geschickten Griffen durchsuchte er ihn nach weiteren Waffen.

»Na bitte, du kannst es ja noch«, sagte Leah, holte mit dem Bein aus und trat dem am Boden Liegenden in die Rippen. »Wer ist dein Auftraggeber?« Sie trat noch einmal zu, dieses Mal fester. »Sag schon, sonst kannst du morgen im Knabenchor singen!«

»Tz, tz«, machte Louis, »wo hast du das denn her? Antworte lieber«, sagte er zum Killer und drückte ihm das Knie ins Kreuz, »sie meint es ernst.«

»Ich weiß es nicht«, kam stöhnend die Antwort.

»Blödsinn. Du musst das wissen.« Diesmal trat Leah ihm in die Nierengegend.

»Ich weiß es aber nicht. Wirklich!«, stöhnte der Angreifer.

»Wie hat man dich dann beauftragt, mich zu töten?«, fragte Leah, und diesmal ließ sie den Mann in Ruhe. Vielleicht würde er auch ohne ihre Tritte sprechen.

»Ich habe einen Anruf von einem Mann bekommen. Das Geld und ein Bild von Ihnen fand ich an einem verabredeten Ort. Ich kenne den Namen des Mannes nicht und weiß auch nicht, wie er aussieht.«

»Wie hast du mich gefunden? Ich habe keinen Verfolger bemerkt.« Leah hatte auf der ganzen Fahrt ergebnislos nach einem neuen Schatten Ausschau gehalten. »Los, red schon, du hast nur zwei Nieren!«

»In dem Paket mit dem Geld und dem Foto war auch ein Peilempfänger«, stöhnte der Mann, »an Ihrem Boot ist ein Sender, sagte man mir.« Wie zur Bestätigung förderte Louis in diesem Moment den Empfänger aus der Jackentasche des Mannes zutage. »Das ist alles, was er bei sich hatte, außer der Waffe und fünf Ersatzmagazinen. Keinen Ausweis.«

Mist, dachte Leah, ein zweiter Sender an Robertos Boot! Darauf hätte sie kommen müssen.

»Lass uns die Polizei rufen. Die sollen ihn abholen«, meinte Louis, der gespannt zugehört hatte. Doch dazu sollte es nicht mehr kommen, denn der Angreifer nahm seine ganze Kraft zusammen und warf Louis von seinem Rücken ab. Blitzschnell schlug er Leah die Waffe aus der Hand, dass diese einige Meter weit weg flog, und rannte davon, als wären tausend Teufel hinter ihm her.

»Gut, dann eben keine Polizei«, stellte Leah ungerührt fest und blickte dem Mann hinterher. »Lassen wir ihn laufen. Er hat sein Geld bekommen, und wir haben seine Waffe. Vielleicht brauchen wir sie noch.« Sie betrachtete kurz die Pistole mit dem Schalldämpfer, nahm das Magazin heraus und zog den Schlitten zurück.

»Na, das reicht ja noch für einen Kleinkrieg«, meinte sie mit einem Blick auf die Reservemagazine. Dann ließ sie den Schlitten vorschnellen und steckte die Waffe in ihren Rucksack. Kurz dachte sie daran, dass ihre Schutzengel perfekte Arbeit leisteten. Faulpelze waren das wahrhaftig nicht.

»Verschwinden wir von hier, mein Lieber, Kapitän Roberto wartet am Ausgang. Ich mag keine Gräber mehr sehen, und außerdem möchte ich endlich wissen, was in der Messinghülse ist. Aber an einem angenehmeren Ort. Und am allerwichtigsten: Ich brauche jetzt dringend einen starken Kaffee. Wenn das so weitergeht, muss ich mir bald einen intravenösen Zugang legen lassen und meinen Kaffee darüber konsumieren. Musste heute sogar meinen Morgenespresso ausfallen lassen.«

Louis wusste, was das hieß. Leah würde ohne Koffeinschub innerhalb kürzester Zeit ungenießbar werden. Also folgte er ihr einfach zu Roberto und seinem Boot. Während der Fahrt durchsuchte Louis das Boot nach dem Peilsender, den er mit Hilfe des Empfängers nach kurzer Zeit fand. »Da bist du ja, mein Freund«, lachte er und zertrat ihn unter seiner Fußsohle wie eine lästige Kakerlake. Dann warf er beide Geräte in hohem Bogen in die Lagune.

Kapitel 53

Giulia Bertani war von der Intensivstation in ein normales Krankenzimmer verlegt worden. Sie hatte die Nacht hindurch tief geschlafen, und als sie aufwachte, saß ihr Mann an ihrem Bett. Er war nicht von ihrer Seite gewichen. Sie schaute ihn fragend an.

»Bin ich's, beziehungsweise, ist sie es?«

»Was meinst du, Liebling?« Claudio verstand nicht sofort.

»Ist sie meine Schwester?«

»Nein, Schatz, das ist sie nicht.«

Giulia schloss die Augen und stieß einen tiefen Seufzer aus. »Was ist damals passiert? Was haben meine Eltern bloß gemacht?«

In diesem Moment klopfte es leise an der Tür, und Sofia und Giovanni betraten das Krankenzimmer.

»Das kannst du sie besser selbst fragen«, meinte Claudio, gab seiner Frau einen zärtlichen Kuss und verließ das Zimmer, damit seine Schwiegereltern ungestört reden konnten. Und das taten sie. Mit jedem Wort fiel ihnen ein Teil der Last vom Herzen, die sie drei Jahrzehnte mit sich herumgetragen hatten. Giulia hörte schweigend zu.

»Es tut uns leid, mein Kind. Aber wir mussten es einfach tun.« Sofia hatte Angst vor der Reaktion ihrer Tochter. Aber Giulia war noch nicht ganz über den Berg und brauchte eine Weile, bis sie das Gehörte verarbeitet hatte.

»Ihr habt mich gekauft? Das heißt ja, dass ich nie herausfinden kann, wer meine leiblichen Eltern sind, weil der Arzt und die Krankenschwester tot sind. Und was ist, wenn auch ich meinen Eltern entrissen wurde, so wie die Schwester von Leah DeMarco?«

»Wir werden das herausfinden, mein Schatz. Du sollst wissen, wer deine wirklichen Eltern sind, und erst recht, wenn diese glauben, du seist bei der Geburt gestorben. Leah DeMarco ist schon wieder auf der Suche nach ihrer Schwester. Sie hat Claudio gebeten, sich bei ihr zu melden, wenn du wach bist. Wir werden sie fragen, vielleicht kann sie das auch herausfinden«, versicherte ihr Sofia.

»Du musst uns verstehen. Wir lieben dich, als wärst du unser eigen Fleisch und Blut.« Giovanni sah Giulia flehend an.

»Ich verstehe euch, und ihr werdet immer meine Eltern bleiben. Aber nach dem, was alles geschehen ist, möchte ich nun einfach wissen, wer meine leiblichen Eltern sind. Das müsst ihr auch verstehen«, entgegnete Giulia.

»Das tun wir.« Sofia nahm ihre Tochter in den Arm, und stellte glücklich fest, dass diese die Umarmung erwiderte.

»Wir lieben dich«, flüsterte sie ihrer Tochter ins Ohr.

»Ich euch doch auch«, kam die leise Antwort von Giulia.

Kapitel 54

»Hier willst du einen Kaffee trinken? Schau dich um, man kann ja kaum durch die Scheiben sehen, so schmierig sind sie. Und die Tischdecke dient als Tageskarte. Oder vielleicht als Wochenrückschaukarte?« Angewidert studierte Louis die vielfarbigen Flecken. »Teuer ist es auch. Hast du dir die Preise auf der Tafel angeschaut?« Louis schüttelte den Kopf. Sie befanden sich mittlerweile in einem kleinen Café an den Fondamente Nuove, direkt gegenüber der Friedhofsinsel.

»Roberto sagt, hier gibt es guten Kaffee. Ich bin gegen alles geimpft, und im Augenblick würde ich auch meine Großmutter für einen Schluck Kaffee verkaufen. Aber bitte sag ihr das nicht.« Leah lachte. »Sonst noch was zu meckern?«

Dann wurde sie wieder ernst, und während sie auf die Bestellung warteten, zog sie die Messinghülse, die sie unter dem Steinengel gefunden hatte, aus ihrem Rucksack und betrachtete sie aufmerksam. Sie hatte sie schon bei der Überfahrt untersuchen wollen, doch Louis hatte ihr wegen des Wellengangs davon abgeraten.

»Sie war in der hohlen Figur versteckt«, erklärte Leah und versuchte, den Schraubverschluss in der Mitte der Hülse zu drehen. »Er ist verlötet«, stellte sie bedauernd fest, doch Louis hatte schon ein Feuerzeug aus der Tasche geholt und hielt es ihr hin.

Vorsichtig erhitzten sie die Lötstelle und ließen das Zinn in einen Aschenbecher tropfen. »Jetzt müsste es gehen, autsch, verdammt, das ist heiß!« Leah verzog das Gesicht und blies auf ihre Finger.

»Frau und Technik! Feuer ist nun mal heiß.« Louis verdrehte die Augen, zog mehrere Papierservietten aus dem Spender und fasste die Hülse, die Leah auf den Tisch hatte fallen lassen, mit beiden Händen. Nach einiger Anstrengung schaffte er es, die beiden Hälften auseinanderzudrehen und die Hülse zu öffnen. Eine Rolle aus vergilbtem Papier kam zum Vorschein. Vorsichtig, um sie nicht zu beschädigen, zog Leah sie heraus und strich das Papier auf dem Tisch glatt.

Vor ihr lagen drei Bögen im Format DINA4, die eng beschrieben waren. Anscheinend hatte Antonio einiges zum Aufschreiben gehabt.

In diesem Moment kam der bestellte Kaffee für Leah und die Cola für Louis. Er hatte darauf bestanden, die Flasche ungeöffnet serviert zu bekommen, und schnippte den Kronkorken geschickt mit dem Feuerzeug weg. »Wegen der Hygiene«, meinte er zur Erklärung, ignorierte das Glas und nahm einen langen Zug direkt aus der Flasche. Nachdem auch Leah einen großen Schluck von ihrem Kaffee genommen hatte, nahm sie die Seiten vom Tisch und begann, das Schreiben halblaut vorzulesen, so dass Louis mithören konnte. Angst, belauscht zu werden, brauchten sie nicht zu haben. In dem Café war nicht gerade viel los. Außer ihnen saßen nur noch ein einzelner Mann hinter einer Zeitung und ein Pärchen an den Tischen.

Venedig, 7. Dezember 1980

Ich schreibe diese Zeilen auf, falls ich nicht den Mut dazu finden sollte, meiner Familie und den anderen Menschen, denen ich wehgetan habe, jemals die Wahrheit zu sagen. Es kann sein, dass ich schon tot bin, wenn jemand diese Zeilen liest, und ich hoffe, dass mir vor allem mein Bruder irgendwann vergeben kann.

Doch zuerst muss ich ein wenig in die Vergangenheit abschweifen.

Vor nun etwa vier Jahren hat alles begonnen. Ich war gerade neunzehn Jahre alt als ich das Spielen für mich entdeckte. Am liebsten spielte ich Poker oder Black Jack.

Es dauerte nicht lange und ich war süchtig. Jede freie Minute verbrachte ich im Hinterzimmer einer zwielichtigen Bar hier in Venedig, wo regelmäßig Pokerrunden stattfanden, bei denen es um richtig viel Geld ging. Natürlich hatte ich dieses Geld nicht und musste mir bald welches leihen. So hat alles begonnen. Ich lieh mir am Anfang nur mal hier eine Million Lire mal dort eine Million Lire und schon bald war ich mitten drinnen. Meine Geldgeber hetzten mir ihre Schläger auf den Hals, weil ich ihnen nichts zurückzahlen konnte. Ich spielte immer mehr, in der Hoffnung, an das große Geld zu kommen und meine Schulden damit begleichen zu können. Doch ich machte nur noch mehr Schulden.

Eines Tages traf ich Sarah Trenti. Ich habe mich sofort in sie verliebt. Es dauerte nicht lange, und wir wurden – obwohl sie verheiratet war – ein Paar. Sie war genau auf meiner Wellenlänge. Auch sie hatte es nicht so mit dem Gesetz und schlug gerne mal über die Stränge.

Sie arbeitete im Ospedale Civile. Zuerst auf der gynäkologischen Station, und nach einiger Zeit wechselte sie auf die Geburtsstation. Wir waren beide ständig in Geldsorgen, und mir saßen immer noch die Geldeintreiber im Nacken. Deshalb brauchten wir dringend eine Lösung, wie wir möglichst schnell an möglichst viel Geld herankommen konnten.

Eines Tages erzählte mir Sarah, dass sie nun wisse, was wir machen müssten, um all unsere Schulden zu begleichen. Sie

hatte eine Patientin auf der Station, die gerade ein Kind geboren hatte, es aber nicht haben wollte. Die Frau klagte Sarah ihr Leid. Und da hatte Sarah eine Idee. Sie schlug der Patientin vor, ihr das Kind zu geben, sie würde Eltern dafür finden, die sicher einiges dafür zahlen würden.
Und so begann alles. Ich suchte Paare, die unbedingt ein Kind haben wollten, und Sarah besorgte mir die Kinder von Patientinnen, die in einer Zwangslage waren und dringend Geld brauchten. Wir gaben ihnen einen kleinen Teil davon, und mit dem Rest beglichen wir langsam unsere Schulden.
Vor etwa einem Monat hatten wir unsere Schulden bis auf einen kleinen Teil fast ganz getilgt und wollten mit der Sache aufhören. Es wäre alles gut gegangen. Aber dann ritt mich der Teufel, und ich musste unbedingt noch ein Spiel machen. Es war ein sehr wichtiges Spiel, denn es hatte sich jemand zu diesem Spiel angemeldet, gegen den ich unbedingt gewinnen wollte. Aber es kam alles anders. Ich verlor und hatte am Ende mehr Schulden als je zuvor. Doch das Schlimmste war, dass mein Gegner, bei dem ich jetzt in der Kreide stand, ein gefürchteter Mafiaboss war. Er war bekannt dafür, dass er über Leichen ging. Er hatte von dem Kinderhandel, den ich betrieb, gehört und machte mir ein Angebot, da ich das Geld nicht bezahlen konnte. Er wollte so schnell wie möglich für seine Frau ein Kind haben. Da gab es nur ein Problem. Auf der Station von Sarah war keine Frau zur Geburt angemeldet, die auch nur den Anschein gemacht hätte, dass sie ihr Kind verkaufen würde. Ich musste ihn also vorerst noch vertrösten, was allerdings nicht lange gut gehen würde.
Vor zwei Wochen kam dann eine Schwangere, die ihr Baby nicht behalten wollte. Zuerst wollten wir ihm dieses Baby ge-

ben, allerdings hatte das gleich nach der Geburt starke Gelbsucht, und so konnte ich es ihm nicht geben. Ich wusste aber, dass es mich teuer zu stehen kommen würde, könnte ich ihm nicht so schnell wie möglich ein gesundes Baby besorgen. Das kranke Baby verkauften wir einer Frau und deren Mann, die mit meiner Schwägerin im Zimmer lag.

Der Mafiaboss machte Druck, mit ihm war nicht zu spaßen. Er sah zwar nicht sehr furchterregend aus, einmal abgesehen von seinen stechenden blaugrauen Augen, deren Blick durch Mark und Bein ging, doch ich hatte genug über ihn gehört, um zu wissen, dass es hier um mein Leben ging. Und so machte ich den Fehler meines Lebens, der auch der Grund für diesen Brief ist, den mein Bruder hoffentlich einmal lesen wird. Er wird mich dann sicher nicht verstehen, aber vielleicht ist es ihm irgendwann möglich, mir zu verzeihen.

Ich wusste, dass meine Schwägerin bald Geburtstermin hatte und so fassten Sarah und ich einen folgenschweren Plan.

Wir erpressten Dottore Ancilotto mit einer alten Geschichte, meinem Bruder und seiner Frau nach der Geburt ihrer Tochter von deren tragischen Tod zu erzählen und gaben das Kind, meine Nichte Carla, an den Mafiaboss und seine Frau.

Sarah hatte durch Zufall einmal ein Gespräch zwischen Dottore Ancilotto und einem alten Studienkollegen mitbekommen, bei dem es um Rezepte ging, die sie während ihrer Ausbildung als Ärzte im Praktikum an Junkies verkauft hatten. Anscheinend hatte Dottore Ancilotto dringend Geld gebraucht und sich dieses so dazuverdient. Er war nicht stolz auf diese Taten, aber konnte sie nicht mehr ungeschehen machen. Es war ihm aber so wichtig, dass keiner etwas davon wusste, dass er auf unseren Deal einging. Wir würden niemandem von sei-

nen Machenschaften erzählen, und im Gegenzug gab er uns Carla und arrangierte eine fingierte Beerdigung.
Alles lief wie am Schnürchen. Der Mafiaboss hat nun was er wollte, eine gesunde Tochter. Ich habe keine Schulden mehr, und Dottore Ancilotto braucht keine Angst mehr zu haben, dass jemand etwas von seiner Vergangenheit erfährt. Alle sind glücklich.
Nur mein Bruder und meine Schwägerin nicht. Doch daran kann ich im Moment leider nichts ändern. Ich hoffe, dass ich eines Tages so weit bin, dass ich ihnen alles erzähle. Falls das nicht der Fall sein wird, weil ich zu feige bin oder weil mir was passiert ist, so hoffe ich, dass ich noch Gelegenheit habe, meinem Bruder einen Hinweis zu hinterlassen, der ihn zu diesem Brief führt.
Ich schwöre hiermit, dass ich ewig bereue, was ich getan habe und mein restliches Leben lang meinem Bruder in allem zur Seite stehen und immer helfen werde.
Immer in der Hoffnung, dass er mir eines Tages vergeben wird.

Wenn jemand diesen Brief findet und ich schon tot bin, möge er ihn doch bitte meinem Bruder Luigi DeMarco zukommen lassen. Er lebt bei seiner Schwiegermutter Matilda Tozzi, am Campo Santa Maria Formosa neben dem leerstehenden Palazzo Priuli.

Der Mafiaboss nennt sich Toni Moretti, das ist allerdings sicher nicht sein offizieller Name, aber im Milieu ist er damit bekannt. Sein Hauptquartier ist das Hinterzimmer eines Juweliergeschäfts, das auf der Westseite des Markusplatzes, gegenüber der Markuskirche liegt. Es gehört einem Freund von ihm, der ihm anscheinend etwas schuldig ist, denn wer hat schon gern die Mafia im Hinterzimmer sitzen.

Ich hoffe für meinen Bruder, dass er seine Tochter eines Tages findet. Vielleicht mithilfe dieser Zeilen.

In aufrichtiger Reue,
Antonio DeMarco

Während des Lesens hatten Leahs Lippen immer mehr angefangen zu zittern. »Dieses verdammte, elende, dreckige Arschloch!«, platzte es jetzt aus ihr heraus. Sie warf den Brief auf den Tisch und kippte ihren letzten Rest Kaffee hinunter.

»Da muss ich dir ausnahmsweise mal recht geben«, merkte Louis an und nahm den Brief, um ihn sich genauer anzusehen.

»Der hat doch nicht wirklich geglaubt, dass mein Vater ihm das jemals verzeihen wird. Wenn er jetzt noch leben würde, ich kann dir sagen, dann würde ich ihn erledigen, dieses Schwein, aber sicher nicht so gnädig und schnell mit einer einfachen Kugel.« Leah schüttelte den Kopf, um sich zu beruhigen. »Ich muss meinen Vater anrufen, er muss dringend von diesem Brief erfahren. Hast du schon eine Bleibe?«, fragte sie dann. Louis hatte abgewartet, bis Leahs Wut sich ein bisschen verflüchtigt hatte. Ganz würde diese Wut erst verschwinden, wenn sie Carla gefunden hatte, das wusste er.

»Nein«, antwortete er ihr.

»Du kannst sicher bei Nonna bleiben, sie hat noch ein super Gästezimmer. Aber jetzt möchte ich mich erst einmal am Markusplatz nach ein paar Diamantohrringen umsehen. Ich wollte schon immer welche haben.« Leah grinste Louis an.

Der wusste genau, was sie vorhatte. »Okay, Liebling, dann gehen wir mal schauen, was es da so für dich gibt. Du möchtest sicher etwas in höherer Preislage.«

»Natürlich. Was denn sonst, mein Schatz.« Leah hob ihre Nase etwas und verfiel in einen blasierten Ton. »Das Beste wird gerade gut genug sein für mich.« Für die beiden war es ein Leichtes, in die Rolle eines deutschen Ehepaares zu schlüpfen, das sich nach teurem Schmuck umsah. Erstens waren sie verheiratet, und zweitens: Umsehen kostete ja nichts. Lachend zahlten sie ihre Getränke und verließen das Café.

Durch das Gewirr der Kanäle fuhr Roberto sie quer durch Venedig bis zum Markusplatz ganz im Süden der Stadt. Als sie zwischen den beiden Säulen hindurchgingen, meinte Leah bedauernd: »Hier rollten früher die Köpfe von Verbrechern über das Pflaster. Ich finde, man sollte diesen Brauch wieder einführen.« Am Campanile, vor dem wie immer eine große Menschenmenge darauf wartete, von oben einen Blick über die Stadt und die Lagune werfen zu können, bogen sie nach links ab und steuerten auf die westliche Schmalseite des riesigen Platzes zu.

Kapitel 55

Langsam öffnete Isabella die Eingangstür des Palazzos am Canal Grande. Paolo Castello war in der Küche und kochte sich den ersten Kaffee, als er das Geräusch der schweren Holztür hörte. Kann das Isabella sein?, fragte er sich. Sie wollte doch erst morgen kommen. Er spürte, wie sein Magen nach unten sackte und ging in die Empfangshalle.

»Isabella?«

»Hallo, Papa. Überraschung!« Seine Tochter warf sich in seine Arme. »Freust du dich? Meine Vorlesung am Nachmittag fällt aus, weil der Professor krank ist, und da dachte ich, ich komme schon heute.«

Aber was Paolo empfand, war alles andere als Freude. Das brachte nicht nur seine Pläne durcheinander, nein, seine Tochter schwebte in höchster Gefahr. Denn niemand anderes als er selbst hatte den Auftrag gegeben, eine junge Frau aus dem Weg zu räumen, die seiner Isabella zum Verwechseln ähnlich sah. Schließlich hatte er geglaubt, seine Tochter sei fern jeder Gefahr in Padua. Und jetzt war sie hier in Venedig! Warum nur musste sie heute schon kommen? Er hatte gehofft, dass die unerfreuliche Sache bei ihrer Ankunft bereits geregelt sein würde. Aber sein Auftragsnehmer hatte sich noch nicht gemeldet. Isabella durfte nichts von seinen Sorgen merken. Er lächelte sie an.

»Sicher freue ich mich, mein Schatz. Du kommst genau richtig. Lass uns zusammen frühstücken. Dann kannst du mir von deinen Erlebnissen in der Ferne erzählen.« Er legte ihr den Arm um die Schulter und führte sie in die Küche.

»Ist alles in Ordnung, Papa?« Isabella merkte, wie angespannt ihr Vater war.

»Natürlich, was sollte nicht in Ordnung sein?« Paolo bemühte sich, seine Stimme möglichst unbekümmert klingen zu lassen.

»Ach, ich dachte nur.« Isabella fegte ihre Sorgen beiseite und freute sich einfach, wieder in Venedig zu sein.

Beim Frühstück besprachen die beiden, was sie den Tag über machen wollten. Isabella schlug vor, mittags unbedingt zusammen in die neu eröffnete Trattoria essen zu gehen, von der Paolo so begeistert erzählte. Doch Paolo verschob das auf den nächsten Tag und erklärte, noch dringende Geschäfte erledigen zu müssen. Ihm war nicht wohl dabei, denn er log seine Tochter ungern an. Aber, hatte er das nicht schon seit Jahren ständig getan? Es hatte ihm nie gefallen, aber es musste einfach sein.

Kapitel 56

Auf dem Weg besprachen Leah und Louis ihre Strategie. Sie waren Touristen, und Louis sollte so tun, als wolle er ihr zum Hochzeitstag einen ganz extravaganten Ring kaufen, das passte besser als Diamantohrringe. Bei der Gelegenheit würden sie sich das Geschäft genau anschauen.

Sie fanden es tatsächlich unter den Arkaden, es war das Einzige auf dieser Seite des Platzes. Das Schaufenster war wegen der besseren Wirkung betont schlicht mit einigen wenigen Schmuckstücken dekoriert. Louis überlegte, dass ihn jedes sicherlich ein Jahresgehalt kosten würde – naja, zumindest die ersten paar Raten würde er davon bezahlen können. Es war ein alteingesessenes Geschäft für noble Kundschaft. Nichts für Tagestouristen mit kleiner Reisekasse. Leah war sich sicher, dass es sich um das Geschäft handelte, das ihr Onkel in seinem Brief beschrieben hatte und das Toni Moretti für seine zwielichtigen Machenschaften nutzte, und sie hoffte, dass er das immer noch tat.

Leah betrat den Verkaufsraum als Erste und tat so, als wolle sie sich einen Überblick über das Angebot verschaffen. In Wirklichkeit erfasste sie jede Einzelheit des Ladens. Das Geschäft war nicht sehr groß und wurde im hinteren Teil dominiert von einer langen Glastheke. An beiden Seiten schlossen sich hohe Glasvitrinen an, in denen besonders schöne Schmuckstücke ausgestellt waren. Inmitten des Raumes standen zwei weitere hohe Glasvitrinen, bestückt mit Uhren der verschiedensten Edelmarken. Unter der Decke blinkten die roten Lichter mehrerer Videokameras. Dann bemerkte Leah, dass der Verkäufer, der in einem dunklen Anzug hinter dem Glastresen stand, sie erstaunt anstarrte, so als hätte sie zwei Köpfe. »Buon giorno!«, grüßte sie freundlich, aber es kam keine Antwort.

Als Louis eintrat, wanderte auch sein Blick einmal durch den Raum. Beide hatten in ihrer Ausbildung bei der Polizei gelernt, mit einem Blick alle wichtigen Details aufzunehmen, um sie hinterher sicher wiederzugeben.

»Buon giorno«, grüßte nun der Verkäufer, der offenbar seine Sprache wiedergefunden hatte. »Wie kann ich Ihnen helfen?«, setzte er beflissen auf Italienisch hinzu. Louis ging zu ihm hin, während Leah sich weiter die Auslagen ansah. Mehr interessierte sie sich jedoch für eine unscheinbare Stahltür hinter der Theke in einer Ecke des Raumes.

»Hallo, Tag, sprechen sie Deutsch?«, fragte Louis, der dem Verkäufer keinen Heimvorteil geben wollte.

»Si, Signore, eine wänig«, antwortete der Verkäufer in gebrochenem Deutsch.

»Gut!« Louis stützte sich angeberisch mit beiden Händen auf die Theke und beugte sich zu dem Verkäufer. »Hören Sie zu, ich suche einen Ring für meine Frau. Wissen Sie, wir haben morgen Hochzeitstag und ich habe ihr versprochen, dass sie sich einen aussuchen darf«, sagte Louis, dann beugte er sich noch weiter über den Tresen und setzte leise hinzu: »Aber bitte zeigen Sie uns nicht die ganz teuren. Fünfzigtausend ist das Limit. Sie wissen sicher, wie das ist. Frauen haben ein Händchen dafür, sich immer das teuerste Stück auszusuchen, und das muss ja nicht sein.« Er zwinkerte dem Verkäufer verschwörerisch zu, war sich aber nicht sicher, ob der alles verstanden hatte.

Doch der Verkäufer stieß einen langen Seufzer aus. »Si, Signore, natürrlich«, meinte er und holte zwei mit Samt beschlagene Tabletts mit Brillantringen unter der Theke hervor.

»Kommst du mal, Schatz?«, rief Louis zu Leah, die aufmerksam die Tür beobachtet hatte. Außer ihnen befand sich niemand im Geschäft.

»Ja, mein Hasi.« Leah setzte eine zuckersüße Miene auf. Eingehend betrachtete sie die Brillantringe, einen nach dem anderen. Dann hob sie den Blick und sah dem Verkäufer in die Augen. »Davon gefällt mir keiner«, mimte sie die anspruchsvolle Ehefrau auf der Jagd nach dem größten Klunker im Laden. »Haben Sie keine besseren?«

Der Verkäufer zögerte kurz und blickte Louis entschuldigend an, dann stellte er die beiden Tabletts wieder weg, nahm ein weiteres Tablett aus einer anderen Schublade und stellte es vor Leah.

»Prego, Signora, unsere bästen Stücke.«

Louis schaute den Verkäufer verärgert an. Leah besah sich die Ringe kurz und zeigte dann auf einen, der ihr als der teuerste erschien. Es war ein Volltreffer. Louis erhaschte einen Blick auf das winzige Preisschild, das aber für sechs Stellen vor dem Komma groß genug war. Jetzt war er wieder an der Reihe.

»Schatz, der ist zu teuer«, zischte er, »wir haben das doch besprochen.« Dann beugte er sich zu Leahs Ohr und flüsterte laut genug, dass es der Verkäufer mitbekam: »Wenn du auch noch das Cabrio haben möchtest, dann such dir einen anderen aus, einen von den ersten beiden Tabletts.«

Leah zog einen vollendeten Schmollmund. »Wieso das denn? Ich will aber diesen Ring haben und keinen anderen«, rief sie trotzig.

»Weil ich nicht so viel Geld habe«, flüsterte Louis eindringlich. »Jetzt mach hier bitte keine Szene!«

»Das ist mir egal!« Leahs Stimme war jetzt mindestens eine Oktave höher und doppelt so laut. »Ich will den und keinen anderen und basta. Sieh zu, dass du ihn mir kaufst, sonst kannst du zuhause ins Gästezimmer ziehen.« Wütend stapfte sie zum Ausgang, wo sie sich noch einmal umdrehte. »Und den SL krieg ich trotzdem«, keifte sie, bevor sie endgültig die Tür hinter sich zuknallte. Draußen musste sie sich erst einmal etwas vom Laden entfernen, bevor sie in lautes Lachen ausbrach. Als Schauspielpärchen waren sie einfach unschlagbar.

Im Geschäft wandte sich Louis an den Verkäufer, der die Szene stumm verfolgt hatte. »Ich habe Ihnen doch gesagt, sie sollen ihr die teuren Ringe nicht zeigen«, sagte er mit eisiger Stimme. »Jetzt habe ich den Ärger! Was ist das hier bloß für ein Saftladen, wenn man nicht einmal richtig bedient wird. Nun kann ich wieder mit meiner Frau diskutieren, nur weil Sie nicht auf Ihre Kunden hören. Sicher kann man bei diesem Preis noch etwas machen.«

Der Verkäufer setzte eine bedauernde Miene auf. »Scusi, tut mirr leid, Signore, das kanne nurr Geschäftsführer entscheiden, derr kommt erste am Nachmittag.«

Louis schaute ihn hochnäsig an. »Gut, damit hatte ich schon gerechnet, dass Sie das nicht dürfen. Ich werde dann also wiederkommen. Machen Sie sich darauf gefasst, dass das Ärger geben wird«, schnaubte er und verließ den Laden.

Leah wartete in einigem Abstand zu dem Juwelierladen.

»Ich will, ich will«, lachte Louis. »Das war klasse.« Leah stimmte in sein Lachen ein.

»Der Besitzer kommt am Nachmittag, hat er gesagt, nachdem ich ihm ein schlechtes Gewissen gemacht habe, dass er dir die teuersten Stücke gezeigt hat.«

»Dann werden wir am Nachmittag wiederkommen. Vielleicht kann er uns zu Toni Moretti führen«, stellte Leah fest.

»Bis dahin sollten wir den Laden nicht aus den Augen lassen. Würde mich wirklich interessieren, welche Leute dort so ein und aus gehen«, schlug Louis vor.

»Superidee. Ich hab sowieso inzwischen einen Bärenhunger. Wir haben Glück mit dem Wetter, da können wir hier irgendwo draußen sitzen und das Geschäft beim Mittagessen beobachten.«

»Du willst hier etwas essen?« Louis runzelte die Stirn. »Hast du vielleicht heimlich gespielt? Vielleicht liegt das ja in der Familie, nur dass du eben gewinnst. Ich möchte nicht wissen, was hier ein Mittagessen kostet.«

»Was bist du neuerdings so knauserig, mit deinen Hasen gehst du doch auch immer in die besten Restaurants der Stadt«, entgegnete Leah.

»Aber du bist keiner meiner Hasen.«

»Was bin ich dann für dich?« fragte Leah.

Meine beste und einzige Freundin, wollte Louis sagen, mit der ich über alles reden kann und bei der ich sein kann, wie ich eben bin. Doch das verkniff er sich. Leah hatte sein Zögern bemerkt und schaute ihn forschend an:

»Na was? Sag schon.«

»Mein altes abgelegtes Eheweib, das mich zum Mittagessen einlädt«, grinste er.

Sie boxte ihn in den Arm.

»Na dann komm, du abgelegter alter Ehemann. Ich kann dich ja nicht verhungern lassen.«

Lachend suchten die beiden sich einen Tisch, von dem aus sie den besten Blick auf das Juweliergeschäft hatten.

Kapitel 57

Isabella und Paolo saßen immer noch beim Frühstück. Während sich Isabella noch einen Espresso nahm, fragte sie: »Du musst also heute Nachmittag ins Geschäft?«

»Ja, tut mir leid. Ich wusste ja nicht, dass du heute schon kommst, sonst hätte ich das natürlich verschoben.«

»Schade. Aber egal, ich werde mich einfach mit ein paar Freundinnen treffen.« Paolo zuckte zusammen. Mit Freundinnen treffen? Das musste er verhindern.

Isabella hatte nichts bemerkt. »Wie läuft denn das Geschäft so?«, fragte sie.

»Wie immer gut«, antwortete er ausweichend.

»Papa, du verkaufst jetzt schon seit etlichen Jahren mit Erfolg den teuersten Schmuck an reiche Leute. Hast du nicht mal darüber nachgedacht, eine Filiale in einer anderen Stadt aufzumachen? Zum Beispiel in Padua?«

»Nein. Ich mag nicht für mehr Mitarbeiter verantwortlich sein. Die drei reichen mir. Sind anstrengend genug.«

Es war ihm gelungen, diese Erklärung halbwegs scherzhaft klingen zu lassen. Isabella sollte niemals erfahren, dass er viel mehr als drei Mitarbeiter hatte. Aber die kamen nicht durch den Laden in sein verschwiegenes Hinterzimmer, die kamen durch eine kleine Tür auf der Rückseite des Gebäudes. Und die drei Verkaufskräfte, zwei in Vollzeit und eine in Teilzeit, die waren noch nie in den hinteren Räumlichkeiten gewesen, das war ihnen streng verboten. Sie kannten lediglich das Büro, direkt hinter der kleinen Stahltür. Alle Räume hinter diesem Büro waren tabu und auch stets versperrt. Da ging er kein Risiko ein. Zum Glück stellten seine drei Mitarbeiter keine Fragen. Vor einigen Jahren hatte ein guter Verkäufer dran glauben müssen, weil er zu neugierig gewesen war und angefangen hatte, zu schnüffeln. Untereinander sprachen die drei Verkäufer sehr wohl über die geheimen Räumlichkeiten ihres Chefs, das wusste er. Seine Angestellte Anna Caldona vermutete, dass er dort seine geheime Pornosammlung vor seiner Familie versteckte. Mario Trattori dagegen, sein langjähriger Verkäufer, war der Ansicht, es sei besser, nichts zu wissen und auch keine Vermutungen anzustellen. Die Teilzeitkraft hielt sich völlig raus. Sie musste nur arbeiten, wenn einer der beiden anderen krank oder auf Urlaub war. Das Geld stimmte, alles andere war ihr egal.

»Papa!« Isabellas Stimme riss Paolo aus seinen düsteren Gedanken. »Mach das, wie du meinst. Mutter hat das ja auch immer gereicht. Du hast genug Geld nachhause gebracht, und mehr hat sie nicht interessiert.«

Zum Glück weiß sie nicht, dachte Paolo, dass das ganze Geld, das ihre Mutter so bereitwillig ausgegeben hat, nicht nur von dem kleinen Juwelierladen auf dem Markusplatz kam. Auch Isabella kannte nur sein Büro hinter dem Laden und nichts weiter. »Keine Ahnung, das gehört mir nicht«, hatte er einmal kurz und knapp auf ihre Frage geantwortet, was denn hinter der zweiten Stahltür sei. Und sie würde es hoffentlich auch nie herausfinden, jedenfalls würde er das zu verhindern wissen.

»Mir ist das Geld egal!« Isabellas Redefluss war nicht zu bremsen. »Es war nur so eine Idee von mir. Wann musst du denn im Geschäft sein? Vielleicht können wir vorher gemeinsam noch ein bisschen Venedig unsicher machen. Was hältst du davon, Papa?«

Paolo erstarrte. Venedig unsicher machen? Venedig war bereits unsicher, aber für seine Tochter, und er hatte Schuld daran. Während des Frühstücks war er immer wieder mit einem fadenscheinigen Grund nach dem anderen hinausgegangen und hatte ständig versucht, seinen Auftragnehmer zu erreichen, um die Jagd abzublasen, doch ohne Erfolg. Er musste davon ausgehen, dass der Mann immer noch unterwegs war, um eine Frau zu töten, der seine Tochter ähnlicher sah, als ihm derzeit lieb war.

»Hallo, Papa, was hältst du davon?« Paolo zuckte zusammen.

»Nun ja, … das halte ich für eine gute Idee. Aber möchtest du dich nicht lieber ein wenig hier im Haus beschäftigen?«

»Unsinn, Papa, ich bin jetzt hier in Venedig und möchte etwas unternehmen und am liebsten mit dir!«

»Na schön«, seufzte Paolo, »wir unternehmen etwas.« Er musste unbedingt diesen neuen Auftragskiller erreichen, um zu erfahren, ob die Hauptzielperson inzwischen erledigt war. Das konnte doch nicht so schwer sein. Nur – solange die Sache noch nicht abgeschlossen war, durfte er seine Tochter keinen Moment aus den Augen lassen. Er wollte wieder telefonieren, aber das ging jetzt schlecht. Gut, dass er diesem Killer die Nummer seines neuen, nicht registrierten Mobiltelefons gegeben hatte, so war er nicht ans Haus gefesselt. Das hätte er schon längst machen sollen. Aber warum rief der Mann nicht an? Er verschob den nächsten Anrufversuch auf später und besprach mit seiner Tochter, was sie sich gemeinsam ansehen würden.

Sie beschlossen, den Campo Santa Maria Formosa und die dortige Kirche zu besuchen. Wie die meisten Italiener war Isabella sehr gläubig und liebte es, gemeinsam mit ihrem Vater die wunderschönen, alten Gebäude der venezianischen Kirchen anzuschauen und dort ein kurzes Gebet zu sprechen. Wenig später machten sie sich auf den Weg in die Stadt.

Kapitel 58

»Das schmeckt hervorragend. Die italienische Küche ist einfach die beste der Welt, das habe ich schon bei deiner Mutter feststellen können. Warum hast du das eigentlich nie gelernt?«

Louis legte seine Gabel auf den Teller und sah Leah fragend an.

»Was soll ich nie gelernt haben?«, fragte diese und trank einen Schluck Rotwein.

»Das Kochen. Dein Kochen besteht aus Mikrowelle auf, Fertiggericht rein, Tür zu, eine Minute einstellen, wenn's klingelt Tür wieder auf und Mahlzeit.«

»Ich kann doch kochen. Kaffee. Das muss reichen, und außerdem bist du in unserer Ehe nicht vom Fleisch gefallen«, verteidigte sich Leah, während sie wieder einen Blick hinüber zum Juweliergeschäft warf.

»Aber nur, weil wir so oft bei deinen Eltern im Restaurant gegessen haben und ab und zu auch etwas von Jens' Esstisch für mich abgefallen ist.«

»Dann hast du ja keinen Grund, unsere Ehe zu vermissen. Zumindest dein Magen nicht«, erklärte Leah.

»Ich vermisse sie auch nicht.« Nicht unsere Ehe, dachte er.

»Gut, ich auch nicht. Dann hätten wir das geklärt und können uns endlich einmal darüber unterhalten, warum du eigentlich hier bist. Was ist in Frankfurt passiert, und warum bringt dich das dazu, nach Venedig zu fliegen?« Warum bedanke ich mich nicht einfach bei ihm, fragte sie sich im Stillen, er hat mir immerhin das Leben gerettet mit seinem plötzlichen Auftauchen.

Sie hatte das Bedürfnis, ihn einfach in den Arm zu nehmen und Danke zu sagen, weil sie sich wirklich freute, dass er da war, aber sie hielt sich zurück, aus Angst, Gefühle zu zeigen, die er missdeuten könnte. Denn die Sache mit Mann und Frau, die war zwischen ihnen Vergangenheit. Er würde doch nicht wissen, wie er damit umgehen sollte, noch weniger als sie. Aber sagen musste sie etwas, das war sie ihm schuldig.

Leah holte tief Luft. »Übrigens: Danke, dass du mir das Leben gerettet hast. Du bist wirklich im richtigen Augenblick aufgetaucht.«

»Kein Problem.« Er wusste, dass ihr dieses Dankeschön nicht leicht gefallen war und freute sich umso mehr darüber.

»Ich erzähl dir jetzt mal, was in Frankfurt alles los war und dann erzählst du mir, was hier alles passiert ist. Dann sind wir beide auf demselben Stand und können diesen Mafiaboss suchen.«

Louis berichtete vom Stand der Ermittlungen im Mordfall Antonio. Die Ermittlungsfehler ließ er aus. »Jetzt du«, meinte er dann.

Leah schilderte ihm, was sie in Venedig alles herausgefunden hatte. Sie ließ nichts aus, auch nicht den ersten Angriff von dem Mann mit Hut.

»Hey, ich wusste schon immer, dass mit dir nicht zu spaßen ist, aber dass Pfefferspray so eine effektive Waffe sein kann, wusste ich nicht.« Er grinste sie an.

Während ihrer Unterhaltung schauten sie beide immer wieder hinüber zum Juweliergeschäft. Allerdings passierte da gerade sehr wenig.

»Ist dir eigentlich aufgefallen, dass das Geschäft anscheinend geschlossen hat? Niemand geht hinein und auch keiner hinaus«, fragte Louis gegen Ende des gemeinsamen Mittagessens.

»Ja, ist es. Ich habe vergessen, dass hier ja manche Geschäfte über Mittag zumachen. Wir können das aber für uns nutzen und einmal einen Blick von außen ins Geschäft werfen und uns auch die Hinterseite ansehen«, schlug Leah vor.

»Gute Idee!«

Leah winkte dem Kellner und bat um die Rechnung, die ihr sofort gebracht wurde. Sie blätterte einige Scheine auf den Tisch. »Grazie!« Sie strahlte den Kellner an und nickte dankend. »Mille grazie!«, dankte der Kellner seinerseits.

Louis griff sich an den Kopf. »Spinnst du? Du gibst bei den Preisen auch noch Trinkgeld? Hast du etwa im Lotto gewonnen und verschleuderst jetzt dein Geld? Du weißt, dass wir noch verheiratet sind und mir die Hälfte davon zusteht!« Er spielte den Entrüsteten.

»Genau, und an dieser Stelle bist du aus deinem Traum aufgewacht«, entgegnete Leah, packte ihren Rucksack und stand auf. »Komm, abgelegter Ehemann, wir haben zu tun.«

Wie ein braver Hund trottete Louis hinter ihr her.

Kapitel 59

Auf dem Campo Santa Maria Formosa fand ein Flohmarkt statt, und zahlreiche Menschen drängten sich durch die Gänge zwischen den aufgebauten Tischen. Überall wurde gehandelt und gefeilscht, und wenn das Geschäft an Sprachbarrieren zu scheitern drohte, ging es einfach mit Händen und Fingern weiter, meist mit Erfolg. Isabella genoss den Vormittag mit ihrem Vater. Immer wieder entdeckte sie unter den angebotenen Stücken etwas, das ihr gefiel, doch sie konnte sich nicht entscheiden, weil ja bereits am nächsten Tisch ein noch besseres Angebot auf sie wartete.

Nicht alle Besucher des Campo stürzten sich in das Gewühl. Am Rande des Campo fiel Isabella eine zierliche ältere Dame auf, die mit interessiertem Blick und sichtlicher Freude die umliegenden Gebäude musterte, bevor sie eine voluminöse japanische Spiegelreflexkamera aus neuester Herstellung ans Auge hob, auf den Auslöser drückte und sich dann dem nächsten Motiv zuwandte. Unwillkürlich musste Isabella an ihre Freundin und Studienkollegin Laura denken, die gerade auf dem Weg zu ihrer Familie nach Rom war, um ihre Großmutter zu beerdigen. In letzter Zeit hatte Laura wahnsinnig viel von ihrer Großmutter erzählt, die lange Zeit mit einer schweren Krankheit im Sterben gelegen hatte. Das hatte Isabella nachdenklich gemacht. Sie hatte wieder an ihre eigenen Großeltern denken müssen, die sie nie kennengelernt hatte und nur von Bildern kannte. In gewisser Weise war sie neidisch auf ihre Freundin, die anscheinend ein sehr gutes Verhältnis zu ihrer Großmutter gehabt hatte.

Während sie weiter die ältere Dame mit der Kamera beobachtete, fasste Isabella einen Entschluss. Sie würde ihren Vater wieder einmal nach seinen Eltern und Schwiegereltern fragen. Schon vor einigen Jahren hatte sie einmal versucht, mit ihm über ihre Großeltern zu sprechen. Ihr Vater hatte ihr damals zwar erklärt, warum sie sie nie zu Gesicht bekommen hatte. Aber irgendwie reichte ihr das nicht, und so wollte sie das Thema heute nochmals anschneiden. Es war ihr einfach danach, ein bisschen mehr über ihre Großeltern zu erfahren.

So erzählte sie ihm zuerst ein wenig von Laura und ihrer verstorbenen Großmutter, um dann unvermittelt überzuleiten: »Sag mal, wie waren eigentlich meine Großeltern, Papa? Erzähl mir doch noch mal von ihnen. Warum habe ich sie nie getroffen?«

Paolo sah Isabella überrascht an. Ihre Frage machte ihn nervös, nervöser, als er ohnehin schon war. Er wusste, dass sie vor etlichen Jahren schon einmal darüber gesprochen hatten, doch fiel ihm jetzt nicht mehr ein, was er seiner Tochter damals erzählt hatte. Was sollte er nun sagen? Er dachte sich einfach etwas aus und hoffte, dass es dieselbe Geschichte war, mit der er seinerzeit ihre Neugier befriedigt hatte. »Weißt du, Isabella«, begann er, »meine Eltern lebten auf Sizilien, und mein Vater war nie bereit, das Festland zu betreten. Meine Mutter musste sich fügen und so kamen sie uns nie besuchen.« In diesem Moment spürte er, wie sein Mobiltelefon in der Hosentasche vibrierte, und fuhr vor Schreck zusammen. »Entschuldige bitte!«, meinte er zu Isabella, ging einige Meter weg und meldete sich: »Pronto?« Er hörte eine Zeit lang angespannt zu und sagte dann: »Nein, derzeit keine Aktion mehr, ich melde mich wieder. Haben Sie das verstanden? Keine Aktion! Auf keinen Fall!«

Isabella beobachtete ihn nachdenklich. Hatte er nicht das letzte Mal erzählt, dass seine Mutter eine schlimme Krankheit hatte und deswegen nicht reisen durfte? Log er sie an? Das konnte oder, besser gesagt, wollte sie nicht glauben. Und heute Morgen auch noch diese auffällige Nervosität und die geheimnisvollen Telefonate! Paolo steckte das Mobiltelefon weg und kam zu ihr zurück.

»Ein unangenehmer Anruf?«, fragte Isabella.

»Nein, ganz im Gegenteil.« Er lächelte.

»Sag mal, hast du nicht früher erzählt, dass deine Mutter krank war?«, nahm sie das Thema wieder auf und beobachtete seine Reaktion. Er wirkte leicht verärgert, war aber gleich mit einer Erklärung zur Hand:

»Ja, das auch. Das war mit ein Grund, dass mein Vater die Insel nicht verlassen wollte.« Doch Isabella war jetzt hellhörig geworden. Was war nur mit ihrem Vater los? Soviel sie wusste, hatte er sie nie angelogen, zumindest glaubte sie das. Jetzt wurde sie unsicher und fragte weiter.

»Und warum sind wir dann nie zu ihnen gefahren?«

»Weil deine Mutter das nicht wollte. Vor deiner Geburt waren wir ein paar Mal bei ihnen zu Besuch, doch deine Mutter kam nie mit ihnen zurecht. Sie wollte auf keinen Fall, dass sie dich sehen, damit sie dich nicht genauso behandeln konnten wie sie.«

Das glaubte Isabella jetzt noch weniger, denn ihrer Mutter war es immer egal gewesen, wie man ihre Tochter behandelte. Im Gegenteil ihre Mutter hatte die Tochter eher als Ausrede benutzt, wenn es darum ging, die Großeltern auf Sizilien zu besuchen. Doch auch das glaubte sie inzwischen nicht mehr. Was bezweckte ihr Vater mit diesen Lügen?

Paolo versuchte verzweifelt, neue Ausreden zu erfinden. Die Wahrheit war: Sie hatten seine Eltern nicht mehr besuchen können, weil sie Isabella hatten und nicht wollten, dass Paolos Eltern auch nur entfernt auf die Idee kommen könnten, dass Isabella nicht ihre leibliche Tochter war. Ebenso wenig wollten sie, dass Isabella entdeckte, auf welche Weise die Familie in Wirklichkeit ihr

Geld verdiente. So reiste Paolo immer allein zu seinen Eltern und erfand immer etwas Neues, damit diese ihn und seine Familie nie in Venedig besuchen kamen. Zum Glück hatte sein Vater auf Sizilien genug zu tun. Und so fiel das nicht besonders auf.

»Und was war mit meinen anderen Großeltern? Mamas Eltern?« Isabella ließ nicht locker.

Inzwischen hatten die beiden die Kirche Santa Maria Formosa betreten. Isabella hoffte, dass ihr Vater wenigstens hier drinnen mit der Wahrheit herausrücken würde.

Paolo zögerte. Warum nur hatte er sich nicht gemerkt, was er seiner Tochter über ihre Großeltern mütterlicherseits erzählt hatte. Er dachte sich wieder etwas aus.

»Die wollten mit ihrer Tochter nichts mehr zu tun haben, nachdem sie mich geheiratet hatte. Sie konnten mich nie leiden und ließen das ihre Tochter spüren, indem sie den Kontakt vollkommen abbrachen.« Paolo spürte langsam die Unsicherheit seiner Tochter, und Isabella meinte, sich zu erinnern, dass er damals etwas Ähnliches erwähnt hatte, aber sicher war sie sich nicht. Konnte sie sich getäuscht haben und ihr Vater hatte sie doch nicht angelogen? Ihr war unbehaglich, aber sie wischte die Gedanken beiseite und widmete sich der Besichtigung der Kirche Santa Maria Formosa.

Langsam durchschritten die beiden das eindrucksvolle Innere der dreischiffigen Kirche.

Isabella war wie immer, wenn sie mit ihrem Vater historische Bauten besuchte, erstaunt über die vielen Einzelheiten der Architektur, die man erst bemerkte, wenn man wirklich aufmerksam hinschaute. Eingehend betrachtete sie jedes Detail, das ihrem Auge auffiel, und so war ihr auf einmal egal, was ihr eben noch so wichtig erschienen war. Einzig und allein ihr Vater und seine Gesellschaft lagen ihr jetzt am Herzen.

Paolo schaute Isabella von der Seite an. Er war erleichtert, die unmittelbare Gefahr gebannt zu haben, und das andere würde sich auch noch ergeben. Wie sehr er seine Tochter doch liebte, dachte er, er würde bis zum Äußersten gehen, um sie nicht zu verlieren. Und er würde jeden aus dem Weg räumen, der versuchte, sich zwischen ihn und seine Tochter zu stellen.

»Lass uns den Rest der Kirche anschauen und dann gehen. Ich muss bald ins Geschäft«, sagte er.

»Und ich streife ein wenig durch die Läden am Rialto«, verkündete Isabella, »vielleicht finde ich etwas Schönes.«

Draußen vor der Kirche umarmten sie sich und gingen in verschiedene Richtungen davon.

Keiner der beiden ahnte, dass sich Isabellas leibliche Großmutter in diesem Moment nur wenige Häuser entfernt den vierten Espresso kochte und immer wieder nervös auf die Uhr schaute. Sie wartete auf ein Lebenszeichen von Leah, die noch mit Louis auf dem Markusplatz auf Beobachtungsposten war.

Kapitel 60

Leah und Louis nutzten den Rest der Mittagspause, um sich das Juweliergeschäft noch einmal genauer anzuschauen. Zuerst warfen sie einen Blick durch das Schaufenster. Allerdings fiel ihnen dabei nichts auf, was sie nicht schon bei ihrem kurzen Besuch vor dem Essen dort gesehen hatten. Dann schlug Leah vor, das Ganze doch von hinten zu betrachten. Durch einen dunklen *Sotoportego* unter den Arkaden gelangten sie auf die Rückseite des Gebäudes.

»Das könnte vielleicht ein Hintereingang zum Geschäft sein«, bemerkte Leah und deutete auf eine unscheinbare Tür, die in derselben Farbe gestrichen war wie die Fassade, und deswegen kaum ins Auge fiel. »Nicht mal eine Klinke, wenn man nicht genau hinschaut, sieht man die Tür gar nicht.«

»Du hast recht. Nicht schlecht gemacht. Wenn Toni Moretti hier immer noch sein Unwesen treibt, was wir doch schwer hoffen, dann nutzt er diese Tür vielleicht für seine krummen Geschäfte. Ich kann mir nämlich kaum vorstellen, dass seine sauberen Geschäftsfreunde gerne durch ein Geschäft gehen, das komplett videoüberwacht ist.«

»Stimmt«, nickte Leah. »Wir sollten uns aufteilen. Am besten bewachst du die Hintertür und ich die Vordertür.«

»Normalerweise lass ich mich ungern herumkommandieren, aber ich werde ein Auge zudrücken. Schließlich geht es um deine Schwester.«

»Das will ich dir auch geraten haben. Du weißt, ich kann unter Umständen sehr ungemütlich werden«, stellte Leah trocken fest.

»Oh ja, daran kann ich mich durchaus erinnern.« Louis dachte an eine Situation, in der sich die beiden vor Jahren einmal aus einem nichtigen Grund, er wusste nicht einmal mehr weshalb, gestritten hatten. Leah hatte nach etlichen Schimpfwörtern und lautem Geschrei eine Kristallvase nach ihm geworfen, die ihn an der Schulter gestreift hatte, bevor sie an der Wand zu Bruch ging. Allein beim Gedanken daran fing seine Schulter wieder an zu schmerzen.

Leah ahnte, woran Louis dachte, da er sich leicht über die Schulter strich, und grinste ihn an.

»Du hast es doch überlebt.«

»Aber nur knapp. Mein Leben hing am seidenen Faden«, witzelte er.

»Blödsinn, stell dich nicht so an. Können wir uns jetzt bitte wieder konzentrieren? Die Mittagspause ist um. Ich gehe nach vorne, und du bleibst hier. Wenn du etwas bemerkst, ruf mich an.« Leah drehte sich um und verschwand im Durchgang zum Markusplatz. Sein »Yes, Ma'am!«, begleitet von einem Zusammenschlagen der Hacken, hörte sie schon gar nicht mehr.

Leah bezog ihren Posten und studierte interessiert jedes einzelne Schaufenster in der Nähe des Juweliergeschäfts, wobei sie dessen Eingang keine Sekunde aus den Augen ließ. Nach einer Stunde kannte sie sämtliche Preise von Handtaschen, die sie niemals kaufen würde, von Kleidung, die sie niemals tragen würde, und von Glasfiguren, die sie niemals in ihre Wohnung stellen würde. Gerade beschäftigte sie sich zum dritten Mal intensiv mit einem Ständer voller kitschiger Ansichtskarten, da fiel ihr ein Mann mittleren Alters in einem Nadelstreifenanzug auf, der mit schnellen Schritten über den Markusplatz kam und direkt auf den Eingang des Juweliergeschäfts zusteuerte. Bevor er die Tür öffnete und im Geschäft verschwand, blickte er kurz in ihre Richtung, und Leah durchfuhr ein eisiger Schreck. Nie zuvor hatte sie einen Menschen mit solch einem stechenden Blick gesehen. Das musste er sein! Das war eindeutig der Mann, den Antonio in seinem Brief beschrieben hatte. Toni Moretti! Ihr Herz klopfte bis zum Hals, aber gleichzeitig erwachte ihr Jagdinstinkt. Kurz wunderte sie sich, dass er nicht die Hintertür benutzte, schließlich gehörte der Laden doch seinem Freund. Aber darüber konnte sie sich später Gedanken machen. Mit ein paar schnellen Schritten war sie beim Juweliergeschäft und sah den Mann durch das Schaufenster gerade noch durch die kleine Stahltür am Ende des Ladens verschwinden.

Einen Augenblick lang überlegte sie, Louis anzurufen, doch dann kam die Einzelkämpferin in ihr durch und sie betrat das Juweliergeschäft.

»Buongiorno«, sagte sie zu dem Mitarbeiter, der sie vor einigen Stunden bedient hatte, »ich muss mit dem Chef sprechen.«

»Ich hole ihne sofort, Signora, un momento.« Der Verkäufer wandte sich um, klopfte dreimal an die Stahltür und öffnete sie dann ein wenig. Er wunderte sich zwar, dass von dem seltsamen Pärchen von vorhin jetzt die Frau auftauchte und nicht der Mann, aber letztlich war ihm das gleich. Toni Morettis Gesicht erschien im Türspalt. Er wechselte einige Worte mit seinem Angestellten, dann wurde die Tür ganz geöffnet. Als Moretti Leah erblickte, wurde er blass. Aber er hatte sich schnell wieder im Griff.

»Bitte kommen Sie mit. Wir reden am besten hinten.«

Der Verkäufer schaute etwas verdutzt zwischen Leah und seinem Chef hin und her. Damit hatte er nicht gerechnet, die beiden schienen einander zu kennen. Naja, auch egal, dachte er dann und widmete sich einem Kunden, der gerade den Laden betreten hatte.

Leah folgte der einladenden Armbewegung Toni Morettis, und hörte hinter sich die Tür ins Schloss fallen. Sie blickte sich um. Ein schwerer Mahagonischreibtisch, darauf eine große Messinglampe und ein Telefon, ein lederner Bürosessel, zwei Besucherstühle. Das ist wohl das Büro, dachte sie, ein bisschen spärlich möbliert so ohne Schränke. In diesem Moment fiel ihr die zweite Stahltür auf, die weiter in die Tiefe des Gebäudes führte. Toni Moretti ging an ihr vorbei und stellte sich hinter seinen Schreibtisch.

»Hübsch haben Sie es hier, Signore, und so schön abgeschieden«, stellte Leah fest und blickte ihm direkt in seine stechenden Augen. Toni Moretti erwiderte ihren Blick, und ein spöttisches Lächeln umspielte seine Mundwinkel. »Was kann ich für Sie tun, Signora?«

»Das wissen Sie doch ganz genau!«, erwiderte Leah scharf. Sie war sich inzwischen nicht mehr sicher, ob die Idee, Louis nicht zu verständigen, zu den besten ihres Lebens gehörte.

»Helfen Sie mir auf die Sprünge!« Toni Moretti hatte immer noch diesen spöttischen Gesichtsausdruck. Leah überlegte fieberhaft. Sie hatte sich da selbst in etwas hineingeritten und musste nun sehen, wie sie die Suppe allein wieder auslöffelte. In ihrem Rucksack war zwar die Pistole des Friedhofkillers, aber leider ungeladen, und Moretti würde sicher nicht so lange regungslos verharren, bis sie die Waffe schussfertig hatte. Sie musste ihn irgendwie überraschen, ihn ablenken, wobei sie wenig Hoffnung hatte, dass sich dieser Mann überhaupt von irgendetwas überraschen ließ.

»Ich weiß alles, Moretti«, verlegte sie sich aufs Bluffen, »und mein Kollege draußen vor der Tür ebenfalls. Die Polizei wird in den nächsten Minuten ihren Laden stürmen, und dann ist das Spiel aus. Wie Sie sicher schon bemerkt haben, hat sich Ihr zweiter Killer mit seinem Lohn aus dem Staub gemacht, ohne seinen Job zu erledigen. Und jetzt sagen Sie mir, wo ich meine Schwester Carla finde!«

Für einen Moment glaubte Leah, in Morettis stechenden Augen Unsicherheit zu erkennen, doch da hörte sie, wie hinter ihr die Tür geöffnet wurde. »Hallo, Papa. Ich wollte …«, erklang eine weibliche Stimme. Leah drehte sich um und blieb wie gelähmt stehen, weil sie das Gefühl hatte, ihr eigenes Spiegelbild zu sehen. Die gleiche Haarfarbe, die gleichen Augen, der gleiche Schwung der Nase …

Die junge Frau sah Leah ebenfalls überrascht an. Leah rang nach Worten, aber ein erstauntes »Carla?« war das Einzige, was sie herausbrachte. Dann weiteten sich die Augen der jungen Frau plötzlich. »Papa! Nicht!«, schrie sie, und das war das Letzte, was Leah hörte, bevor ihr die Messinglampe auf den Schädel krachte und es vor ihren Augen dunkel wurde.

Isabella schaute ihren Vater entsetzt an.

»Wieso hast du das getan? Wieso hast du sie niedergeschlagen? Wer ist sie?«

»Stell jetzt keine Fragen, ich erklär dir alles später. Komm, schnell!« Paolo zog Isabella an der Hand zur kleinen Stahltür am Ende des Raumes und holte einen Schlüssel aus der Tasche, den er in das Schloss schob und zweimal drehte, bis die Tür aufsprang. Er schob Isabella vor sich her durch einen kahlen, dunklen Raum, in dem nur eine einzige Glühbirne an der Decke ein fahles Licht verbreitete.

»Papa!« Isabella versuchte, sich loszumachen. »Was ist los? Was machen wir hier? Und wer war die Frau? Wieso hat sie Carla zu mir gesagt?« Ihre Stimme war voller Angst.

Paolo antwortete nicht, schob sie durch einen weiteren Raum, in dem ein paar seltsame Gerätschaften standen, und schließlich durch einen langen Flur, in den durch ein paar kleine verschmutzte Fenster ein wenig Tageslicht fiel. An seinem Ende stieß Paolo eine Tür auf und zog Isabella hinaus und die schmale Gasse entlang.

Louis sah sich gerade nach einer geeigneten Stelle um, an der er den immer stärkeren Druck auf seiner Blase loswerden könnte, da flog hinter ihm die Tür auf, die er die ganze Zeit nicht aus dem Auge gelassen hatte, und krachte an die Wand. Ein Mann in einem Nadelstreifenanzug trat heraus auf die Gasse, sah sich kurz wie gehetzt um und zog dann eine junge Frau hinter sich her nach draußen. Im ersten Augenblick glaubte Louis, Leah zu erkennen, aber dann stellte er fest, dass er sich wohl geirrt hatte – außer, Leah hatte sich völlig neu eingekleidet. Das seltsame Pärchen rannte die Gasse hinunter, und Louis zog sein Handy aus der Tasche, um Leah anzurufen, doch sie hob nicht ab. Mit dem Handy am Ohr rannte er durch den *Sotoportego* zur Vorderseite des Gebäudes. Leah war nirgendwo zu sehen. Louis stürmte in das Juweliergeschäft, flankte gleich über den Tresen und packte den Verkäufer am Hals.

»Wo ist sie?«, brüllte er ihn an, worauf der Mann völlig verängstigt mit dem Daumen auf die Stahltür wies. Louis ließ den Kragen los, rannte zu der Tür und stieß sie auf.

»Oh, mein Gott!«, entfuhr es ihm, als er Leah vor dem Schreibtisch auf dem Boden liegen sah. Er warf sich neben sie.

»Leah! Leah, sag doch was!« Vorsichtig schüttelte er sie an der Schulter und hörte zu seiner großen Erleichterung ein Stöhnen. Langsam begann sich Leah zu bewegen.

»Au, mein Kopf«, murmelte sie, »dieses verdammte Schwein …«

»Bleib besser liegen, was ist passiert?«

»Nein, geht schon … wo ist das Schwein hin?« Leah versuchte sich aufzusetzen.

»Ab durch die Hintertür. Und er hatte eine junge Frau dabei. Erst dachte ich, du bist das!«

»Scheiße! Nein! Das ist Carla! Wir müssen sofort hinterher. Aua.« Sie hielt sich mit beiden Händen ihren Kopf.

»Carla? Verdammt, stehen sie nicht da wie ein Ölgötze, bringen Sie ein Glas Wasser!«, herrschte Louis den Verkäufer an, der das Geschehen durch die offene Tür verfolgt hatte und auf Louis' Brüllen hin augenblicklich verschwand. »Okay, was ist passiert?«, wandte sich Louis wieder an Leah. »Und wieso hast du nicht angerufen?«

»Er hat mich niedergeschlagen. Direkt auf den Hinterkopf, und ich hab nur noch Sterne gesehen. Au, verdammt!«

»Zeig mal her«, meinte Louis und befühlte vorsichtig die Stelle, an der Leah getroffen worden war. »Na ja, bluten tut's nicht, das wird aber eine dicke Beule. Und ein paar Gehirnzellen dürften unbeschädigt geblieben sein.«

»Blöder Idiot! Kurz vor meinem Blackout habe ich meine Schwester Carla gesehen. Sie ist es. Sie ist auf einmal hereingekommen, noch bevor ich mit dem Typen sprechen konnte. Es ist Toni Moretti.«

»Warum hast du mich nicht angerufen?«

»Es war keine Zeit«, log Leah.

»Verstehe.« Louis kannte sie gut genug, um zu wissen, dass sie einfach einmal wieder die Starke spielen wollte.

»Ich hab sie gesehen, wie sie geflohen sind«, sagte er dann.

»Und? Du Trottel, warum hast du sie nicht verfolgt?« Leah griff sich an den schmerzenden Kopf. Der Verkäufer war hereingekommen und reichte ihr ein Glas Wasser, das sie in kleinen Schlucken trank. Sie bedankte sich.

»Weil ich doch erst nach dir schauen musste. Ich wusste ja nicht, was passiert war«, verteidigte sich Louis.

»Und wie kommen wir jetzt an Moretti heran? Jetzt weiß er Bescheid, dass wir ihm direkt auf den Fersen sind. Er wird sicher mit Carla fliehen. So ein Mist, meine Schwester stand direkt neben mir, und ich konnte nichts sagen oder tun außer mich niederschlagen zu lassen. Dieses Schwein hat vor dreißig Jahren meine Schwester stehlen lassen, und nun ist er uns entwischt. Tolle Polizisten sind wir!«

»Wenn ich mir erlauben darf, gnädige Frau, mit einer wichtigen Information zu der Angelegenheit beizutragen …« Leah und Louis blickten verwirrt zum Verkäufer hoch, denn er hatte den Satz in fehlerfreiem Deutsch mit österreichischem Akzent gesprochen. »Ich bin Venezianer, aber ich habe ein paar Jahre in Salzburg studiert«, erklärte er lächelnd, »der italienische Akzent ist nur für die Touristen, die stehen darauf. Ich habe alles verstanden, was hier passiert ist, und ich kann ihnen zumindest sagen, wo mein Chef, Paolo Castello, den Sie immer Toni Moretti nennen, wohnt.« Er lächelte wieder.

Leah verstand jetzt: Der Mafiaboss und der Besitzer des Juweliergeschäfts waren ein und dieselbe Person. Deswegen benutzte Toni Moretti nicht den Hintereingang, sondern ging wie selbstverständlich durch die Vordertür, dachte sie kurz.

Leah fand als Erste ihre Fassung wieder.

»Ja?«, fragte sie dann neugierig.

»Die Adresse weiß ich nicht, aber ich kann es Ihnen so beschreiben, dass Sie es auf jeden Fall finden werden. Ich bin ihm einmal gefolgt. Es ist ein Palazzo direkt am Canal Grande.«

»Und wie kommen Sie dazu, ihrem Chef zu folgen?«, fragte Louis.

»Ich arbeite schon seit einigen Jahren für ihn. Und ich weiß schon lange, dass er dunkle Geschäfte macht und Menschenleben auf dem Gewissen hat. Das hier …« er warf einen Blick durch den Raum, »… das ist nur Tarnung und dient zur Geldwäsche. Als Sie, gnädige Frau, …«, er wandte sich an Leah, »… heute Mittag den

Laden betraten, dachte ich zunächst, Sie seien Signorina Isabella, seine Tochter. Deswegen habe ich Sie so angestarrt, verzeihen Sie bitte. Sie ist Ihre Schwester, sagen Sie?«

»Ja, das ist sie.« Leah erhob sich vorsichtig vom Boden. »Und ich glaube, dass sie in Gefahr schwebt. Bitte sagen Sie uns den Weg zum Palazzo.«

»Sehr wohl!« Der Verkäufer lieferte ihnen eine genaue Beschreibung.

Leah schüttelte ihm die Hand. »Danke! Sie haben uns sehr geholfen, Signor ...?«

»Trattori. Ich denke, ich werde den Laden gleich zusperren und mir für den Rest des Tages freigeben. Ich gehe ohnehin davon aus, dass spätestens morgen die Hälfte der venezianischen Polizei in diesen Räumlichkeiten versammelt ist. Wenn ich dann bitten darf?« Er eilte zur Ladentür und öffnete sie. Leah und Louis traten hinaus auf den Markusplatz.

»Ach so, ja ...« Die beiden drehten sich noch einmal um und schauten Signor Trattori erwartungsvoll an. »Wenn ich das noch sagen darf. Eine perfekte Vorstellung heute Mittag. Vielleicht eine Spur zu perfekt.«

Mit diesen Worten schloss er die Ladentür.

Kapitel 61

»Papa, warum tust du das? Bitte, sag mir, was los ist!«

Paolo hatte seine sich immer wieder wehrende Tochter in ein Wassertaxi geschoben, das gerade vorbeifuhr, hatte dem Fahrer die Adresse seines Palazzos genannt und ihm einige große Scheine zugesteckt. Paolo blickte stumm vor sich hin, aber in seinem Hirn arbeitete es.

»Was soll das alles, Papa? Was ist da los? Wer war diese Frau?«

Isabella konnte immer noch nicht fassen, was da gerade passiert war. Noch am Morgen hatte sie friedlich mit ihrem Vater gefrühstückt, und jetzt, wenige Stunden später, hatte sich ihr Leben um einhundertachtzig Grad gedreht und schien völlig aus den Fugen zu geraten.

Endlich sah ihr Vater sie an. »Nicht der Rede wert. Weißt du, sie wollte mich ausrauben. Zum Glück bist du hereingekommen, hast sie abgelenkt, und da konnte ich sie niederschlagen. Sonst hätte das auch anders ausgehen können«, versuchte er zu erklären.

Isabella war fassungslos. Hätte ihr Vater sie nicht noch vor ein paar Stunden bei ihrer Besichtigungstour so direkt angelogen, so wäre sie vielleicht versucht gewesen, ihm diese Geschichte abzukaufen. Aber jetzt war alles anders. Sie fing an, ihrem Vater zu misstrauen. Warum hatte die Frau sie Carla genannt? Ihr Vater musste das wissen. »Das kannst du jemand anderem erzählen, aber nicht mir. Die Frau war nicht einmal bewaffnet, und wenn sie dich hätte ausrauben wollen, dann hätte sie sich doch den Schmuck im Verkaufsraum genommen. Was hat sie dann im Büro gewollt?«

»Sie wollte an den Safe, und der steht im Hinterzimmer. Da ist der richtig teure Schmuck drin«, versuchte Paolo seine Geschichte aufrechtzuerhalten.

»Ich glaube dir nicht, Papa. In dem Zimmer hinter dem Büro war gar kein Safe, das war leer. Und warum hat sie mich Carla genannt? Sie war so erstaunt, als sie mich sah.«

»Sie hat eben nicht damit gerechnet, dass jemand hereinkommen könnte, und dann hat sie dich wahrscheinlich mit jemand anderem verwechselt.« Paolo gab nicht auf.

Isabella sah ihn schweigend an. Sie glaubte ihm kein einziges Wort. Warum hatte die Frau ihr so ähnlich gesehen? Irgendetwas Furchtbares geschah hier, und sie hatte nicht die geringste Ahnung, was es war.

Nach kurzer Fahrt hielt das Boot am Anlegesteg des Palazzos. Paolo stieg aus und zog Isabella hinter sich her zur Eingangstür. In der großen Halle ließ er sie los und rannte die Treppe hinauf zu den Schlafräumen. Isabella blieb unschlüssig zurück. Was sollte sie tun? Irgendjemand war hinter ihrem Vater her, vielleicht diese Frau aus dem Geschäft? Aber sie hatte gar nicht gefährlich ausgesehen, eher freudig überrascht, als sie Isabella gesehen hatte. Was war nur los? Sie folgte ihrem Vater hinauf in das obere Stockwerk. Er stand an seinem Wandsafe und stopfte etliche Bündel Bargeld und Reisepässe in verschiedenen Farben in eine lederne Umhängetasche. Ganz zuletzt holte er noch einen kleinen Revolver in einem Lederholster heraus und befestigte dieses an seinem Gürtel.

»Was machst du da?«, fragte Isabella erstaunt.

»Wir müssen verschwinden.« Er wandte sich zu ihr um. »Diese Leute sind gefährlich, lass dich da nicht täuschen. Es geht wirklich um unser Leben!«

»Wieso?«

»Ich erkläre dir alles später. Wir müssen weg von hier, ehe sie uns finden.«

»Weg? Wohin denn?«

»Nach Sizilien. Zur Familie. Da sind wir sicher. Da finden sie uns nicht. Komm!«

Isabella verschränkte die Arme vor der Brust. »Nein! Nicht, bevor du mir gesagt hast, was hier los ist. Irgendetwas stimmt hier nicht. Ich glaube, diese Frau hat mich angelächelt, bevor du sie niedergeschlagen hast. Und …«, sie zögerte einen Moment, »… warum sieht sie mir so ähnlich?«

Paolo war schon an der Tür des Zimmers, jetzt ging er auf Isabella zu und fasste sie an den Schultern.

»Isabella, hör mir bitte genau zu. Wir müssen hier weg, wir sind in Lebensgefahr, es gibt keine andere Möglichkeit.« Er holte tief Luft. »Ich liebe dich mehr als alles andere auf der Welt, mehr als mein Leben. Du hast mir immer vertraut, und ich bitte dich, tu es jetzt auch und komm mit mir.«

Isabella sah ihren Vater einige Sekunden lang an, dann blickte sie nach unten. »Gut, Papa, ich glaube dir. Ich komme mit dir. Ich will dich nicht verlieren.«

Paolo atmete auf. »Schön! Komm, wir müssen zum Flughafen. Wir nehmen unser Motorboot. Beeil dich!«

Er drehte sich um, und Isabella folgte ihm. Auf der Treppe zog er sein Mobiltelefon aus der Tasche und tippte eine Nummer ein. »Castello!«, hörte ihn Isabella sagen, »machen Sie bitte für mich eine Maschine startklar. Wie lange? Ja, gut. Ja, nach Sizilien. Zwei Passagiere.«

Er klappte das Telefon zu und wollte es in seine Jackentasche stecken, aber weder er noch Isabella bemerkten, dass es nicht in der Tasche landete, sondern auf dem großen, weichen Perserteppich, der in der Eingangshalle fast den gesamten Boden bedeckte.

Draußen sprang Paolo in sein Motorboot und drückte auf den Anlasser. Mit einem dumpfen Dröhnen starteten die beiden Motoren. Er löste die Leine, mit der das Boot am Steg festgemacht war.

»Isabella, komm! Es geht wirklich um Minuten!«

Isabellas Zweifel waren noch nicht ausgeräumt. Aber, so dachte sie, wenn sie ihrem Vater nicht mehr vertrauen konnte, wem dann? So ergab sie sich ihrem Schicksal und stieg in das Motorboot, mit dem ihr Vater im nächsten Moment mit hoher Geschwindigkeit Kurs auf den Flughafen Marco Polo nahm.

Kapitel 62

Nur wenig später trafen Leah, Louis und Roberto am Anlegesteg des Palazzos von Toni Moretti alias Paolo Castello ein. Während Roberto das Boot vertäute, griff Leah in ihren Rucksack und holte die Waffe des Friedhofskillers heraus. Sie schraubte den Schalldämpfer ab und schob ein Magazin in den Schacht.

»Was willst du denn mit der Karnickelflitsche?«, fragte Louis. »Der Kerl ist bestimmt mit ganz anderer Artillerie ausgestattet!«

»Auch eine .22er macht Löcher«, belehrte ihn Leah, lud die Waffe durch und sicherte sie. »Nur kleinere. Man muss eben treffen können!«

Langsam bewegten sich die beiden über den Anlegesteg, bis sie vor dem großen Portal standen.

»Wie willst du da reinkommen?«, fragte Louis.

»So!«, antwortete Leah und drückte gegen die Holztür, die leise quietschend aufschwang. Geduckt schlich Leah hinein, die Waffe mit beiden Händen vor sich haltend. Louis hielt sich dicht hinter ihr.

»Schon mal was von Hausfriedensbruch gehört? Wir landen noch beide in den Bleikammern«, flüsterte er. »Schätze, der Vogel ist ohnehin ausgeflogen. He, schau mal, da liegt ein Handy. So eines wollte ich immer schon haben.« Er nahm das Gerät vom Boden und steckte es ein.

»Kannst du bitte die Blödeleien lassen?«, zischte Leah. »Ja, hast recht, ich fürchte auch, hier ist niemand mehr. Aber das will ich genau wissen.«

Vorsichtig öffnete sie nacheinander die Türen, die von der Eingangshalle aus in andere Zimmer führten und schüttelte jedes Mal den Kopf. Dann schlich sie mit vorgehaltener Waffe die Treppe hinauf und verschwand aus Louis' Blickfeld. Es dauerte kurze Zeit, dann kam sie die Stufen wieder herunter und zuckte mit den Schultern.

»Nichts, nur ein halboffener Wandsafe in einem Zimmer. Er ist abgehauen, irgendwohin. Und Carla wahrscheinlich mit ihm. Was machen wir jetzt?«

»Wir verschwinden hier«, entschied Louis.

Roberto saß am Führerstand seines Bootes und sah ihnen erwartungsvoll entgegen. »Er ist weg«, erklärte Leah knapp.

»Hab ich mir schon gedacht«, meinte Roberto, »und bestimmt mit dem Super-Motorboot, das sonst immer hier liegt.«

»Waas?«, fuhr Leah auf, »und das sagst du uns erst jetzt? Nachdem ich das Haus auf den Kopf gestellt habe?«

»Wusste ja nicht, dass das wichtig sein könnte«, antwortete Roberto zerknirscht. »Und wohin jetzt?«

»Wenn ich das wüsste.« Leah war völlig niedergeschlagen. »Wo kann er denn hin mit dem Boot?«

»Mit dem Rennschlitten?« Er zuckte mit den Schultern. »Überall hin.«

In diesem Moment begann das Handy in Louis' Tasche zu läuten. Er sah Leah an, und als diese nickte, zog er das Gerät heraus und klappte es auf: »Si?« Er hörte eine Weile zu. »No problemo!«, meinte er, schloss die Klappe wieder und grinste. »Mein üblicher Pilot kann erst in einer Stunde am Flughafen sein. Aber ich hab denen gesagt, dass ich auch mit einem anderen einverstanden bin.«

Leah starrte ihn entgeistert an, dann begriff sie. »Er will zum Flughafen und mit einem Privatjet verschwinden. Roberto, los, gib alles, was in deinem Boot drinsteckt!« Und als sie seinen fragenden Blick sah, setzte sie hinzu: »Okay, ich zahle alle Strafzettel!«

Roberto wendete auf dem Canal Grande, dass zwei Gondeln mit japanischen Touristen gefährlich ins Schwanken gerieten und die Gondolieri wütend mit den Fäusten drohten. Dann schob er den Gashebel ganz nach vorne, und das Boot schoss davon. Leah zog ihr Handy aus der Tasche und tippte eine Nummer.

»Du musst jetzt ganz tapfer sein, Louis. Ich habe da jemand von der venezianischen Polizei kennengelernt.« Dann sprach sie in ihr Handy. »Commissario? Leah DeMarco.« Mit kurzen Worten setzte sie Commissario Fabiani über die neueste Entwicklung in Kenntnis und hörte dann zu, was er sagte.

»Er kommt so schnell er kann zum Flughafen«, berichtete sie den beiden anderen und steckte ihr Handy wieder weg.

»Dein neuer Verehrer?« Louis schlug sich auf den Schenkel. »Na, der wird blöd schauen!«

Leah bedachte ihn mit einem bösen Blick. Eine Weile herrschte Stille, nur das gleichmäßige Brummen des Bootsmotors war zu hören.

»Sag mal, Leah«, begann Louis zögernd, »hast du dir das alles gut überlegt?«

Leah schreckte aus ihren Gedanken hoch. »Was meinst du?«

»Na, ja, ich denke, Verbrecher hin oder her, Carla sieht Moretti als ihren Vater an, und das seit fast dreißig Jahren. Das ist eine lange Zeit, und da entstehen Bindungen. Was machst du, wenn sie von dir und deiner Familie überhaupt nichts wissen will?«

»Seltsam, daran habe ich auch gerade gedacht.« Leah blickte hinaus auf die Lagune. »Weißt du, das Risiko muss ich eingehen. Und wenn es so ist, dann muss ich es akzeptieren. Aber dann habe ich es wenigstens versucht und kann die Sache abhaken. Aber ich möchte, dass sie mir das selber sagt, ohne Druck und ohne Zwang.«

Sie blickte Louis an. »Außerdem bin ich es meinen Eltern schuldig, dass ich zumindest versuche, ihnen die totgeglaubte Tochter wiederzubringen.«

Kapitel 63

Paolo hatte inzwischen das Boot an einem Anleger beim Flughafen Marco Polo festgemacht. Er warf sich die Tasche über die Schulter, sprang auf den Steg und streckte Isabella die Hand hin.

»Komm, Isabella, glaube mir, es ist wirklich eilig.«

»Papa, was soll das alles?«, insistierte Isabella, auch wenn sie nicht damit rechnete, eine ehrliche Antwort zu bekommen. Sie dachte immer wieder an die Waffe, die er dabeihatte.

»Das erkläre ich dir, wenn wir im Flieger sitzen«, entgegnete Paolo, der immer noch überlegte, wie er seiner Tochter diese Flucht erklären sollte. Doch jetzt würde er sowieso auf keine Lösung kommen. Erst wenn sie sicher im Flugzeug saßen, konnte er sich darüber Gedanken machen.

Im Moment wusste er nur eines: Er würde sich seine Tochter nicht nehmen lassen. Auf gar keinen Fall. Damals, als seine Frau unbedingt eine Tochter wollte, aber keine bekommen konnte, da sie unfruchtbar war, da hatte er ihr den Wunsch erfüllt, damit er endlich wieder Ruhe vor ihr hatte. Er wollte nichts mehr vom Kinderkriegen hören, und er hatte auch keine Lust mehr auf Sex nach der Stechuhr. Deswegen hatte er die Gunst der Stunde genutzt und Antonio DeMarco dazu gezwungen, ihm ein Kind zu besorgen.

Paolo hatte geglaubt, dass damit alles wieder in Ordnung wäre. Doch es war anders gekommen. Als die kleine Isabella bei ihnen war, hatte er das zarte kleine Mädchen in kürzester Zeit in sein Herz geschlossen. Seine Frau Christina hingegen hatte schnell das Interesse an ihrer Tochter verloren und ließ sie meistens in der Obhut eines Kindermädchens. Das brachte ihn wahrscheinlich noch mehr dazu, seine Tochter zu bemuttern, und so wurde seine Beziehung zu ihr immer inniger.

Jetzt wollte er sie nicht mehr missen, und er wollte auch gar nicht daran denken, was passieren würde, wenn Isabella wüsste, woher sie in Wahrheit stammte.

Deswegen musste er unbedingt verhindern, dass diese deutsche Polizistin auch nur ein Wort mit seiner Tochter sprach. Sonst würde er seine Tochter für immer verlieren, und sie war doch das Einzige in seinem Leben, das ihn wirklich glücklich machte. All sein Geld hatte nicht das geschafft, was Isabella geschafft hatte. Im Flugzeug würde ihm schon eine plausible Erklärung für ihre überstürzte Flucht einfallen, beruhigte er sich.

Isabella konnte nicht glauben, was da geschah, sie fühlte sich wie in einem bösen Traum gefangen. Sie zögerte immer noch. Sollte sie vielleicht laut schreien, dass ihr jemand zu Hilfe kam? Nein, dachte sie, was sollte sie demjenigen dann sagen? Sie wusste ja selbst nicht, was los war. Also stieg sie vom Boot und folgte ihrem Vater zum Flughafen. Er schien sich bestens auszukennen, denn er eilte gleich zu einem flachen Gebäude, das abseits der eigentlichen Abfertigungshalle lag. Drinnen hielt er sich auch nicht lange auf, sondern durchquerte die Halle bis zu einem Durchgang, an der eine Bodenstewardess stand und sich mit einem privaten Wachmann unterhielt.

»*Buona sera, Signor Castello, buona sera, Signorina!*« Sie schenkte Paolo und Isabella ein strahlendes Lächeln. »Ihre Maschine steht bereit und kann starten, sobald Sie an Bord sind. Tragen Sie Ihre Schusswaffe?« Und als Paolo nickte, setzte sie hinzu: »Ich darf Sie bitten, sie wie üblich für die Dauer des Fluges beim Piloten abzugeben.«
»Selbstverständlich!« Paolo nickte der Bodenstewardess und dem Wachmann freundlich zu und ging an ihnen vorbei zu einer kleinen Tür, die hinaus auf das Flugfeld führte. Isabella folgte ihm wortlos.

Kapitel 64

Leah schaute wieder hinaus auf das Wasser der Lagune. Den Rest der rasenden Fahrt zum Flughafen Marco Polo sagte keiner ein Wort. Erst kurz vor dem Ziel brach Roberto das Schweigen: »Wir sind richtig, dort liegt sein Boot.« Dann wies er mit der Hand auf ein einstöckiges Gebäude. »Die Passagiere der privaten Fluggesellschaften werden dort drüben abgefertigt. Wenn, dann findet ihr Moretti dort.« Leah und Louis warteten nicht ab, bis das Boot angelegt hatte, sie sprangen auf den Steg und rannten los.

Nur wenig später traten sie durch die Schwingtüren am Eingang der kleinen Halle, die ihnen Roberto gezeigt hatte, und sahen sich um. An einer der Längsseiten des Innenraums befand sich ein langer Schalter, ganz hinten eine Glaswand mit einem Durchlass.

»Siehst du ihn irgendwo?«, flüsterte Louis.

»Nein, leider nicht«, meinte Leah, »er ist schon weg.« Da erblickte sie den Gesuchten durch die großen Fensterscheiben draußen auf dem Rollfeld wie er auf eine kleine zweimotorige Maschine zuging. Carla ging neben ihm. »Da ist er, hinterher!«, rief sie, und rannte los. Louis blieb nichts anderes übrig, als ihr zu folgen. Wie kommen wir bloß am Wachmann vorbei, dachte er fieberhaft, aber Leah hatte schon eine Lösung gefunden.

»Guardia di finanza!«, schrie sie laut, während sie auf die Sperre zulief und irgendetwas mit der linken Hand hochhielt. Die Stewardess und der Wachmann schauten Leah verdutzt an, als sie an ihnen vorbeirannte.

»Stehen Sie nicht dumm da, kommen Sie mit, ich brauche Sie!«, brüllte Leah den Wachmann an, der völlig überrumpelt wurde und ihr sofort diensteifrig folgte. Leah kümmerte sich nicht weiter um ihn und stürmte durch die kleine Tür hinaus auf das Flugfeld. Als sie sah, dass Moretti mit ihrer Schwester bereits auf halbem Weg zum Flugzeug war, rannte sie los, wie sie noch nie in ihrem Leben gerannt war. Zehn Meter hinter den beiden hielt sie an, zog die Waffe aus der Jackentasche und zielte mit beiden Händen.

»Castello!«, schrie sie, »bleiben Sie stehen!«

Moretti ging weiter, als ob er sie nicht gehört hätte. Carla wandte kurz den Kopf, aber Moretti packte sie sofort am Arm und zog sie weiter zum Flugzeug.

Inzwischen hatten Louis und der Wachmann Leah eingeholt. Auch der Wachmann zog seine Waffe, schien sich aber unschlüssig zu sein, wohin er sie richten sollte.

»Moretti, bleiben Sie stehen, oder ich schieße!«, schrie Leah wieder.

Als er diesen Namen hörte, stoppte der Angerufene abrupt. Es schien, als überlege er ein paar Sekunden, dann drehte er sich langsam zu Leah um und sah sie mit seinen stechenden Augen an.

»Lassen Sie meine Schwester gehen, Moretti!«, rief Leah. Sie zielte jetzt genau auf seinen Kopf.

Doch Moretti dachte nicht daran. Entsetzt sah Leah, wie er Carla mit dem linken Arm eng an sich zog. Plötzlich hatte er eine Waffe in der Hand, die er Carla an den Kopf hielt.

»Verschwinden Sie!«, brüllte er. »Oder sie ist tot!« Er zog den Hahn der Waffe zurück, und Leah spürte, wie ihr ein eiskalter Schauer durch die Adern lief.

Mit hoher Geschwindigkeit näherten sich vom Flughafengebäude her vier Polizeiwagen und bremsten in einiger Entfernung vom Geschehen mit quietschenden Reifen. Mehrere Polizisten sprangen heraus und gingen mit gezogenen Waffen hinter den Fahrzeugen in Stellung. Zu ihrer Erleichterung erkannte Leah unter ihnen Commissario Fabiani, der jetzt ein Megaphon an den Mund setzte.

»Geben Sie auf, Moretti!«, dröhnte es übers Flugfeld. »Lassen Sie die Frau los und werfen Sie die Waffe weg. Sie haben keine Chance!«

Isabella fühlte den Lauf der Waffe an ihrer Schläfe und war wie gelähmt. Jetzt verstand sie überhaupt nicht mehr, was um sie herum vorging. Wieso hielt ihr Vater ihr eine Waffe an den Kopf? Warum nannte man ihn Moretti? »Papa«, schluchzte sie, »was tust du? Was ist los?«

»Haben Sie gehört, Moretti?« Leah meldete sich wieder zu Wort. »Machen Sie keinen Scheiß, lassen Sie meine Schwester los!« Sie zielte weiter auf den Mann, der ihre Schwester bedrohte.

Fabiani gab mit dem Arm ein Zeichen. Zwei seiner Leute rannten geduckt zum bereitstehenden Flugzeug und gingen hinter der Fluggasttreppe in Deckung. Moretti blickte sich um und erkannte, dass er umzingelt war. Der Weg zum Flugzeug war ihm versperrt. Zum ersten Mal glaubte Leah, Angst und Verzweiflung in seinen stechenden Augen zu erkennen.

»Es ist vorbei, Moretti!«, schrie sie.

Isabella spürte, wie der Druck der Waffe an ihrem Kopf plötzlich nachließ. »Ja, Isabella, es ist vorbei. Verzeih mir!«, hörte sie noch, dann ertönte direkt neben ihr ein ohrenbetäubender Knall, und sie stürzte zusammen mit dem Mann, der für sie ihr ganzes Leben lang ihr Vater gewesen war, auf den Asphalt des Flugfelds. Isabella begann, vor Entsetzen zu schreien, sie schrie und schrie und hatte das Gefühl, sie würde nie mehr damit aufhören können.

Kapitel 65

»Und was passierte dann? Dir muss man ja jedes Wort herausziehen.« Matilda Tozzi konnte es kaum erwarten, die ganze Geschichte zu hören. Sie hatte, seit Leah morgens so überstürzt zum Friedhof verschwunden war, neben dem Telefon gesessen und hatte sich nur davon wegbewegt, um sich den nächsten Espresso zu kochen. Immer wieder hatte sie kontrolliert, ob das Telefon auch wirklich funktionierte. Endlich, am späten Abend, rief Leah an und informierte sie über die letzte Entwicklung.

»Nonna! Bitte! Lass mich doch ausreden!« Leah verdrehte die Augen. Sie saß in einem Aufenthaltsraum des Ospedale dell'Angelo in Mestre und gab Matilda eine Schilderung der Geschehnisse des Tages. »Carla, nein, Isabella, ist dann ins Krankenhaus gebracht worden. Auf dem Weg dorthin habe ich mit ihr darüber gesprochen, dass ihr Vater nicht ihr Vater, dafür aber ein berüchtigter Mafiaboss ist, und dass ich ihre Schwester bin. Der Notarzt musste ihr dann ein Beruhigungsmittel gegeben, und jetzt schläft sie.«

»Ach, das arme Kind, sie hat Entsetzliches durchgemacht. Und du, kommst du jetzt zu mir nachhause?«

»Nein, Nonna, ich bleibe hier, ich möchte da sein, wenn sie aufwacht. Damit jemand bei ihr ist.«

»Das gefällt mir nicht, Leah, dass du da allein in Mestre im Krankenhaus sitzt.«

Leah lächelte. »Ich bin nicht allein, Nonna. Louis sitzt mir gegenüber, und in Sichtweite steht ein Kaffeeautomat. Das heißt, ich habe alles, was mir im Moment wichtig ist.«

Aber ihre Großmutter war noch nicht beruhigt. »Wann kommst du denn dann morgen?«

»Ich weiß es noch nicht. Ich weiß nicht, was mit meiner Schwester ist, wie es ihr geht, ob sie mich überhaupt als Schwester akzeptiert. Ich bin ja praktisch nach 30 Jahren in ihrem Leben aufgetaucht. Das muss sie erst einmal verkraften.« Leah holte tief Luft. »Oder auch nicht«, setzte sie dann leise hinzu.

»Das wird schon, Leah, Blut war immer schon dicker als Wasser. Versuch ein wenig zu schlafen, Kind. Und melde dich morgen früh.«

»Das werde ich, gute Nacht, Nonna.« Leah klappte ihr Handy zu und blickte zu Louis, der sie mit hochgezogenen Augenbrauen ansah.

»Sag mal«, begann er zögernd, »habe ich eben richtig gehört? Ich bin dir wichtig?«

»He, man belauscht keine fremden Telefonate!«, grinste Leah. Dann wurde sie wieder ernst und blickte verlegen auf ihre Schuhspitzen. »Nein, Louis, du hast richtig gehört, du bist mir wichtig. Du bist der Mensch, auf den ich mich in jeder Situation verlassen kann, das weiß ich seit heute wieder ganz genau. Und ich weiß, dass ich dir auch wichtig bin, sonst hättest du dich nicht ins nächste Flugzeug nach Venedig gesetzt.« Sie streckte die Arme zur Decke und gähnte ausgiebig. »So, genug Rührseliges für heute! Ich für meinen Teil mache jetzt ein kleines Nickerchen.« Sie rutschte im Sessel nach vorn und versuchte, eine halbwegs bequeme Schlafposition zu finden.

»Sag mal …«, begann Louis wieder.

»Ja?«

»Willst du nicht deine Eltern anrufen?«

»Hab ich auch schon überlegt, aber ich will erst mit Carla sprechen.«

»Okay.«

»Gute Nacht, Louis.«

»Gute Nacht, Leah.«

»Ach so, ja …«

»Was denn?«

»Noch mal danke für alles.«

Kapitel 66

»Signora DeMarco?« Die sanfte Stimme drang wie durch einen dicken Vorhang in Leahs Träume. Sie schüttelte unwillig den Kopf.

»Signora DeMarco?« Leah spürte eine Berührung am Arm. »Ihre Schwester ist aufgewacht.«

Nun riss Leah die Augen auf und sah über sich das gütige Gesicht einer Frau in Schwesterntracht.

»Was?«

»Ihre Schwester ist wach. Sie möchte Sie sehen.«

»Danke, vielen Dank. Ich komme sofort, einen Moment noch bitte.« Leah rieb sich den letzten Rest Schlaf aus den Augen. Schwester, dachte sie, was für ein ungewohntes Wort. Noch vor einer Woche hatte sie geglaubt, Einzelkind zu sein, nein, eigentlich hatte sie keine Sekunde darüber nachgedacht. Und jetzt war alles ganz anders.

Louis schien schon länger wach zu sein. »Viel Glück!«, meinte er aufmunternd, als Leah sich erhob und auf die Tür des Krankenzimmers zuging, »ich werde mal Jens anrufen und ihm sagen, dass der Mord an Antonio möglicherweise geklärt ist. Sie müssen nur noch die Geschosse vergleichen, aber ich denke, dabei kommt heraus, dass Antonio von dem Mann mit Hut umgebracht wurde.«

Leahs Herz schlug bis zum Hals. Vorsichtig klopfte sie zweimal an und drückte die Klinke herunter.

Wieder wurde ihr bewusst, wie ähnlich ihr die junge Frau sah, die aufrecht im Bett saß und ihr aus wachen Augen entgegenblickte.

»Hallo, Carla«, sagte Leah. Die junge Frau im Bett schüttelte den Kopf.

»Hallo, Leah. Können wir uns bitte auf Isabella einigen? Ich muss seit gestern mit so vielem Neuem zurechtkommen, bitte nicht auch noch einen neuen Vornamen.«

»Gut. Isabella.« Leah versuchte ein Lächeln. »Gefällt mir auch viel besser, wenn ich ehrlich bin.« Sie blickte sich nach einer Sitzgelegenheit um. »Darf ich mich zu dir ans Bett setzen?«

Isabella nickte. Leah zog einen Stuhl heran und setzte sich. Eine Weile sagte keine der beiden Frauen ein Wort. Dann holte Isabella tief Luft.

»Weißt du, Leah, ich kann nicht mehr entscheiden, was ich überhaupt noch glauben soll und was nicht, wem ich vertrauen kann und wem nicht. Ich muss damit fertig werden, dass mein bisheriges Leben, das ich für so schön hielt, bloß eine Fassade war, die seit gestern völlig in Trümmern liegt. Ich muss verkraften, dass mein Vater gar nicht mein Vater war, dass er mir eine Waffe an den Kopf gehalten und gedroht hat, mich zu töten. Ich muss verkraften, dass dieser Mann wohl in Wahrheit ein Berufsverbrecher war, mich jahrelang belogen hat und jetzt tot ist. Dafür habe ich plötzlich eine Schwester. Ziemlich viel für einen Menschen, oder?«

Leah schwieg. Was hätte sie auch darauf sagen sollen?

»Ich habe viel nachgedacht«, fuhr Isabella fort, »aber mir fehlen in dem ganzen Puzzle einfach zu viele Teile, um mir ein Gesamtbild zu machen.« Sie blickte Leah an. »Wahrscheinlich kannst du viele meiner Wissenslücken füllen. Deshalb schlage ich vor, du fängst einfach an zu erzählen. Keine Sorge, ich kann mehr vertragen, als ich bisher glaubte. Das zumindest weiß ich seit gestern.«

»Gut! Also, eigentlich fing alles vor einer Woche an …« Und Leah begann zu berichten, von dem Brief des Arztes an ihre Eltern, von den seltsamen Umständen der fast dreißig Jahre zurückliegenden Geburt, von den Morden an ihrem Onkel Antonio und an

Sarah Trenti und ihrer Verwicklung in die Sache, von den verschiedenen gescheiterten Attentaten auf sie, von dem Fund auf dem Friedhof, dem Juweliergeschäft und der Verfolgungsjagd zum Flughafen Marco Polo, wo alles endete.

Isabella schwieg eine Zeit lang. »Mein Gott«, sagte sie dann, »und ich habe von all dem nichts geahnt, nicht das Geringste.« Sie schloss die Augen und lehnte sich zurück. »Weißt du, was das Seltsamste ist?«, fragte sie und fuhr fort: »Immer spielen Engel eine Rolle, mit einem Angelo fing es an, und jetzt sind wir beide hier im Ospedale dell'Angelo.«

Sie lächelte, als sie Leahs erstaunten Blick sah. »Ja«, sagte sie, »ich glaube durchaus daran, dass es höhere Wesen gibt, die das Geschehen lenken. Du siehst, ein Engel hat uns zusammengeführt.« Isabella schaute wieder eine Weile still vor sich hin. »Leah«, sagte sie dann, »du hast eben so nett von deiner Familie gesprochen, die ja auch meine Familie ist. Ich bin jetzt richtig neugierig und möchte sie alle kennenlernen.«

Leah war erleichtert. »Aber sicher, gern, wann darfst du denn hier raus?«

»Also, ich weiß ja nicht, wie es bei dir ist, aber ich finde Krankenhäuser ziemlich widerlich. Ich möchte hier so schnell wie möglich weg.«

»Ich auch, aber mit dir zusammen. Ich hole jetzt einen Arzt und warte dann draußen. Bin gespannt, was er sagt. Meine Eltern muss ich auch anrufen. Unsere Eltern«, verbesserte sie sich. Sie beugte sich über Isabella und küsste sie auf die Stirn. Dann verließ sie das Krankenzimmer.

Kapitel 67

Wenige Stunden später betätigte Leah die Klingel am Haus Matilda Tozzis am Campo Santa Maria Formosa. Hinter ihr standen Isabella und Louis. Sie brauchten nicht lange zu warten, dann wurde die Tür geöffnet.

»Nonna, das ist deine Enkelin Isabella«, verkündete Leah und trat einen Schritt beiseite. Matilda ging auf Isabella zu, fasste sie an den Oberarmen und betrachtete sie eine Weile mit prüfendem Blick. Dann ging ein Strahlen über ihr Gesicht.

»Ja, Leah, das ist deine Schwester. Isabella, du bist es wirklich. Sei willkommen! Ich kann es kaum glauben. Das grenzt an ein Wunder.« Sie drückte ihre neugewonnene Enkelin an sich. »Herzlich willkommen, mein Kind.«

Leah räusperte sich vernehmlich. »Nonna, lass uns doch erst mal hinein, und dann können wir bei einem guten Espresso weitererzählen.«

»Oh, sicher, aber ich sollte keinen Kaffee mehr trinken, sonst mache ich nicht mal auf meiner eigenen Beerdigung die Augen zu«, lachte die alte Dame. »Aber ich mache euch natürlich gerne einen. Kommt.«

Sie ging voraus in Richtung Küche. Unterwegs fiel ihr auf, dass sie ja auch Louis heute das erste Mal seit langem wieder sah.

»Louis, sei mir nicht böse, dass ich alte Frau vergessen habe, dich auch zu begrüßen.« Sie küsste ihn auf die Wangen. »Schön, dass du hier bist. Aber jetzt setzt euch bitte hin und erzählt. Ich will alles wissen.« Sie widmete sich der Zubereitung des Espressos.

Isabella hatte noch nichts gesagt. Seit sie das Krankenhaus verlassen hatten, hatte sie kaum ein Wort gesprochen. Alles war so fremd und neu für sie. Jetzt saß sie in der Küche einer Frau, die sie noch nie vorher gesehen hatte, die aber ihre leibliche Großmutter war und lieb und sympathisch noch dazu. Sie erschrak bei dem Gedanken, dass sie vor nicht einmal zwei Tagen mit dem Mann, den sie so lange für ihren Vater gehalten hatte, einen Steinwurf entfernt die Kirche Santa Maria Formosa besucht und dort gebetet hatte. Und außerdem, kam es ihr zu Bewusstsein, hatte sie sich sogar dort seine Lügengeschichten anhören müssen. Ihr ganzes Familienleben war eine einzige Lüge gewesen!

Isabella spürte, wie sich ihre Augen mit Tränen füllten, und dann wurde ihr ganzer Körper plötzlich von Weinkrämpfen geschüttelt.

»Oh, mein Gott!« Leah nahm Isabella beschützend in ihre Arme. »Keine Angst, Isabella, wir sind für dich da. Es wird ein wenig dauern, aber wir schaffen das schon.« Sie drückte ihre Schwester fest an sich. Nach einigen Minuten hatte sich Isabella wieder ein wenig beruhigt und schluchzte nur noch.

»Es geht schon wieder«, sagte sie leise, »ich brauche nur ein bisschen Zeit für mich. Ich werde ein wenig vor die Tür gehen.« Sie stand auf. »Keine Angst, ich komme sicher wieder«, sagte sie, als sie Leahs zweifelnden Blick sah, »ich muss nur etwas nachdenken.« Sie verließ die Küche und dann das Haus und ging über den Campo zur Kirche Santa Maria Formosa.

»Das nimmt sie alles sehr mit«, meinte Leah in die Stille hinein.

»Was ja wohl nicht verwunderlich ist, mein Schatz«, bemerkte Matilda Tozzi. »Meine Güte, wenn ich auch nur daran denke, was alles hätte passieren können. Ich mag mir das gar nicht ausmalen. Aber sag mal, Leah, wissen Mariella und Luigi eigentlich schon, was alles geschehen ist?«

»Ich habe sie kurz von Mestre aus angerufen, sie wissen, dass alles in Ordnung ist und dass ich mich später melde.«

»Hab ich mir gedacht«, brummte Matilda, »dann wird es Zeit. Ich hole das Telefon, kann ja sein, dass sie gleich mit dem nächsten Flieger herkommen wollen. Sie sollen doch endlich ihre zweite Tochter in die Arme schließen können.« Sie stand auf und ging hinaus.

Wenig später stand sie wieder vor Leah und gab ihr den Hörer. »Hier, deine Mutter ist schon dran.«

»Hallo, Mama.« Dieses Mal erzählte Leah ausführlich die ganze Geschichte, angefangen bei den Erlebnissen auf dem Friedhof, wo Louis ihr geholfen hatte, über den Brief von Onkel Antonio bis zu den Ereignissen am Flughafen. »Isabella ist gerade draußen vor dem Haus, sie muss über so vieles nachdenken«, schloss sie ihren Bericht, »aber sie möchte gerne ihre richtigen Eltern kennen lernen.«

Sie hörte, wie ihre Mutter am anderen Ende der Leitung zu weinen anfing.

»Du hast sie gefunden, Leah«, schluchzte sie, »du hast wirklich mein Baby gefunden.«

»Mama? Geht's dir gut?«, rief Leah ins Telefon, dann hörte sie die Stimme ihres Vaters:

»Leah, du bist einfach super. Wir nehmen den nächsten Flieger und sind bald bei euch.«

Dann legte er auf.

Kapitel 68

Wieder trat Isabella durch das Portal der Kirche Santa Maria Formosa. Während es am Tag zuvor von Touristen gewimmelt hatte, herrschte jetzt eine fast himmlische Ruhe, genau die Ruhe, die Isabella dringend brauchte, um die Gedanken zu ordnen, die sich in ihrem Kopf überschlugen.

Sie setzte sich in eine der Kirchenbänke und blickte zum Altar. Unwillkürlich musste sie an ihren Vater denken, an den Mann, der vorgegeben hatte, ihr Vater zu sein, und der sie in Wahrheit bei einer anderen Familie hatte stehlen lassen. Es war noch nicht allzu lange her, dass er mit ihr in eben dieser Kirche über ihre Familie gesprochen und sie dabei skrupellos belogen hatte. Jahrelang hatte er sie belogen. Nicht nur was ihre Familie anging, sondern auch über die Herkunft seines vielen Geldes, mit dem er ihr Leben und das Leben ihrer Mutter finanziert hatte.

Jetzt, nachdem sie von Leah die ganze Wahrheit erfahren hatte, kamen ihr Situationen aus der Vergangenheit in den Sinn, Begebenheiten, die sie damals nicht besonders beachtet hatte, die aber im Nachhinein einen Sinn ergaben. Ihr Vater war häufig erst spät in der Nacht nachhause gekommen und hatte sich auf fadenscheinige Ausreden verlegt. Oft war es vorgekommen, dass er Telefonate abrupt unterbrach, wenn sie das Zimmer betrat. Einmal war ein Mann mit Hut und Sonnenbrille in das Juweliergeschäft gekommen, während sie gerade dort war. »Es ist erledigt«, hatte der seltsame Mann gesagt und war wieder gegangen. Er war ihr in Erinnerung geblieben, weil er ihr Angst gemacht hatte, aber ihr Vater hatte darüber nur gelacht. Und jetzt fügte sich alles zusammen und ergab ein klares Bild: Sie war bei einem Schwerverbrecher aufgewachsen, schlimmer noch, bei einem, der viele Menschenleben auf dem Gewissen hatte.

Und sie konnte sich auch durchaus vorstellen, dass ihre Mutter sie zuerst unbedingt hatte haben wollen und dann fallen ließ, wie eine heiße Kartoffel, als sie dann da war. Ihre Mutter hatte einem Kind geähnelt, das unbedingt ein bestimmtes Spielzeug haben wollte, und ziemlich schnell das Interesse daran verlor, wenn sie es endlich bekommen hatte. Solch ein Spielzeug bin ich gewesen, dachte Isabella.

Ihr Vater allerdings hatte sie wohl auf irgendeine Weise geliebt. Das wusste sie und deswegen fiel es ihr so schwer zu glauben, dass er sie am Flughafen hatte töten wollen. Doch dann spürte sie wieder den Druck der Waffe an ihrer Schläfe und den festen Griff, mit dem er sie umfasst hatte, und ihr wurde klar, dass sie dem Tod nur um Haaresbreite entronnen war. Warum er sie verschont hatte, würde sie wohl nie erfahren.

Der Gedanke tat weh, und wieder flossen ihr Tränen über die Wangen. Aber ihre nächsten Gedanken galten Leah und Nonna und den noch unbekannten Menschen, die ihre Eltern waren.

Vor Jahren hatte sie ihre Mutter durch einen Autounfall verloren, nun hatte sich ihr Vater vor ihren Augen erschossen. Zu ihren Großeltern hatte sie nie Kontakt gehabt. Eigentlich wäre sie jetzt vollkommen allein gewesen. Doch das war sie nicht, denn da gab es plötzlich eine Familie, zu der sie genetisch gehörte. Eltern, denen sie ihre Existenz auf der Welt und ihr Aussehen zu verdanken hatte. Bei denen sie aufgewachsen wäre, wenn alles mit rechten Dingen zugegangen wäre. Und dann war da Leah, die vor nichts zurückschreckte, um ihre Schwester Isabella zu finden. Ich muss ihnen eine Chance geben, dachte Isabella, jahrelang haben sie mit der Last gelebt, dass ihr Kind bei der Geburt gestorben war. Ich kann sie jetzt nicht vor den Kopf stoßen und sagen, dass ich mit ihnen nichts zu tun haben will.

Plötzlich spürte sie eine Kraft, die ihren ganzen Körper durchströmte. Sie fühlte, dass sie es schaffen würde. Sie würde es schaffen, ihre toten Eltern in guter Erinnerung zu behalten und ihre wirkliche Familie kennen und lieben zu lernen.

Dieser letzte Gedanke gab ihr wieder Mut. Sie sprach noch ein leises Gebet und machte sich auf den Weg zurück zu ihrer neuen Familie.

Kapitel 69

Zur gleichen Zeit packten Mariella und Luigi in Heidelberg ihre Koffer.

»Schatz, wir wollen nur ein paar Tage dort bleiben. Was packst du denn da alles ein?«, fragte Luigi, als er sah, dass seine Frau den halben Inhalt ihres Schrankes – und das war einiges – in ihren Koffer warf. »Vergiss nicht, dass mein Bruder beerdigt werden muss, sobald die Polizei ihn freigibt. Und das kann bald der Fall sein. Dann fliegen wir doch zurück.«

»Luigi, du glaubst doch wohl nicht, dass ich auch nur einen Fuß auf die Beerdigung deines Bruders setzen werde. Sei mir bitte nicht böse, aber von mir aus können sie ihn im Hinterhof der Polizeistation verscharren. Er hat mir meine Tochter genommen, und wäre er nicht gestorben, wüssten wir wahrscheinlich immer noch nicht, wo sie ist. Aber du hast recht. Ich sollte weniger einpacken. Ich freue mich nur so, dass ich am liebsten gleich in Venedig bleiben würde. So lange habe ich meine Heimatstadt nicht mehr besucht und alles nur, weil ich geglaubt habe, dass unsere Tochter dort gestorben ist, und jetzt? Jetzt ist sie wohlauf und wartet auf uns. Ich will unbedingt viel Zeit mit ihr verbringen. Wir müssen uns doch ganz neu kennenlernen.« Mariella hatte sich in Fahrt geredet.

»Ist ja gut, Schatz«, seufzte Luigi, »wir bleiben sowieso ein bisschen. Lass uns doch erst einmal dort ankommen, und dann sehen wir weiter.«

»Gut, Luigi. Hast du schon die Tickets reserviert?«

»Ja, wir fliegen um neun und landen um viertel nach zehn. Matilda hat schon organisiert, dass Roberto uns abholt.«

Kapitel 70

Während Isabella in der Kirche versuchte, Ordnung in ihr Leben zu bringen, kochte Matilda Tozzi für die ganze Familie einen großen Topf Minestrone.

»Leah, es hat geläutet. Kannst du bitte nachschauen?«

Leah ging zur Tür und öffnete. Draußen stand Isabella. »Geht es dir gut?«, fragte Leah.

»Ja.« Isabella lächelte. »Mir geht es gut.« Dann machte sie einen Schritt auf Leah zu und drückte sie fest an sich. »Ich habe wieder eine Familie«, flüsterte sie.

Leah hatte mit diesem plötzlichen Gefühlsausbruch überhaupt nicht gerechnet. »Komm erst mal rein«, meinte sie, um sich selbst wieder zu fangen, »Nonna kocht gerade ihre berühmte Minestrone. Die musst du probieren. Ist einfach köstlich.« Sie sprach nur ungern über ihre Emotionen.

Die beiden gingen in die Küche, wo Nonna gerade den Tisch deckte. »Hallo Schatz. Setz dich doch. Du kommst genau richtig. Das Essen ist gleich fertig.« Nonna schob Isabella zu einem Stuhl am Tisch, und Isabella setzte sich. Louis nahm Blickkontakt mit Leah auf. »Kann ich dich kurz sprechen?«, fragte er und zeigte mit dem Kopf zur Küchentür. Draußen auf dem Flur nahm er sie beiseite. »Ich habe noch einmal mit Jens telefoniert.«

»Und? Was sagt er zu all dem?«, fragte Leah.

»Er freut sich für euch alle und natürlich auch darüber, dass wir wahrscheinlich den Mord an Antonio aufgeklärt haben. Morgen wird er sich mit Commissario Fabiani in Verbindung setzen wegen der Ballistikprobe.«

»Wie glaubst du, hat Moretti erfahren, dass ich nach meiner Schwester suche?«

»Ich denke, dass es folgendermaßen abgelaufen ist: Luigi hat Antonio vom Brief des Arztes berichtet, und der hatte nichts Besseres zu tun, als Moretti zu warnen. Wir haben ganz am Anfang unserer Ermittlungen in seinen Telefondaten eine venezianische Geheimnummer gefunden. Ich gehe davon aus, dass sie Moretti gehört. Der hat seinen Mann mit Hut nach Frankfurt geschickt, um Antonio auszuschalten. Nach dem Mord hat der anscheinend die Wohnung von Antonio nach möglichen Hinweisen auf Moretti durchsucht und nichts gefunden. Dann ist der Killer zurück nach Venedig und hat sich um die restlichen Mitwisser gekümmert. Zuerst Sarah Trenti, danach wollte er dich umbringen.«

Leah kam plötzlich ein Gedanke.

»Er wollte auch den Bestatter töten, aber ich habe ihn gestört. Genau so muss es gewesen sein. Ich habe ihn das erste Mal im Bestattungsinstitut Tresina getroffen. Als er mich sah, hat er schnell das Weite gesucht. Er wollte ihn sicher umbringen, da er auch ein Mitwisser ist.« Nun verstand Leah.

»Durchaus möglich. Na ja, und als der Mann mit Hut dann erschossen wurde, hat Moretti dir einen neuen Killer auf den Hals gehetzt. Allerdings hat er anscheinend keinen guten Draht zu einer erfolgreichen Auftragskilleragentur, weil der ja dann ziemlich schnell Reißaus genommen hat«, witzelte Louis.

»Stimmt. Auch der erste Typ war nicht gerade der Bringer, nur bei Antonio und Sarah hat er für Moretti ganze Arbeit geleistet. Antonio kann froh sein, dass er nicht mir in die Finger geraten ist. Ich hätte ihn sicher leiden lassen für das, was er meiner Familie angetan hat.« Louis sah einen Hauch Mordlust in Leahs Augen aufblitzen.

»Lasst uns essen!«, kam Nonnas Stimme aus der Küche. Als die beiden zurückkamen, stand ein großer Topf dampfende Suppe auf dem Tisch.

»Leah, holst du bitte noch Löffel?«, bat Nonna, füllte die Teller und sprach ein kurzes Tischgebet. Danach tönte nur noch das Klappern der Löffel durch ihre Küche.

Kapitel 71

»Kann der denn nicht schneller fliegen?« Mariella hielt es fast nicht mehr aus.

Luigi versuchte, seine Frau zu beruhigen. »Schatz, der fliegt schon so um die 900 Kilometer pro Stunde. Es dauert ja nicht mehr lang.« Er verstand seine Frau, denn auch er wollte nun endlich seine Tochter sehen. Aber er befürchtete, dass es nicht so einfach werden würde. Wie wird sie wohl reagieren, fragte er sich.

Kurze Zeit später setzte der Flieger zur Landung an. Roberto erwartete sie am Ausgang. »Roberto!« Mariella fiel ihrem alten Freund freudestrahlend um den Hals. »Danke, dass du uns abholst!« Sie drückte ihm einen Kuss auf die Wange, und Roberto lief dunkelrot an. Er begrüßte Luigi und geleitete die beiden zu seinem Boot.

Die ganze Fahrt über schwieg Mariella und ließ ihre Heimatstadt auf sich wirken. Sie war gerne in Venedig aufgewachsen, doch in der Zeit in Deutschland hatte sie beinah vergessen, wie schön diese Stadt doch war. Jetzt lief ihr eine Träne über die Wange. Luigi wischte sie sanft weg.

»Alles in Ordnung?«, fragte er.

»Ja. Ich wusste nur nicht, wie sehr ich das alles vermisst habe.«

Roberto legte am kleinen Steg an der Rückseite von Matildas Haus an. Im nächsten Moment wurde auch schon die Tür aufgerissen. »Mariella! Luigi! Da seid ihr ja!«

»Mama! Bin ich froh, wieder hier zu sein. Seit Vaters Beerdigung war ich nicht mehr da. Aber jetzt lass uns bitte rein!« Sie schob sich an Matilda vorbei und schaute sich suchend um. »Wo ist sie?«

Bevor Matilda antworten konnte, trat Isabella in den Flur. Mariella erstarrte mitten in der Bewegung, und die beiden Frauen schauten sich eine Zeit lang lächelnd an. Dann entfuhr Mariella ein leiser Schrei, sie stürzte auf ihre Tochter zu, zog sie in die Arme und ließ sie minutenlang nicht mehr los.

»Du bist es. Mein Kind! Ich kann es kaum glauben.« Mariella hielt Isabella an den Armen fest und betrachtete sie, während sie vor Glück weinte. Auch Isabella konnte ihre Tränen nicht zurückhalten. Sie blickte über Mariellas Schulter zu Luigi, der sich still im Hintergrund hielt.

»Schatz, nun lass mich bitte auch mal«, bat er schließlich. Mariella trat zur Seite, und nun konnte auch Luigi seine wiedergefundene Tochter in die Arme schließen. Er strich ihr übers Haar und sagte in seiner ruhigen Art:

»Schön, dass wir dich wiederhaben.«

Matilda Tozzi unterbrach die Wiedersehensszene: »Lasst uns in die Küche zu Leah und Louis gehen. Ich habe noch viel Suppe übrig, falls ihr Hunger habt.« Sie hatte bemerkt, dass es für Isabella schwer war, mit der Situation umzugehen, und verschwand in die Küche.

»Komm, Isabella.« Ihre Eltern nahmen sie an den Händen und folgten Nonna. Sie hatten das Gefühl, ihre Tochter nie wieder loslassen zu dürfen.

Kapitel 72

Bis in die frühen Morgenstunden saß die Familie beisammen und redete, dann fielen alle für den Rest der Nacht in ihre Betten.

Leah wurde wenige Stunden später vom Läuten ihres Handys geweckt.

»Fabiani, buon giorno, Signora, entschuldigen Sie, dass ich so früh störe, aber ich muss Sie noch einmal in die Questura bitten. Ich muss den Bericht über den Vorfall am Flughafen fertigmachen und brauche dazu noch Ihre Aussage und auch die von Signor Schneider.«

Leah rieb sich die Augen. »Okay, Commissario, wenn es sein muss. Wir werden in etwa zwei Stunden bei ihnen sein.«

»Grazie ...« Commissario Fabiani wollte noch nach Isabella fragen, doch Leah hatte schon aufgelegt. Anscheinend ist sie kein Morgenmensch, dachte er bei sich. Er ahnte nicht, wie recht er hatte. Leah stand auf, zog sich an und ging hinunter in die Küche, um bei ihrem ersten Espresso des Tages zu einem Menschen zu werden. Aber Matilda war schon auf und hatte längst Kaffee gekocht.

»Brauchst du eigentlich gar keinen Schlaf, Nonna?«

»Schlafen kann ich noch genug, wenn ich in einer Holzkiste auf San Michele liege.« Nonna hielt ihr eine Tasse mit der dampfenden braunen Flüssigkeit hin, die Leah immer ihr flüssiges Gold nannte. »Willst du einen Kaffee?«

»Ist der Papst katholisch?« Leah griff nach der Tasse. »Danke, Nonna. Am schönsten wären jetzt so etwa zwei Liter über einen Schlauch und eine Nadel direkt in die Vene. Zum Wachwerden!«

Sie gähnte herzhaft.

»Warum bist du eigentlich schon so früh wach?«, fragte Nonna.

»Commissario Fabiani hat mich geweckt, er will mich nochmals sehen. Louis auch, aber der schläft wahrscheinlich noch den Schlaf der Gerechten.«

»Dann solltest du ihn wecken, dass er auch noch frühstücken kann«, riet Matilda.

»Das brauchst du nicht mehr, er ist schon da«, erklang Louis' Stimme von der Tür her. »Nonna, deine Couch ist wirklich der Wahnsinn. An deiner Stelle würde ich jeden Abend vor dem Fernseher darauf einschlafen. Besser als manches Bett.«

»Freut mich, dass du gut geschlafen hast. Hier hast du einen Kaffee.«

»Danke.« Louis setzte sich Leah gegenüber.

Still tranken die drei ihren Espresso. Von Luigi und Mariella war noch nichts zu hören, und auch Isabella schien noch zu schlafen. Nach dem zweiten Espresso war Leah soweit, dass sie wieder in geregelten Bahnen denken konnte und unterbrach die Stille:

»Louis, wir müssen dann gleich zur Questura. Commissario Fabiani braucht noch unsere Aussagen. Isabella sollten wir auch mitnehmen. Ihre braucht er sicher auch.«

»Gut, dann sag ihr Bescheid.«

Isabella hatte in Leahs Zimmer übernachtet, da Luigi und Mariella das Gästezimmer belegten. Vorsichtig trat Leah ein und berührte sie an der Schulter.

»Isabella?«, sagte sie leise.

»Mmmh ....ja?« Langsam öffnete Isabella die Augen. Im ersten Augenblick wusste sie nicht, wo sie war. Doch dann fiel ihr alles wieder ein.

»Das Frühstück ist fertig. Und wir müssen nochmals zur Polizei, um unsere Aussagen zu machen.«

»Ich komme sofort.« Isabella setzte sich im Bett auf und gähnte.

Leah strahlte sie an. »Wir warten unten auf dich.«

»Danke, Leah.«

Wie gewohnt war Roberto mit seinem Boot zur Stelle, um Leah, Louis und Isabella zur Questura zu fahren, wo sie bei Commissario Fabiani ihre Aussagen machten.

Louis sprach kurz noch mit dem Commissario über den Mord an Antonio und teilte ihm mit, dass sich sein Partner Jens Schröder in Kürze bei ihm melden würde. Auch Fabiani ging davon aus, dass Antonio von dem Mann mit Hut ermordet worden war.

Den Rest des Tages verbrachte die gesamte Familie auf Matilda Tozzis Dachterrasse. Leah musste an den Tag denken, als sie mit Nonna hier Blumen eingepflanzt hatte. Dann fasste sie einen Entschluss.

»Leute, ich muss euch etwas sagen!« Sie blickte in erwartungsvolle Augen und holte tief Luft. »Ich bin lesbisch!«, platzte sie heraus.

Matilda sah sie bewundernd an und nickte mit dem Kopf wie zur Bestätigung. Louis schluckte. Muss das jetzt sein, dachte er.

Mariella und Luigi sahen sie entsetzt an. »Was bist du?«, fragte Luigi, der als Erster wieder sprechen konnte.

»Ich bin lesbisch. Deswegen habe ich mich von Louis getrennt.«

Mariella fing plötzlich schallend zu lachen an und wollte gar nicht mehr aufhören.

»Warum lachst du so, Schatz?«, fragte Luigi.

»Ich stell mir nur gerade vor, wie Louis und Leah gemeinsam auf Brautschau gehen.«

Jetzt fing auch Luigi an zu lachen. »Würfelt ihr dann darum, wer welche Frau bekommt?«, fragte er.

»Du weißt doch wie das bei euch Männern ist, Papa. Der beste Freund muss immer mit und dann die hässliche der beiden Frauen nehmen. Und Louis ist *mein* bester Freund.«

Isabella hatte zunächst leicht irritiert erst zu Leah und dann wieder zu Louis geschaut, doch dann musste auch sie mit den anderen mitlachen. Sie sah sich ihre neue Familie an, einen nach dem anderen.

Meine richtige Familie, was habe ich alles versäumt, dachte sie.

Kapitel 73

Am Montag besuchten Leah und Louis nach einem ausgiebigen Frühstück Giulia Bertani im Ospedale Civile. Die Stationsschwester sagte ihnen, dass sie gerade mit ihrem Mann im Garten sei. Sie hatte sich schon wieder so weit von ihrer Schussverletzung erholt, dass sie in einem Rollstuhl sitzen konnte.

Giulia winkte den beiden schon von Weitem. »Hallo, Signora DeMarco«, sagte sie, als Leah und Louis bei ihnen angekommen waren.

»Signora Bertani, es freut mich, dass es Ihnen besser geht.« Leah hatte ein schlechtes Gewissen, weil sie diese Frau ohne Grund in Gefahr gebracht hatte.

»Es geht mir viel besser. Die Ärzte sind zufrieden mit mir. Aber ich habe ja auch einen perfekten privaten Krankenpfleger.« Liebevoll blickte sie ihren Mann an, der hinter ihrem Rollstuhl stand und Leah mit einem Nicken begrüßt hatte.

»Das ist übrigens Louis Schneider, mein Partner.« Langsam gewöhnte Leah sich daran, Louis so vorzustellen. Die drei nickten einander zu.

»Ich habe gute Neuigkeiten«, meinte Leah.

»So?«, fragte Giulia. »Ich weiß schon, dass Sie nicht meine Schwester sind. Meine Eltern haben mir alles erzählt. Haben Sie denn inzwischen Ihre Schwester gefunden?«

»Ja, habe ich. Aber ich habe noch etwas anderes gefunden, das Sie wesentlich mehr interessieren wird als meine Schwester. Ich habe mit meiner Informantin gesprochen, und sie hat mir den Namen einer Frau herausgesucht, die kurz vor der Geburt meiner Schwester ein Kind geboren hat. Die ganze Geschichte wäre jetzt zu lang zum Erzählen. Nur so viel: Mein Onkel hat gemeinsam mit der Krankenschwester Sarah Trenti Babys an kinderlose Paare verkauft. Er hatte hohe Spielschulden bei einem Mafiaboss und sollte diesem zum Ausgleich ein Kind besorgen. Aber das Kind, das man dafür ausgesucht hatte, wurde krank, und man konnte es ihm nicht geben. So ließ er den Tod meiner Schwester vortäuschen und gab sie stattdessen dem Mafiaboss. Das andere Kind verkauften die beiden Ihren Eltern.« Leah machte eine Pause.

»Sie meinen …«, Giulia stockte, »ich war dieses kranke Kind? Und Sie wissen den Namen meiner Mutter?«

»Genau das meine ich. Wären Sie nicht krank gewesen, dann wären Sie das Kind des Mafiabosses geworden, aber so wurden Sie von Menschen gekauft, die Sie mit viel Liebe großgezogen haben.«

»Mein Glück war also Ihr Pech, weil deswegen Ihre Schwester herhalten musste«, bemerkte Giulia.

»So in etwa. Aber das ist jetzt nicht mehr wichtig. Ich habe meine Schwester gefunden, und auf diesem Zettel steht der Name Ihrer Mutter.« Leah gab Giulia einen kleinen, zusammengefalteten Zettel in die Hand.

»Ich weiß gar nicht, was ich sagen soll.« Giulia strahlte über das ganze Gesicht. Ihr fehlten die Worte.

»Ein Danke genügt vollkommen. Ich weiß wie es ist, wenn man jemanden krampfhaft sucht und Angst hat, ihn nie zu finden.«

»Danke, Leah.«

»Gern geschehen. Ich hoffe, dass Ihre leibliche Mutter Ihnen ein paar Antworten geben kann. Wir werden uns jetzt verabschieden. Vielleicht sehen wir uns wieder, wenn ich irgendwann wieder in Venedig bin.«

»Das hoffe ich sehr.« Giulia schüttelte Leah dankbar die Hand. Auch die Männer verabschiedeten sich, und Leah und Louis verließen das Krankenhaus.

»Das hast du gut gemacht«, sagte Louis, als sie in Robertos Boot stiegen.

»Hört sich an, als würdest du einen Hund loben, der dir gerade den Stock zurückgebracht hat.«

»Genau, braves Hündchen!«, meinte Louis und streichelte Leah über den Kopf.

»Lass das!« Leah imitierte ein Knurren. »Sonst schnappe ich zu!«

»Okay, okay«, beschwichtigte Louis, »jetzt mal was anderes. Hast du schon unseren Flug nach Frankfurt gebucht?«

»Ja, für heute Abend. Aber jetzt gehen wir mit Isabella essen. Ich möchte unbedingt noch ein wenig Zeit mit ihr verbringen. Wer weiß, wann ich wieder nach Venedig komme oder sie nach Deutschland. Sie hat ja mit ihrem Studium genug zu tun. Ich muss nur vorher noch jemandem einen kurzen Besuch abstatten. Da vorne steige ich aus und du kannst mit Roberto schon zum *Ristorante* fahren, ich komme dann nach.«

Roberto bog in einen kleinen Seitenkanal ein und hielt an einem Holzsteg vor einer gemütlichen *Trattoria*. Weil das Wetter so schön war, waren die Tische und Stühle auf der schmalen Terrasse mit Blick auf den Kanal aufgestellt. An einem Tisch saß Isabella und winkte Louis zu.

»Magst du mit uns essen, Roberto?«, fragte Louis. Er hatte Leah und ihn in den letzten Tagen ständig chauffiert, und sie hatten ihm nie ein Essen ausgegeben. Aber es war ja auch ziemlich rund gegangen. Nein, danke«, lachte er, »bei meiner Mutter schmeckt es mir besser als in jedem Restaurant. Soll ich in zwei Stunden wieder hier sein?«

»Super, das ist perfekt. Danke dir. Bis später!«

Louis setzte sich zu Isabella und erzählte ihr von ihrem Besuch im Krankenhaus. Isabella lächelte. »Das wird sie sicher glücklich machen, denn so hat sie die Möglichkeit, ihre leibliche Mutter kennenzulernen. Ich kann mir gut vorstellen, wie sie sich fühlen muss.«

»Stimmt«, bestätigte Louis, »übrigens, warst du mit Luigi bei dir zuhause, ich meine, in dem Palazzo am Canal Grande?«

»Ja, es war ganz furchtbar. Was hat sich doch alles in den letzten zwei Tagen verändert? Ich habe mir schnell ein paar Sachen und Unterlagen geholt und hab so schnell es ging das Haus verlassen. Als ich wieder bei Großmutter Tozzi war, habe ich dann noch mit dem Anwalt meines Vaters gesprochen. Der meinte, dass ich wohl alles erben würde, und das ist ziemlich viel. Ich weiß nur nicht, was ich damit machen soll.« Isabella schien ein wenig überfordert.

»Nun warte erst einmal ab. Du könntest ja etwas davon spenden. Aber an deiner Stelle würde ich trotzdem einen Teil davon behalten. Du brauchst ja auch Geld zum Leben und du wirst sicher nicht herausfinden, aus welchen Geschäften das Geld stammt. Vielleicht sind es ja auch die Gewinne des Juweliergeschäftes. Was passiert denn eigentlich damit?« Louis war neugierig.

»Keine Ahnung. Wenn ich es behalte, muss ich einen Geschäftsführer einsetzen.«

Nun gesellte sich Leah zu ihnen und schien sehr zufrieden.

»Alles okay?«, fragte Louis.

»Ja, alles so, wie ich es wollte!« Leah begrüßte Isabella und setzte sich ihr gegenüber. Wieder einmal dachte sie, wie enorm doch die Ähnlichkeit zwischen ihnen beiden war. »Ich hab noch deinen letzten Satz gehört, Isabella. Ich denke, ich habe da eine Idee!«

»Warum nimmst du nicht einfach diesen Trattori? Der scheint mir doch sehr fähig zu sein«, schlug Louis vor.

»Elender Ideenklauer! Ich wollte grad dasselbe vorschlagen!«

»Ihr zwei seid eben ein tolles Team! Das ist möglicherweise gar keine schlechte Idee. Danke.«

Der Kellner kam an den Tisch und nahm die Bestellung auf. Nachdem er sich wieder entfernt hatte, entfuhr Leah ein leiser Seufzer.

»Was ist los?«, fragte Isabella.

»Nichts. Ich dachte nur gerade daran, dass ich heute Abend nachhause fliege und morgen vielleicht keinen Job mehr habe.«

»Wieso das?«, fragte Louis.

»Weil ich meinem Chef letzte Woche eine SMS geschrieben habe, dass ich ein paar Tage Urlaub brauche. Er hat sie aber angeblich nie bekommen, und dann hat ihm mein Vater auf die Nase gebunden, dass ich in Venedig bin. Da war er stinksauer und hat was von Rausschmiss gebrüllt.«

»Wird schon nicht so schlimm werden«, meinte Isabella.

»Ach, eigentlich habe ich sowieso keine Lust mehr, bei dem Verein zu arbeiten. Überall nur starre Regeln und Vorschriften, und als Frau musst du dich immer übermäßig anstrengen. Und ich bin ja noch keine Beamtin. Wenn es mir nur nicht so einen Spaß machen würde, Verbrecher zu jagen und Verbrechen aufzuklären.« Leah blickte in den Kanal.

Sie bemerkte nicht, dass Louis sie nachdenklich ansah. Er war mit Leib und Seele Polizist, hatte aber genauso wenig Lust auf die ausufernde Bürokratie.

»Musst du denn unbedingt Polizistin sein?«, fragte Isabella, »was machen denn zum Beispiel Privatdetektive? Wäre das nicht was für dich?«

Leah schaute ihre Schwester an. Ganz schön clever, dachte sie, aber kein Wunder, ist ja eine DeMarco. Sie grinste.

»Keine schlechte Idee! Du bist echt super, kleine Schwester!«

Isabella strahlte. Es gefiel ihr, eine Schwester zu haben, mit der man reden konnte. Sie wollte gar nicht daran denken, dass Leah heute Venedig verlassen würde. Einzig der Gedanke, dass ihre leiblichen Eltern noch eine Woche bleiben würden, beruhigte sie etwas. So hatten sie noch ein wenig Zeit, sich näherzukommen, und sie konnten ihr vielleicht helfen, einiges zu regeln. Und Großmutter Tozzi war dann ja auch noch da.

»Was ist mit dir, Louis?« Isabella blickte Louis an, der die letzten Minuten schweigend auf den Kanal hinausgeschaut hatte.

»Was soll mit mir sein? Mir geht es ähnlich wie Leah«, gab er zu. »Ich muss zurück zu einem Job, den ich liebe, wenn da nicht ein paar Dinge wären, die mich ankotzen. Vor allem mein Chef. Ein echter Kotzbrocken. Wenn der nicht wäre …« Louis beendete den Satz nicht.

»Das ist vielleicht jetzt ein blöder Vorschlag, aber wieso macht ihr nicht einfach etwas zusammen? Ihr seid beide unglücklich in euren jetzigen Jobs. Dann macht doch gemeinsam eine Detektei auf.«

Leah wollte schon entgegnen, dass das wirklich ein blöder Vorschlag sei, doch dann merkte sie an Louis' Gesicht, dass ihm der Gedanke gar nicht so schlecht zu gefallen schien. Sie schaute ihn an, und Louis schaute zurück, als wollten sie sich gegenseitig fragen, was der andere von der Idee hielt. Isabella bemerkte ihre Blicke.

»Scheint beschlossene Sache zu sein«, sagte sie nur.

Leah und Louis sahen erst sie an, dann wieder einander.

»Aber mein Name steht als Erster auf dem Firmenschild!«, forderte Leah.

»Wieso? Schneider und DeMarco klingt viel besser als DeMarco und Schneider«, entgegnete Louis.

»Da geht's nicht um den Klang, sondern ums Prinzip«, beharrte Leah.

»Das kann ja heiter werden mit euch beiden«, lachte Isabella, »stelle ich mir wirklich lustig vor.«

Inzwischen hatte der Kellner ihre Bestellung gebracht. Munter plaudernd aßen sie Pasta aglio olio, und so langsam nahm die Detektei in den Köpfen von Leah und Louis Gestalt an.

Nach dem Essen fuhr Roberto sie zu Matildas Haus, wo Luigi und Mariella schon sehnsüchtig auf ihre Töchter warteten. Während Leah und Louis ihre Sachen packten, saß der Rest der Familie in der Küche und hörte sich an, was Isabella Neues zu berichten hatte. Die folgende Woche wollte sie noch bei Matilda Tozzi wohnen. Leah gab sich Mühe, den Abschied so kurz wie möglich zu halten und ließ sich zuerst einmal Zeit mit dem Packen, denn nichts hasste sie mehr als langwierige und tränenreiche Abschiede.

Louis wartete schon in der Küche auf sie. Er hatte Leahs Familie vom Plan mit der Detektei erzählt, und gerade als Leah eintreten wollte, hörte sie ihn sagen:

»Danke dir, Isabella. Das war wirklich eine super Idee mit der Detektei. Leah kann ich es ja nicht direkt sagen, aber ich freue mich ehrlich auf die Zusammenarbeit mit ihr. Die hab' ich echt vermisst. Ich glaube, dass wir Erfolg haben werden. Und eine Menge Spaß.«

Leah blieb vor der Tür stehen und schmunzelte. Oh ja, da könntest du recht haben, dachte sie. Auch sie war begeistert von der Idee, würde es ihm aber ebenfalls nicht direkt ins Gesicht sagen. Sie hustete auf dem Flur ein paar Mal laut und vernehmlich und erschien dann in der Tür. Louis verstummte augenblicklich.

»Endlich, Leah, wir wollen uns doch noch in Ruhe verabschieden. Wieso brauchst du da so lange?«, fragte Nonna vorwurfsvoll.

Sie war bekannt für ihre rührenden Abschiedsszenen. Genau das, was Leah sich ersparen wollte.

»Das habe ich befürchtet. Louis, wir müssen uns beeilen, damit wir den Flieger nicht verpassen.«

»Im Gegensatz zu dir bin ich schon lange fertig.«

Leah ging zu ihrer Mutter und nahm sie in den Arm. Diese flüsterte ihr einen leisen Dank ins Ohr und drückte Leah nochmals ganz fest. Sie wusste, dass ihre Tochter Abschiede hasste und machte es ihr leicht. Auch Luigi umarmte sie und dankte ihr. Mit den Worten: »Den solltest du selbst lesen«, drückte Leah ihrem Vater den Brief seines Bruders in die Hand. Luigi nickte seiner Tochter dankbar zu und verabschiedete sich dann von Louis.

Nur Nonna schien sich an Leah festklammern zu wollen. »Müsst ihr wirklich schon weg?«, fragte sie.

»Nonna, du hast ja jetzt Isabella. Außerdem werde ich in Zukunft öfter kommen. Also freu dich drauf und lass uns jetzt gehen. Und danke für alles.« Leah drückte Nonna kurz an sich und küsste sie auf die Wangen.

Dann wandte sie sich an Isabella. »Ich freue mich wirklich, dass wir dich gefunden haben. Mach in Ruhe dein Studium. Jetzt hast du eine wirkliche Familie, die dir den Rücken stärkt. Unsere Eltern werden dir helfen bei all den bürokratischen Dingen, die du erledigen musst. Und wir sehen uns dann, wenn ich wieder nach Venedig komme. Es sei denn, du kommst vorher schon mal zu uns nach Deutschland. Ruf mich einfach an.« Leah nahm ihre Schwester kurz in den Arm und ging dann mit ihrem Gepäck zur Hintertür, wo Roberto wie immer geduldig wartete und sofort von Matilda über die neuesten Entwicklungen informiert wurde.

Während der Fahrt zum Flughafen und auch während des Flugs sprachen Leah und Louis fast pausenlos über ihre Detektei.

Beide waren fest entschlossen, ihren Job bei der Polizei aufzugeben.

»Als Büro nehmen wir die kleine Einliegerwohnung in meinem Haus«, entschied Leah, »einverstanden?«

»Gut, aber mein Name steht zuerst auf dem Schild!«

Leah lachte. »Und dann bist du schon wieder aus deinem Traum aufgewacht!«

Er würde schon nachgeben.

Kapitel 74

Donna Ancilotto legte eine rote Rose auf das Grab ihres Mannes und kniete dann nieder.

»Mein Schatz«, begann sie leise zu sprechen. »du hast mit deinem Brief an die Familie DeMarco deinen Fehler von damals wieder gut gemacht. Ihre Tochter Leah hat ihre totgeglaubte Schwester gefunden. Sie war am Montag kurz bei mir und hat mir alles erzählt. Sie wollte sich nochmals bedanken, dass ich den Brief auch wirklich abgeschickt habe. Aber du kennst mich ja, ich hatte es dir versprochen, und ich breche nie ein Versprechen. Du kannst also jetzt endlich Ruhe finden. Für die Familie DeMarco ist die Welt wieder in Ordnung. Meine Welt dagegen wird ohne dich nie wieder in Ordnung sein, aber das ist eine andere Geschichte, mit der ich dich nicht mehr belasten möchte. Ich liebe dich.«

Sie erhob sich, und nach einem letzten Blick auf den schlichten Marmorgrabstein ihres Mannes machte sie sich auf den Weg zum Ausgang des Friedhofs. Sie musste ihr Leben weiterleben. Auch ohne ihren geliebten Mann, denn schließlich war da noch Maria. Für sie musste sie stark sein und weitermachen.

Von Leah hatte sie erfahren, warum er damals den Tod des Neugeborenen vorgetäuscht hatte. Auch ihr selbst hatte er einmal erzählt, wie schwer es für ihn gewesen war, sein Studium zu finanzieren, dass es aber auch seine einzige Möglichkeit gewesen war, aus seinem alten Leben im unteren sozialen Umfeld herauszukommen. Sie würde nie verstehen, warum er gefälschte Rezepte an Junkies verkauft hatte, aber das war vor ihrer Zeit gewesen und inzwischen auch nicht mehr wichtig. Ihre Ehe war eine wunderschöne gemeinsame Zeit gewesen. Und an die wollte sie sich erinnern und an nichts anderes.

Mit diesem Gedanken kehrte sie zurück zu ihrer Wohnung, wo ihre Tochter schon auf sie wartete.

Epilog

Einige Monate später, an einem heißen Sommertag, standen Leah und Louis gemeinsam vor Leahs Haus und begutachteten eine blankpolierte Messingtafel:

Detektei
Schneider & DeMarco
Sie suchen – Wir finden

»Dein Name steht vorn«, grinste Leah, »weil ich klüger bin als du.«

»Was meinst du?« Louis verstand nicht.

»Kennst du etwa nicht den Spruch ›Der Klügere gibt nach?‹«

»Blödsinn. Gib doch zu, dass es sich so herum einfach besser anhört!«

»Niemals!«, lachte Leah.

Während sie vor ihrer Messingtafel standen, dem augenfälligen Symbol für ihre berufliche Selbständigkeit, dachten sie beide an die vergangenen Monate zurück. Nachdem sie aus dem Staatsdienst ausgeschieden waren, hatten sie von ihren Ersparnissen leben müssen. Verschiedene Kurse und die Lizenzen hatten Geld gekostet, und die Einliegerwohnung war zu einem Büro umfunktioniert worden. Das große Zimmer teilten sich Leah und Louis mit ihren Schreibtischen, das kleine war Fax-, Kopier-, Warte- und Besprechungsraum. Jeder hatte einen PC mit allem nötigen Zubehör und Internetanschluss. Alle Behördengänge waren erledigt, und in den regionalen Blättern hatten sie Anzeigen geschaltet, um an Klienten zu kommen. Den Schlusspunkt bildete die Messingtafel, die sie immer noch bewundernd betrachteten.

»Komm, Partner, lass uns reingehen«, meinte Leah, »ich habe da so ein Gefühl, als würde sich bald der erste Auftraggeber melden.«

»Hast du das im Kaffeesatz gelesen?«, brummte Louis und folgte Leah nach drinnen. Sie setzten sich einander gegenüber an ihre Schreibtische.

In diesem Moment läutete die Türklingel.

»Du gehst, du stehst schließlich vorn auf der Messingtafel!«, entschied Leah.

»Na, schön!« Louis erhob sich aus seinem Sessel, ging zur Tür und öffnete. Draußen stand ein kleines Mädchen und schaute ihn traurig an.

»Sind sie Detektiv?«, fragte die Kleine.

»Ja. Wie kann ich dir denn helfen?«

»Ich möchte bitte, dass Sie meinen Teddy für mich suchen. Er ist mir gestohlen worden.«